山南市文艺扶持项目

སེམས་གཏམ་སོག་མའི་ཕོན་ཐག

སྒྲོ་མི་གསང་བདག་ལྷུན་གྲུབ་ཀྱིས་བརྩམས།

བོད་ལྗོངས་མི་དམངས་དཔེ་སྐྲུན་ཁང་།

图书在版编目（CIP）数据

心语 : 藏文 / 桑德龙珠著. -- 拉萨 : 西藏人民出版社, 2020.12

ISBN 978-7-223-06780-5

Ⅰ. ①心… Ⅱ. ①桑… Ⅲ. ①诗集－中国－当代－藏语②散文集－中国－当代－藏语 Ⅳ. ①I227②I267

中国版本图书馆CIP数据核字（2021）第013008号

心 语

著　　者：桑德龙珠
责任编辑：侃 照
封面设计：达苍宁卓
排版设计：侃 照
出版发行：西藏人民出版社（拉萨市林廓北路20号）
印　　刷：西藏福利印刷厂
开　　本：787×960　1/16
印　　张：16.25
字　　数：100千
版　　次：2021年4月第1版
印　　次：2021年4月第1次印刷
印　　数：01-2，000
书　　号：ISBN 978-7-223-06780-5
定　　价：42.00元

发行部联系电话（传真）：0891-6826115

རྩོམ་པ་པོའི་གཏམ།

ང་རང་ནི་སྐྱེས་སྟོབས་ཀྱི་ཡོན་ཏན་ཕྱུག་ཅིང་ཚེ་ཡི་སྔ་ཕྱི་རྟོགས་པའི་རྣམ་མཁྱེན་གྱི་སྐྱེས་ཆེན་དེའི་རིགས་སུ་ག་ལ་གཏོགས། ངར་མཚོན་ན་བྱ་བ་ཅི་ཞིག་ཡིན་རུང་དེའི་ལྟར་སྣང་གི་བདེན་པའི་རྗེས་སུ་མི་བསྙེག་པར་ཆོས་གང་ཞིག་གི་བདེན་པའི་ཆོས་ཉིད་འཚོལ་རྒྱུ་དེ་འོས་པར་སྙམ་ལ། བློ་ཡི་དྭངས་མས་བསྐྱངས་ཏེ་གོ་བདེ་གཞན་སྐྱུལ་ལ་གཞོལ་ཅི་ཐུབ་ཀྱིས་ཡིད་ཀྱི་འགྱུར་བར་དྲངས་ནས་《སེམས་གཏམ་སོག་མའི་ཕོན་ཐག་》འདི་ཉིད་བློ་ལྡན་རྣམས་ཀྱི་སྤྱན་སྔར་ཕུལ་བ་ལགས། ད་ལྟའི་བར་བོད་ཡིག་གི་དུས་དེབ་གང་རུང་དུ་བཀོད་པའི་རྩོམ་ཡིག་རྣམས་ཕྱོགས་གཅིག་ཏུ་བསྡུས་ཏེ་སྐན་དེབ་འདི་ཉིད་བསྒྲུན་པ་འདིས་སྐན་རྩོམ་འཛོལ་མོའི་སྐན་དབང་གསོ་བའི་ཟས་སུ་མི་ཡོང་མོད། རང་ཉིད་ཀྱི་སེམས་ཚོར་གྱི་རྩེ་མོར་ཡང་ཡང་བསྒྲུན་པས་ཡིད་དབང་གི་རྣོ་སྒྲེང་བདར་བའི་ཚིག་གི་ཕྲེང་བ་ཞིག་ཅིས་ལ་མིན་ཨང་། ཡིན་ཡང་། འདིར་བརྗོད་འདོད་པ་ནི། དགེ་རྒན་ཙམ་པོའི་མིང་ཐོགས་པ་ནས་བསམ་པ་དཀར་པོས་སྟུན་ཁྲིད་དེ་ལྟག་བསམ་རྣམ་པར་དག་པས་སློབ་མ་ཚོ་དང་མཉམ་འབྲིས། མཉམ་གནས་ཀྱིས་སེམས་གཏམ་ཐན་ཐུན་དག་གོ་སྐྱའི་སྒོ་ནས་ཡིག་ངོར་བཀོད་དེ་"སེམས་གཏམ་སོག་མའི་ཕོན་ཐག་"མ་ཆད་མ་འཁོར་རྒྱུན་བསྲིང་ཐུབ་ན་བསམས་ཏེ། གང་ཞིག་བརྗོད་པ། བསྒྲུབས་པ་ཐམས་ཅད་གོ་སླ་དྲང་བདེན་དང་། ཐད་ཀ་ཐད་ཀར་བརྗེན་ཅི་ཐུབ་བྱེད་པ་ལས་གོ་དཀའ། འཁྱོག་བརྗོད། བསྐོར་བཤད། བརྗོད་བྱ་གཏིང་ཚད་ལྟ་བུའི་ཚིག་གི་སྒྲུ་རྒྱལ་དག་ལ་དང་དོན་བྱས་མེད།

དེ་ཡང་། ཉིན་མོ་སུམ་བཅུ་དྲུག་ཙུའི་སེམས་ཚོར་ཁོ་ནར་སྐྱབས་བཅོལ་ཏེ་བྲིས་ཡོད་པས་ཀློག་པ་པོར་རྩོམ་རིག་སྒྱུ་རྩལ་གྱི་སྙོམ་པའི་གདུང་བ་སེལ་བའི་རེ་སྨོན་གྱིས། རྩོམ་རིག་ལ་རིགས་གསུམ་ལུས་བདུན་དུ་བཤད་པ་ལྟར། གླང་དོར་གྱི་གནད་སྟོན་པའི་རིགས་ཀྱི་ཁོངས་སུ་འདུ་མི་ཐུབ་ཀྱང་འདིའི་ལུས་གཉིས་ཏེ་ལེགས་བཤད་དང་བསླབ་བྱ་ལས་རང་གི་བློ་དང་འཚམ་པའི་སློབ་མ་གཙོར་བྱས་ནས་མི་རྣམས་ལ་མི་ཆོས་བསླབ་བྱའི་ཚུལ་གྱིས་གྲོས་འདོན་དང་། མངོན་སུམ་གྱིས་ངེས་ཤེས་འཐོབ་པའམ་འཇུག་བདེ་བར་དམིགས་ཤིང་། དོན་ཐེ་བྲག་པའི་སྣང་ཚུལ་སོགས་ཀྱི་ཁྱད་ཆོས་ཅི་རིགས་མཐོང་སྣེ་གསར་པའི་ལམ་ནས་དམིགས་བྱའི་བློ་དང་འཚམ་པའི་ཡུལ་ལ་གོ་སྙོན་བློ་འགུག་གི་ནུས་པ་རེ་ཐོན་ཐུབ་ན་བསམས་ཏེ། རང་གི་བསམ་ཚུལ་ཁ་ཤས་མི་ཡུལ་འདིར་ལྷུག་པོར་བརྗོད་པ་ཡིན་ནོ། །

རྩོམ་རིག་གིས་དེང་གི་མི་ལ་ཞབས་འདེགས་ཐུབ་ཞུ་མིན་དང་འཚོ་གནས་ལ་འགན་འཁུར་ཐུབ་མིན། ཀློག་པ་པོའི་སེམས་རྒྱུད་འགུག་མིན་གྱིས་རྩོམ་རིག་གི་རབ་འབྲིང་གི་ཕན་འབྲས་བྱུང་བ་ཡིན་པས། མདོར་ན། འདིར་ཅི་ཞིག་བྲིས་པ་དེས་ངའི་སློབ་བུ་རྣམས་དང་། ན་མཉམ་གྲོགས་པོ་ཚོར་གོ་ཆོད་པ་ཞིག་འབྲི་བའི་ཀུན་སློང་དྭངས་མས་བསྐུལ་བ་དང་། དེང་སང་རྩོམ་རིག་གིས་སློབ་གསོར་ཞབས་འདེགས་ཐུབ་ན་ཅི་མ་སྙམ་པའི་བློས་ཀུན་ནས་བསླངས་ཏེ་བྲིས་པ་དགེ་གྱུར་ཅིག

དཀར་ཆག

[illegible]

གཞིན་སྐྱུལ་ངག་གི་སྐྱེ་མ། .... (2)

རང་གི་འཛིན་གྲྭར་ཕྱུལ་བའི་སེམས་གཏམ། .... (3)

མི་ཚོས་བསྟན་པའི་ལུགས། .... (5)

སྐྲོ་གདུང་། .... (8)

རང་ལ་སྨྲས་པ། .... (12)

སྣང་བའི་གཞོག་ཟུང་མཁའ་རུ་ལྡིང་བ། .... (14)

འགྲུལ་བཞུད་པའི་སྐན་ཚིག་ཁག་ཅིག .... (17)

གྲོང་ཁྱེར་མྱུལ་བའི་མཐོང་ཐོས། .... (19)

སྙིང་གཏམ་ནས་ཆང་བསིལ་མ། .... (21)

སེམས་ལ་གྲོས་ཤིག་འདེབས་ཚུལ། .... (26)

ལུས་ངག་ཡིད་གསུམ་དུ་སྤྱར་བ། .... (29)

དྲི་བ་སྒྲོ་བུར་མ། .... (31)

སྣང་ཚུལ། .... (33)

ན་ཟླར་བགྲོ་བའི་གཏམ། .... (36)

རང་གིས་རང་ལ་གྲོས་ཤིག་འདེབས། .... (38)

མི་ཚེ་འཛད་ཀྱིན་འདུག .... (40)

[illegible]

མ་ལོ་དྲན་པ། ……………………………………………………(43)

ཕ་ལོ་དྲན་པའི་རྒྱང་གཞས།……………………………………………(50)

དྲན་གདུང་གཏོམ་པོ།……………………………………………(53)

ཨ་མའི་རེ་སྨུག……………………………………………………(54)

དྲན་པའི་སྙིང་ཆུང་གསལ་ལ་ཁད།……………………………………(57)

ཕ་ཡུལ་དྲན་ཚུལ།……………………………………………………(59)

ངའི་ཡ་ཆུང་སེམས་ན་སྡུག་ཅིག་ཡོད།………………………………(61)

སེམས་ཀྱི་ཨ་ཐང་། ……………………………………………………(63)

ནང་ནས་ཆུང་མ་དྲན་པ། ……………………………………………(66)

སེམས་རྐྱོད་ལ་ཤོར་སྐྱངས།……………………………………………(69)

གྲིས་ཁ་མའི་སེམས་བྱུང་།……………………………………………(71)

ངའི་ཡ་ཆུང་སེམས་ན་སྡུག་ཅིག་ཡོད།………………………………(72)

གྲང་ཤུར་ཤུར་གྱི་བྲང་གཞུང་།……………………………………(75)

[illegible]

དགེ་གྲོགས་ཞིག་ལ་ཕུལ་བའི་སྙིང་གཏམ་གོ་སླ་མ།……………………(78)

ང་རང་སུ་རེད། ……………………………………………………(80)

སྙིང་གཏམ་འོ་མར་སྦྱར་བའི་ཀ་ཕྲེང་གོ་སླ་མ།…………………………(83)

དགེ་རྒན། ……(85)

སྙིང་གཏམ་ཚིག་ལྷུ་མ། ……(87)

སེམས་ཀྱི་ལེགས་སྐྱེས། ……(89)

རང་གི་འཛིན་གྲྭའི་སློབ་མ་རྣམས་ལ་བྲིས་པའི་ཤ་ཚའི་སྙིང་གཏམ། ……(91)

ཕྱོགས་ལ་བསྐྱུར་བའི་ཀ་རྩོམ། ……(94)

ནང་མིར་བགྲོ་བའི་གཏམ། ……(96)

དགེ་རྒན་དུས་ཆེན་ལ་ཕུལ་བའི་ཀ་རྩོམ་གོ་སླ་མ། ……(100)

གསང་རྣམ་མགུར་མ་ཡེ་ཤེས་སྤུན་གྲོགས། ……(102)

བཅུ་དྲུག་ལང་ཚོ། ……(105)

ང་དང་རྐང་རྩེད་སྤོ་ལོ། ……(107)

ཀ་ཁའི་རྒྱང་འབོད། ……(109)

ལེའུ་ལྔ་པ། ཀ་ཡུ་ཡི་ཡི་གེ།

ཙ་རི་སྐྱུལ་བའི་མཐོང་ཐོས། ……(112)

ཉིག་གཅིག་སླུ་ཏུ་བཀུགས་པ། ……(120)

ལམ་ཐག་རིང་མོའི་སེམས་ཚོར། ……(123)

རྫམ་སློབ་ཆུང་གི་སྐྱོང་བྲིས། ……(131)

བྲག་དཀར་སྤྲེལ་རྫོང་གི་མཐོང་ཐོས། ……(133)

འཚོ་བའི་ཟུར་ཞིག ……(138)

འབྲིང་རྒྱུགས་ཡིག་ཚད་ལ་བལྟས་པའི་སྐྱོང་ཚོར། ……(141)

ལམ་བར་གྱི་མཐོང་ཐོས་སྐྱོང་གསུམ། ……(143)

ལམ་གྱི་སེམས་ཚོར། ……(145)
ནམ་མཁའི་སྤྱོད་ཟིན། ……(147)
ཕྱིར་དྲན་གློང་གི་དགའ་སྐྱོ། ……(149)

ལེའུ་ལྔ་པ། ཀར་ཚལ་པ།

རང་རེའི་ཡུལ་ལ་བགྲོ་བའི་གཏམ། ……(161)
སེམས་པ་བཀུག་ཚུལ། ……(165)
ཡར་སེམས་ཚང་ལ་ཕུལ་བའི་སྙིང་གཏམ། ……(166)
བུད་མེད་རྩོམ་པ་པོའི་དེབ་ཕྲེང་པར་བསྐྲུན་ལ་ཕུལ་བའི་སེམས་གཏམ། ……(169)
གཡང་ཁྱིམ་ཚང་ལ་ཕུལ་བའི་གཡང་གི་འབོད་པ། ……(170)
ཀུ་རུ་ཚང་ལ་ཕུལ་བའི་གཏམ། ……(171)
མིང་སྲིད་ཚོར་ཕུལ་བའི་གཏམ། ……(177)
མཛུབ་མོ་བཀུག་ནས་གངས་རིའི་མཛའ་མོར་སྨྲུག ……(179)
ཁྱེད་ལ་སེམས་གཏམ་ཤོར་ཚུལ། ……(180)
ཕལ་བས་ཨ་ཐང་སྙིང་བ། ……(182)
ཚེ་གྲོགས་སྐྱ་ཡར་ཕུལ་བའི་སྐྱེས་སྐར་རྟེན་འབྲེལ། ……(185)
མིང་སྲིད་རེ་རེར་ཕུལ་བའི་བོད་ཀྱི་ལོ་སར་ཞིབ་ཚིག ……(185)
གོ་སླའི་སྙིང་གཏམ། ……(189)
ཚུགས་དེར་དཔྱད་ན་ངོ་རེ་ཚ། ……(191)
ཁྲེལ་མེད་རང་གི་སེམས་རེད། ……(193)
ཁྲ་རིལ་མིག་གིས་མཐོང་ཚུལ། ……(194)

གཡང་སྡེ་ཕྲུག་མོར་ཕུལ་བའི་སྙིང་གཏམ། ……(195)

ཡོད་ལགས། ……(199)

བསྐྱོ་ཁྱུ་ཀར་ཐལ་ཡག་ཕྱིལ།

དགའ་བདེའི་རྩི་ལམ། ……(202)

མེས་པོའི་གྲོང་གི་སྐྱེས་སྐར་སྙན་ཚིག ……(207)

དགེ་བའི་བཤེས་གཉེན་རྣམས་ལ་ཕུལ་བ་དྲན་པའི་གསོལ་སྨན། ……(209)

སྐལ་དོན་སྲུག་བྲིས་ཡོ་ཆས་ཀུང་སིར་ཕུལ་བའི་གཏམ། ……(217)

ཚོགས་ཆེན་བཅུ་དགུ་བསུ་བའི་གཏམ་གྱི་རོལ་མོ། ……(219)

འགྲོག་མོ་ཁྱེད་བསྟོད་དོ།། ……(221)

ར། ཞིབ་ཞིབ་ཀྱི་ཀུ་རྒྱུག།

ཁྱེད་རང་གློང་བ། ……(225)

ཁྱོད་ཀྱི་མིག་ཀོང་ན། ……(227)

རང་སྣང་ཤར་མར་བྲིས་པའི་སྨྲ། ……(228)

ལུས་ཀྱི་ཕོག་ཐེབས། ……(232)

དོགས། ……(233)

འཁྲུགས་བསིལ་བསིལ་གྱི་སེམས་པ། ……(234)

རེ་བ། ……(234)

བསླབ་བྱ་ཚིག་བཞི་མ། ……(236)

ཚུ་སྲན་ཞིག ……(238)

བར་སྐོར་འགྲིམ་པའི་ཚོར་འདུ། ……(239)

སྐད་འཕྲིན་སྣང་བ་ཐན་ཐུན། ……(240)

སྲུན་སྣང་ཐན་ཐུན། ……(241)

སེམས་ཁྲུར་ལྷག་མ་ཞིག ……(242)

འབོད་བརྗ་སིང་སིང་། ……(243)

ང་ནི། ……(244)

གཡུ་རྗོ་སྔོན་མོས་བསད་པའི་སླན་ངག་པ། ……(246)

རེས་མོས་སྐྱིད་སྡུག་འདི་ལ་ཡོད་རྟོན་ཅི། ……(248)

སེམས་གཏམ་བཅད་མའི་གདུང་དབྱངས།

གཙུག་ལག་ལྷོན་པའི་འདབ་མ་སྔོང་། །
ཀུན་ནས་གྲོལ་པའི་དཔྱིད་དཔལ་ལ། །
ན་ཆུང་ཀང་དྲུག་གཞོན་ནུའི་ཚོགས། །
ཅི་དགར་རོལ་ན་མི་དགའ་འམ། །

གཞེན་སྨུལ་ངག་གི་སྙེ་མ།

གཙུག་ལག་སློན་པའི་འདབ་མ་སྟོང་།།
ཀུན་ནས་གྲོལ་པའི་དཔྱིད་དཔལ་ལ།།
ན་ཆུང་རྐང་དྲུག་གཞོན་ནུའི་ཚོགས།།
ཅི་དགར་རོལ་ན་མི་དགའ་འམ།།

རིག་པའི་གནས་ལ་རྩེན་པ་ཡིས།།
སྐལ་ལྡན་གཞོན་ནུ་མོས་མཐུན་ཚོ།།
འདུན་མའི་ལམ་ལ་སླེག་པའི་མོད།།
མཛའ་བརྩེ་ཟབ་ན་མི་དགའ་འམ།།

ཡིད་འོང་གངས་རིའི་ལྡིང་ཁང་ནས།།
ཤེས་བྱའི་ཟེའུ་འབྲུར་རོལ་བ་ཡི།།
རང་རེའི་སྐལ་ལྡན་གཞོན་ནུ་ཚོར།།
རིག་སྟོབས་རྒྱས་ན་མི་དགའ་འམ།།

བརྡ་འཕྲིན་རིག་པའི་དཀྱིལ་འཁོར་ལ།།
ཚན་རྩལ་གློག་འཕྲིན་མྱུགས་བཞིན་འཕྲོས།།
རྩིས་འཁོར་ལ་སོགས་གསར་པའི་གནས།།

རིག་པས་སྤྱུང་ན་མི་དགའ་འམ།།

མི་རིགས་བཅའ་ཁྲིམས་པདྨའི་འདབ།།
ཀུན་ནས་གྲོལ་ཅིང་ཕོ་ལག་རྒྱུས།།
གཞོག་དྲུག་གཞོན་ནུས་རང་སྐད་ལ།།
གཏིང་ཟབ་སྤྱུང་ན་མི་དགའ་འམ།།

ཡིད་འོང་སློབ་གྲྭའི་དགའ་ཚལ་འདིར།།
ལེ་ལོས་མ་གཡེང་སློབ་ཕྲུག་ཚོས།།
རྒྱན་གྱི་ཞལ་གསུངས་བདུད་རྩི་ལ།།
སྐད་ཅིག་རོལ་ན་མི་དགའ་འམ།།

༢༠༠༨ལོའི་༧ གངས་རྒྱན་ན་ཆུང་ཚགས་པར་༡ སྐྱེང་བཀོད།

རང་གི་འཛིན་གྲྭར་ཕུལ་བའི་སེམས་གཏམ།

ཕྱུགས་འདུན་ལམ་སྣ་ཟིན་ཆེད།།
ཁ་ཏ་སེམས་ལ་བཟུང་ཞིང་།།
བརྩོན་འགྲུས་རྟ་ཕོར་བཞོན་ནས།།
ཤེས་རིག་ལྕུག་གིས་བྲབས་ཏེ།།
བསླུག་པའི་ཀ་ཁའི་གདངས་ལ།།

བཤད་ཀྱི་ཕ་སྐད་དབྱིངས་རིམ། །
སྟོབས་ཀྱིས་དཀྱུས་གསུམ་རྒྱབས་དང་། །
ཤེས་རིག་ཟུངས་ཁྲག་སྨུམ་པོ། །
སྙིང་གི་རུས་ལ་སིམ་ཡོང་། །
སྤྲོལ་རྒྱུན་རྩ་བ་བརྟན་ཡོང་། །

འཕེལ་འགྱུར་བཞི་མདོའི་མཚམས་སུ། །
ལོ་རྒྱུས་མེ་ལོང་ངོས་ལ། །
ཞིབ་མོ་བློ་ཡིས་ལྟོས་དང་། །
རང་རེའི་མེས་པོའི་ཞལ་རས། །
ལྷ་ལེར་སེམས་ལ་འཆར་སྲིད། །
མི་ཚེའི་རིན་ཐང་ལམ་བུ། །
དཀའ་སྡུག་ཁྲིད་ནས་རྙེད་ཡོང་། །
མི་ལུས་རིན་ཆེན་འདི་ལ། །
རིག་ཤེས་ཤ་ཚུགས་རྒྱས་ཡོང་། །

སྐྱིད་ལུག་ལོ་ལོའི་དུས་འདིར། །
འབྲུལ་བ་གཡོ་སྐྱུའི་སྐབས་རེད། །
དད་བརྩོན་གོ་ཆ་བཟུང་སྟེ། །
ཇོང་པོའི་གཞུང་རྒྱུད་སྐྱོངས་དང་། །
འཚོ་ཚོས་མི་ཡོང་མི་སྲིད། །

བདེ་སྐྱིད་མི་ལྡན་མི་སྲིད།།

མི་ཆོས་མི་མཁོ་མི་སྲིད།།

ཉ་ཉོག་གདོད་མའི་སེམས་འགྱུ།།

རྩ་བ་ཡེ་ནས་ཆོད་ཡོང་།།

མི་ཆོས་བསྟན་པའི་ལུགས།

སྤྱོད་བཟང་སྤྱོད་ངན་སྤྱོད་ལམ་གཉིས།།

མི་ཆོས་ལུགས་འདི་སྤྱོད་བཟང་ཡིན།།

ཁྲིམས་ལུགས་ཉེས་ཁྲིམས་དམངས་ཁྲིམས་སོགས།།

མི་ཆོས་ལུགས་ཀྱི་རྒྱབ་རྟེན་ཡིན།།

ཇི་སྐད་ཀླད་ཆུང་ངན་པ་ལ།།

ཡོན་ཏན་ཡོད་ཀྱང་དེ་བས་ངན།།

དེ་བས་སྤྱོད་ལམ་བཟང་པོ་ནི།།

མི་གཞི་ཀུན་གྱི་རྩ་བ་ཡིན།།

དེས་ན་སྤྱོད་བཟང་གཙོ་བོ་སྟེ།།

ཆུང་དུའི་དུས་ནས་སྤྱོད་བཟང་སློབས།།

དར་མའི་དུས་སུ་སྤྱོད་བཟང་སྲུངས།།

རྒན་པའི་དུས་སུ་སྤྱོད་བཟང་གོམས།།

སྤྱོད་བཟང་མི་ཆོས་བསམ་བློ་དེ།།
ཀུན་སློང་བཟང་ངན་ལ་ཐུག་པས།།
ཀུན་སློང་གསོ་བའི་བདུད་རྩི་ནི།།
མི་ཆོས་ཀུན་སྤྱོད་ཚུལ་ལ་བལྟ།།

མི་ཆོས་བསླབ་བྱའི་རྩ་བ་ལ།།
རྣམ་པ་དགུ་སྟེ་མཁས་པས་གསུངས།།
སྤྱོད་བཟང་འབྱུང་བའི་གཞི་ཡིན་པས།།
ཐོག་མར་འདི་ལ་གོམས་པར་བྱོས།།

དང་པོ་སྲིད་པའི་ཆགས་ལུགས་ཤེས།།
གཉིས་པ་སྣོད་བཅུད་གཅེས་འཛིན་ཤེས།།
སྐྱེ་འགྲོ་མི་ཡི་བྱུང་ཚུལ་ཤེས།།
སྤྱོད་བཟང་འཕེལ་བའི་གཞིས་གཅིག་ཡིན།།

དེ་ནས་གོ་ལའི་ས་བཅད་ཤེས།།
འགྲོ་བ་མི་ཡི་བདེ་སྡུག་རྟོགས།།
བཙན་པོ་རྗེ་ཡི་གདུང་རབས་ཤེས།།
སྤྱོད་བཟང་ལུགས་དང་ཁྲིམས་ལུགས་རྟོགས།།

མེས་པོ་ཕ་མའི་བྱུང་རབས་ཤེས།།
སྐྱིད་བཟང་མེས་པའི་ཤེས་ཡོན་རྟོགས།།
རིག་གནས་བསྟན་པའི་ཆགས་ལུགས་ཤེས།།
མེས་པོའི་ཐུགས་རྗེ་དྲིན་གཟོ་ཤེས།།

ཚེ་རིགས་ཕ་མའི་ཚོ་སྡེ་ཤེས།།
ཁྲིམ་མཆོས་འགྲིག་མཐུན་འཆམ་མཐུན་ཤེས།།
རང་སྲོལ་བཟང་པོ་སྐྱུ་རུ་ཤེས།།
སྐྱིད་བཟང་ཁྲིམས་མཐུན་འཆམ་མཐུན་རྟོགས།།

མི་ཚོས་རྩ་བ་འདི་ཤེས་ན།།
སྐྱིད་བཟང་གཤིན་པོའི་ཞིང་ས་ཡོད།།
སྐྱིད་བཟང་ས་བོན་བཏབ་གྱུར་ན།།
མི་ཚོས་འབྲས་བཟང་ཅིས་མི་ཐོབ།།

མི་ཚོས་ས་བོན་རེ་རེ་ནི།།
དགོས་འདོད་རིན་ཆེན་ནོར་བུ་ཡིན།།
ཡང་མོ་ཕྲུག་ལ་མི་ལོན་བཞིན།།
འཇམ་པོ་གྲི་ཡིས་མི་ཆོད་བཞིན།།

འགྲོ་བ་མི་ཡི་རིགས་འདི་ལ།།

ལ་ལུང་གང་ནས་སྟོད་ལུགས་ཤིག །
གོ་བདེར་བཤད་ན་མི་ཆོས་ཡིན། །
དམ་པའི་སྲོལ་ལ་མོས་གུས་སྐྱེད། །

མི་ཆོས་ལྷ་ཆོས་རྒྱལ་ཁྲིམས་གསུམ། །
ཞིབ་ཏུ་བསམས་ན་འགལ་བ་མེད། །
དེ་བས་ཀུན་སྤྱོད་ལྡན་གྱུར་ན། །
ཁྲིམས་མཐུན་ལུགས་མཐུན་ཀུན་ཡང་མཐུན། །

སྐྱོ་གཏང་།

སེམས་པ་སྡུག་གིས་བཟུང་ཡོད། །
སྡུག་གི་ན་བུན་འཐིབས་ཡོད། །
མ་སྡུག་གཟུགས་གཞི་སྐམ་པོ། །
སྡུག་དང་མི་སྡུག་མ་ཟེར། །

དྭན་པའི་གཞུ་མོའི་ནང་ལ། །
སྐྱོ་བའི་མདའ་མོ་བཞག་ཡོད། །
འཕོང་རྐྱེན་མཐེབ་ཀྱིས་མ་ནོན། །
སྙིང་གི་ཕྲེད་ཀ་གས་འགྲོ། །

ཕ་ལོའི་ཁ་ཏ་དྲི་མེད།།
ཁ་ཆེམས་ལྗུང་བསྟན་འདྲ་བྱུང་།།
ཕྱི་མིག་སེམས་ལ་བསྒོམས་པས།།
སྙིང་གི་རུས་པར་སྐྱེས་སོང་།།

བྱམས་སེམས་མ་ལོའི་ཁ་ཏ།།
ལམ་སྟོན་སྒྲོན་མེ་འདྲ་བྱུང་།།
བྱམས་བརྩེ་གངས་རི་དཀར་པོ།།
བཀྲག་མདངས་ཉི་མས་མི་ཞུས།།

ཉི་མ་ཤར་ས་མི་ནོར།།
ཤར་ནས་ནུབ་ས་མི་ནོར།།
ཤར་ནུབ་སུམ་ཁྲིའི་བར་ནས།།
གངས་རིའི་མདངས་སུ་བཀྲ་འོང་།།

ཕ་ཡུལ་རྩྭ་ཐང་དྲན་བྱུང་།།
རྩྭ་ཐང་སྔོ་ནག་དྲན་བྱུང་།།
ཚོན་ཐག་འཚུབ་མས་བཅད་པས།།
ཕུར་བའི་ཚོན་ཐག་ཆད་འགྲོ།།

རྒྱལ་ཁྲིམས་གཉའ་ཤིང་འདྲ་བྱུང་།།
གཉའ་ཤིང་རྒྱལ་ཁྲིམས་འདྲ་བྱུང་།།
རྒྱལ་ཁྲིམས་གཉའ་ཤིང་ལྗི་མོ།།
མི་ངན་རྟུལ་དུ་བཅུག་ཡོད།།

དགེ་བའི་བཤེས་གཉེན་དྲན་བྱུང་།།
ཀན་གྱི་བསླབ་བྱ་དྲན་བྱུང་།།
བཅུ་ཕྲག་རིག་པའི་རྒྱན་ཆ།།
གངས་རིའི་མཚོངས་སུ་སྤྲུས་སོང་།།

དྲང་བདེན་དཔོན་པོ་དྲན་བྱུང་།།
དཔོན་པོའི་བཀའ་དག་དྲན་བྱུང་།།
མི་གཞིས་སྤྲིན་པ་དཀར་པོ།།
སེམས་ཀྱི་ནམ་མཁར་ལྡིང་ཡོང་།།

སྲོལ་རྒྱུན་བཟང་པོ་དྲན་བྱུང་།།
རིག་གཞུང་ལྡོན་ཤིང་དྲན་བྱུང་།།
གཞུང་བཟང་ཤེས་བྱའི་ལོ་མ།།
མཛད་འཕྲིན་ཤིང་འབྲས་སྨིན་ཤོག།

ཤ་མར་ཐུད་གསུམ་དྲན་བྱུང་།།

འཁོར་བའི་ཕུན་ཚོགས་དྲན་བྱུང་།།
ལྷད་མེད་ཕ་ཟས་སྦྲང་རྩམ།།
ཤ་གསེང་རུས་པར་འཐིམས་སོང་།།

གཡང་དཀར་ལུག་ཆུང་དྲན་སོང་།།
ལུག་ཆུང་གཡང་དཀར་དྲན་བྱུང་།།
གཡང་ས་སྤང་ལྗོངས་སྟོན་མོར།།
མེ་ཏོག་འཛུམ་གྱིས་ཁེངས་སོང་།།

སྐྱེ་ཆེན་རྩེད་ར་དྲན་བྱུང་།།
རྩེད་རའི་ཆུང་འདྲིས་དྲན་བྱུང་།།
རོགས་པོའི་ཞེ་འདང་འོ་མ།།
ཡང་ནས་ཡང་དུ་དགུག་འདོད།།

ཁྱིམ་གཞིས་དྲོད་ཁོལ་དྲན་བྱུང་།།
སེམས་ཀྱི་ཁོ་མོ་དྲན་བྱུང་།།
འཛིག་རྟེན་གནམ་གྱི་འོག་ནས།།
བདེ་ཞིང་སྐྱིད་པའི་སྨོན་ལམ།།

༢༠༡༥ལོའི་ཟླ་༡༠ཚེས་༡༢ཉིན།

རང་ལ་སླུས་པ།

ཚིག་རྫུབ་མཚོན་ཆ་གང་ཅུང་མ་གཅེ། །
ལས་འགྲོ་བཟའ་ཚང་མི་ཚེའི་གྲོགས་ཡིན། །
རིགས་ཞེན་ལྷག་བསམ་གཞན་ལ་མ་བཤད། །
སྤྱང་གླང་ལག་ལེན་སུ་ཡིས་མི་རྟོགས། །

བཟའ་ཚང་ནང་ལ་འཁོན་འགྲས་མ་ཆེ། །
བཟོད་སྒོམ་ཁྲིམ་གྱི་རྡོད་ཁོལ་ཡིན་ནོ། །
དཔོན་ངན་མཐོ་ལ་མགོ་བོ་མ་སྒུར། །
དཀར་ནག་དགེ་སྐྱོན་འབྱེད་ནུས་མི་འདུག །

ང་རྒྱལ་ཐ་སྙད་ནང་ལ་མ་འཕེན། །
ཁྲིམ་གཉིས་མེ་ལོང་དྲི་ངད་ཆགས་ཡོང་། །
རང་རྒྱུད་དྲང་མོ་གཞན་ལ་མ་སྟོན། །
སློག་གཡོ་ངན་རྫུས་འགོག་ནུས་མི་འདུག །

ར་མ་ལུག་སྐད་ང་ལ་མ་བཤད། །
བུ་དང་བུ་མོས་ཕ་ངོ་མི་ཟིན། །
སེམས་གཏམ་འོ་མ་ཆུ་ལ་མ་སླུག །
འོ་ཆུ་འབྱེད་ནུས་རང་གིས་མི་ནུས། །

བཀྲེན་པ་སེར་སྣ་ནང་ལ་མ་བྱེད།།
ཁྱིམ་གཞིའི་འཚོ་ཆོས་རྒྱུ་དང་འབྲེལ་ཡོད།།
དྲ་ཐོག་སྦྱིན་པ་གཞན་ལ་མེད་མོད།།
གཟུ་ལུམ་གཡོ་སྒྱུ་སེལ་ནུས་མི་འཕུལ།།

ཕྲག་དོག་དུག་ཆེར་ནང་ལ་མ་ཟུབ།།
ཆེ་སྤུན་ཡིན་ཡང་ཕྲལ་ནས་ཕུད་འགྲོ།།
བཟང་སེམས་སྒྲོ་མཆིན་ཕྱི་ལ་མ་འཕུད།།
སྒྲོ་དུག་ཁ་དབུགས་འགོག་ནུས་མི་འདུག།

ཁྱིམ་གྱི་ལས་ཀར་སུན་ནོ་མ་ཟེར།།
ལྟོགས་སྐོམ་སེལ་མཁན་རང་ཁྱིམ་ཡིན་ནོ།།
ཕྱི་ཡི་ཁྲ་ཁྲ་མཛེས་སོ་མ་ཟེར།།
ཕྱི་ནང་རྟོགས་པའི་མཁྱེན་དཔྱོད་མི་འདུག།

ཕྱོགས་རིས་ཆགས་སྡང་ནང་ལ་མ་འཕེན།།
བུ་ཕྲུག་ཡིན་ཡང་སུན་པ་ཐོར་འགྲོ།།
བཟོད་སྒོམ་ཕྱི་ལ་སྒོམས་སོ་མ་ཟེར།།
བརྟས་བཙོས་བཟོད་སྒོམ་ནུས་མེད་ཡིན་ནོ།།

སེམས་གཏམ་ནང་ལ་བསྲུན་ནོ་མ་ཟེར།།
ཉན་འདོད་མེད་ཀྱང་འཕྱ་སྨོད་མ་བྱེད།།
ཤ་ཚ་ཕྱི་ལ་བཤད་དགོས་མ་ཟེར།།
གནོད་ཚིག་སེམས་ཀྱིས་ཐེག་པ་དཀའ་བོ།།

༢༠༡༥ལོའི་ཟླ་༡ཚེས་༢༨ཉིན།

སྣང་བའི་གཤོག་ཟུང་མཁའ་རུ་ལྡིང་།

ཡར་ཀླུང་ཤར་སྒོ་སྲུང་ལ་སྟོབས་ཀྱིས་འཁྱིང་འདྲ་བའི།།
ཕྱོགས་བཞིའི་རི་ལག་དཔའ་པོ་དཔུང་ལ་བསྒྲིགས་འདྲ་ཡོད།།
མགུལ་ན་སྤྲེའུ་སྲིན་གཉིས་ཁྲིམ་ནོར་བུ་དགའ་འཁྱིལ་ལྡིད།།
གཞུང་ན་ཡར་ཀླུང་སོག་ཁའི་སྐྱེ་འགྲོའི་འཚོ་གཞིས་སྐྱིད།།
འདི་ནི་རིག་པའི་དཔའ་བོ་འཁྲུངས་པའི་རྟགས་སུ་གོ།།

བྱང་ན་ཉ་མགོ་གནམ་ལ་མཆོངས་འདྲའི་བྲག་རི་མཐོ།།
ཤར་ན་རྒྱ་བྱས་སྒྲོ་མདོངས་ཕུད་འདྲའི་སྤང་རི་ཡག།
ལྷོ་ན་ཙང་ཤེས་སུག་བཞིས་གཏུབ་འདྲའི་གཡའ་རི་བརྗིད།།
ནུབ་ན་གླང་ཆེན་བྲེས་ལ་ཉལ་འདྲའི་ནགས་རི་མཛེས།།
ཕྱོགས་བཞི་མི་ཡིས་གོང་དུ་བཀུར་བའི་རྟགས་སུ་གོ།།

གླང་ཆེན་བྲེས་ལ་ཉལ་འདྲའི་རི་རྒྱུད་ཁུག་སོ་ན།།

ཁམས་བཟང་གཞིས་ཁྱུལ་རང་ཁྱིམ་རྡོད་མོའི་གནས་སུ་ཤེས།།
གཡས་ན་ཤམ་ཆུ་མི་ཆད་རྒྱུན་ཏུ་རྒྱུགས་པ་འདི།།
ཟང་ཟིང་ཁྲོད་ནས་དཔེ་གློག་བསྲིང་བའི་རྟགས་སུ་གོ།།

ཕྱོགས་བཞིར་ཆོ་ཆུ་མཁར་ཆུ་གྲིབ་ཆུ་བརྗོལ་བ་འདི།།
མི་ཆོས་སློབ་གསོས་མི་གཞིའི་དྲི་མ་དག་པར་གོ།།
མདུན་དུ་ཤམ་ཆུ་ཡུར་ཆུ་དཀྱིལ་ནས་འདྲེས་པ་དེ།།
རང་གཞན་དོན་ལ་མཐུན་སྒྲིལ་བརྩོན་པ་རིང་བར་གོ།།

གཡས་རི་ཤེལ་བྲག་རིན་ཆེན་གཡང་ཏེ་སྤུངས་འདྲ་འདི།།
དགོས་རྒྱུ་རང་ལ་དུས་ལྟར་ཚང་བའི་བརྡ་རུ་གོ།།
ཤིང་རིགས་སྔ་ཚོགས་གནས་དང་གནས་མིན་འཛུགས་པ་འདི།།
སྡོང་འཛུགས་ནགས་སྐྱོང་ཤུགས་ཀྱིས་འབྱུང་བའི་བརྡ་རུ་གོ།།

མདུན་རི་ཤམ་པོ་གངས་ཀྱི་མཆོད་རྟེན་བཞེངས་འདྲ་བ།།
གངས་ཅན་མི་ཡི་སེམས་རྒྱུད་དཀར་པོ་མི་ཞིག་གོ།།
དུས་བཞིའི་འགྱུར་བ་ཤིན་ཏུ་གསལ་ཞིང་བསིལ་བ་འདི།།
སྔོད་བཅུད་ཁྱིན་ཐབས་ནམ་ཡང་མི་འགྱུར་ལུང་དུ་རྟོགས།།

ཁྱིན་ཅན་གནས་འདིའི་དཔེ་མང་སྤུངས་པའི་རང་ཁྱིམ་དུ།།
རང་ནུས་ཤོད་ཀྱིས་དཔེ་གློག་ཐང་དུ་ཤེས་པ་སྐྱིད།།
མི་ལ་ངོ་སྲུང་ཁ་ཡག་མི་དགོས་ཤིན་ཏུ་སྐྱིད།།
ཅི་བཤད་གཞན་གྱིས་ཕྲག་དོག་མེད་པས་དེ་བས་སྐྱིད།།

དཔེ་མང་རིན་ཆེན་དངོས་གྲུབ་སྤུངས་པའི་དགའ་འཁྱིལ་དུ། །
ཅི་བལྟས་སྣང་བ་ཆོས་སུ་འདུག་པས་ལུས་སེམས་བདེ། །
དཔོན་པོས་ཁྲོ་གཉེར་རྣམ་འགྱུར་མེད་པས་སྤྲོ་བ་འཕེལ། །
མི་ཡིས་རྒྱབ་ཧུས་ལྐོག་ངན་མི་ཐོས་སེམས་པ་སྐྱིད། །

དཔེ་མང་ནོར་བུ་འཁྱིལ་འདྲའི་གཡང་ཁྱིམ་བཀྲ་ཤིས་སུ། །
མཁས་པའི་ང་རྒྱལ་མི་མཐོང་དད་པའི་སྤོབས་ཤུགས་འཕེལ། །
བླུན་པོས་སྨྱོ་བཤད་མི་ཐོས་རིག་པ་དྭངས་མོར་གནས། །
ཟང་ཟིང་ཁེ་ཕན་མི་གོ་དགེ་སྦྱོར་ཕུན་སུམ་ཚོགས། །

དཔེ་སྤུངས་ནོར་བུ་དགའ་འཁྱིལ་གཡང་ཁྱིམ་གྲུ་བཞི་རུ། །
ཟྲོལ་བསྟོད་ངོ་དགའ་མི་མཐོང་དུས་ཀུན་སྣང་བ་སྐྱིད། །
ཟས་གོས་སྲིད་པ་མི་ཐོས་རྣ་བའི་དབང་ཤེས་བདེ། །
ནང་དམེ་ཚིག་གིས་རལ་གྱི་མི་མཐོང་ཤིན་ཏུ་སྐྱིད། །

རིམ་བྱོན་དམ་པས་བྱིན་གྱིས་བརླབས་པའི་གནས་མཆོག་འདི། །
རི་རྣམས་ཚེའི་ལྷ་ཆུ་རྣམས་ཚེའི་ཆུས་རྟེན་འབྲེལ་འགྲིག །
གནས་རྟེན་དམ་པ་སྣོ་གསུམ་གུས་པས་གསོལ་བཏབ་མཐུས། །
ནད་མེད་ཚེ་རིང་བསམ་དོན་ཀུན་རྫོགས་དོན་ལྡན་ཤོག །

རིགས་དྲུག་མི་འབྲུག་མཐུན་སྒྲིལ་ཨ་ལོང་དམ་པར་ཤོག །
འཛིག་རྟེན་སྐྱེ་དགུ་དགེ་ལེགས་ཆེན་པོས་ཁྱབ་པར་ཤོག །

སྣ་ཚོགས་གོས་ཀྱིན་ལང་ཚོ་དར་བའི་མཛེས་སྡུག་ལུས། །
མི་ཚེས་དར་གྱི་གོས་བཟང་སྣ་རགས་དམ་པར་ཤོག །

༢༠༡༩ལོའི་ཟླ་༣ཚེས་༥ཉིན།

འགྲུལ་བཞུད་པའི་སྙན་ཚིག་ཁག་ཅིག

གྲིས་ཁ་མ།
བཞུད་པའི་དུས་ཀྱིས་རྗེས་ནས་བཙན་གྱིས་དེད། །
གྲིས་ཁའི་སྙིང་གཏམ་མགྲིན་པའི་དཀྱིལ་ནས་འགགས། །
ཡ་ཐོད་མིག་གོང་སྐྱོ་བའི་མཆུ་མས་བསྒྲིབས། །
ཡ་ཆུང་སེམས་ན་གཡང་དཀར་ལུག་ཁྱུ་སོགས། །
རི་ལུང་སྤང་ཐང་དག་ན་སྙོད་ཤིག་ཤིག །

རྒྱང་བཞུད།
སྒྱུར་བསྒྲོད་མེ་འཁོར་སྐྱི་བསེར་རླུང་ལ་འགྲན། །
མཛའ་བའི་ཕ་ཡུལ་གནམ་མཐའི་མཚམས་ནས་བཞག །
མགོ་བོ་སྨད་དུས་ལུས་པོ་ལྡིད་ཏིག་ཏིག །
མིག་ཟུང་བཙུམ་དུས་སེམས་པ་གྲང་ཤུར་ཤུར། །
དྲན་པའི་མེ་ལོང་སྟེར་ལས་གྲང་བསིལ་བསིལ། །

ལམ་བར་དུ།

གཞན་ཡུལ་གྲོང་ཁྱེར་མཚན་མོ་གཉིད་ཀྱིས་སྟོང་།།
སྒེའུ་ཁུང་འཁྲམ་ནས་བཅོ་ལྔའི་ཟླ་བར་བལྟས།།
དུ་སྨུག་མཐུག་པོས་ནམ་མཁའ་ནག་ཡོར་ཡོར།།
བསིལ་ལྗོངས་སྤོ་བསངས་ནམ་མཁའ་དྭན་ལྷང་ལྷང་།།

ཁེར་རྐྱང་།

བསམ་གཞིག་ལྗིད་པོས་མགོ་བོའི་ཟུག་གཟེར་རྒྱས།།
མལ་ཁྲིའི་ཚོ་དྲེག་སྨིག་མདངས་འོད་དུ་འཚེར།།
ཁེར་རྐྱང་ལུས་སེམས་ཁང་མིག་གྲུ་བཞིར་བཅོལ།།
ཁ་པར་སྐུད་ལམ་འཚོ་བའི་ཟུངས་སུ་བསྐུན།།

གཞུང་ལས་ཁང་།

དྲི་བ་ཁྱེར་ནས་འཆར་ཟིན་གནད་དོན་གླེང་།།
སྦྱང་ཚན་ཁྱེར་ནས་སློབ་མའི་ཕྱུགས་འདུན་གླེང་།།
མཉོ་བསམ་ཁྱེར་ནས་གསར་རྩོམ་བརྗོད་བྱ་སྒྲིག།
བརྗོད་དོན་ཁྱེར་ནས་མ་འོངས་ལས་ལ་འབད།།
བཞུད་ལམ་རིང་མོ་འདི་ནས་གང་དུ་བགྲོད།།

གྲོང་ཁྱེར་སྤྱུལ་བའི་མཐོང་ཐོས།

ཁོར་ཡུག་དབང་གིས་བྱུང་བའི་ནད་ཅིག་ཡོད།།
ཁྱབ་དར་གཞན་གསུམ་ཀུན་ལ་འགོས་ནས་ཡོད།།
གོ་རྟོགས་སྨན་གྱི་རྩ་བ་མ་འབྱུས་ན།།
ཐུང་གསུམ་རྒྱུད་པའི་འབྲས་བུ་སྨིན་ས་རེད།།
ནད་རྟགས་ཡལ་ག་ལོ་མས་དགབ་རྒྱུ་རེད།།

དར་སྲོལ་དབང་གིས་བྱུང་བའི་ནད་ཅིག་ཡོད།།
ལྷག་པར་གཞོན་དར་གཉིས་ལ་འགོས་ནས་ཡོད།།
མི་གཞི་སྡོན་པའི་རྩ་བ་མ་རྙས་ན།།
རང་ལུས་གཅེར་བུའི་འབྲས་བུ་སྨིན་ས་རེད།།
ནད་གཞི་དེ་ཡང་ཀུན་ལ་གོམས་ས་རེད།།

འཕེལ་འགྱུར་དབང་གིས་བྱུང་བའི་ནད་ཅིག་ཡོད།།
ལྷག་པར་ལས་བྱེད་པ་ལ་འགོས་ནས་ཡོད།།
ཡ་རབས་ཀུན་སློང་ཆུ་མིག་མ་གཙང་ན།།
ཁ་འཛམ་སྒྲིལ་ལད་ཀུན་ལ་ཁྱབ་ས་རེད།།
སྣ་སེར་སྤྲེའུ་རིགས་སྤྱོད་ངན་དར་ས་རེད།།

འཁོར་པ་རྒྱས་ཏེ་བྱུང་བའི་ནད་ཅིག་ཡོད།།

ཡོད་མེད་གཉིས་ལ་རྨང་ནས་འགོས་ཀྱིན་ཡོད།།
ཡོད་པས་འཕོར་རིགས་རྟགས་ཀྱི་བཟང་ངན་འགྲན།།
མེད་པས་དབུལ་སྐྱོར་དངུལ་དམར་མང་ཉུང་རྩོད།།
རྗེས་ལུས་བག་ཆགས་ཤ་དང་རུས་པར་འཐིམས།།

བརྫ་འཕྲིན་དུས་ཀྱིས་བསྐྱེད་པའི་ནད་ཅིག་ཡོད།།
ཕོ་མོ་ཀུན་ལ་འགོས་པའི་ནད་ཅིག་ཡིན།།
འཛིག་རྟེན་དར་དགོས་མི་ཚོས་མ་རྟོགས་ན།།
དུད་འགྲོ་གཉེན་དུ་བཟུང་ནས་དད་ས་རེད།།
སེམས་ཅན་ཁྲིད་པར་བ་ཞིག་འཁྲུངས་ས་རེད།།

ཚོ་བའི་སྲོལ་གྱིས་བསྐུན་པའི་ནད་ཅིག་ཡོད།།
ད་སྔོན་ཞིང་འབྲོག་ཀུན་ལ་འགོས་ནས་ཡོད།།
རང་གཞན་ཕན་བདེ་སེམས་ནི་མ་སྐྱེས་ན།།
རྟུང་རེས་གསོད་རེས་རྒྱུན་ལྡན་ཆགས་ས་རེད།།
ཁྲིམས་ཀྱི་ལག་གདུག་ནམ་ཞིག་བསྐོན་ནི་རེད།།

རྩེད་མོའི་དབང་གིས་དར་བའི་ནད་ཅིག་ཡོད།།
ལྷག་པར་རང་ཡུལ་ཕྱོགས་སུ་འགོས་ནས་ཡོད།།
དལ་འབྱོར་རྙེད་དཀའ་རྒྱུད་ལ་མ་སྐྱེས་ན།།
མི་ཚེ་དོན་མེད་སླིགས་བཞིན་དོར་ས་རེད།།
མི་ལུས་རིན་ཆེན་བླངས་ནོ་ཅི་ཡི་ཆེད།།

སྙིང་གཏམ་ནས་ཆང་བཞིལ་མ།

—ལས་གནས་སྤྱར་རྗེས་ལས་གྲོགས་རྣམས་ལ་རྗེས་དྲན་དུ་ཕུལ།

དགེ་མིང་འཛིན་པ་ང་ནི་སྨད་ནས་ཡོང་། །
ཁྱེད་དང་ཁོང་ནི་དབུས་གཙང་ཡུལ་ནས་ཡོང་། །
ང་ཚོ་འཛོམས་ས་ཁམས་ཡུལ་དཀྱིལ་འདི་རེད། །
འོངས་དོན་གཅིག་པ་མི་རིགས་སློབ་གསོ་རེད། །

རྣམ་དཔྱོད་རྩལ་དང་ལྡན་པའི་ལས་གྲོགས་རྣམས། །
གནས་དེའི་སློབ་གསོ་ང་ཚོར་ཐུག་ཡོད་པས། །
མི་ཚེ་ཉོ་དང་ཆང་ལ་མི་བརྗེ་བར། །
སློབ་མའི་རྒྱུད་ལ་ཡོན་ཏན་སྣ་གཅིག་འཕོགས། །

ཉམས་པ་སོར་ཆུད་མི་ཉམས་གོང་འཕེལ་དུ། །
གཏོང་བ་ཤེས་ལྡན་མི་ཡི་ལས་ཡིན་པས། །
ཚོང་དང་སྐོར་ལ་སེམས་པ་མི་ཤོར་བར། །
སློབ་གསོའི་རྗེས་ལུས་ཕྱོགས་ལ་མདོ་བསམ་གྱིས། །

ཏང་གི་"འགན་ལེན་གསུམ་"གྱི་སློབ་གསོ་དེ། །
མི་རིགས་སློབ་གསོ་སྤྱོང་བའི་དངོས་གྲུབ་ཡིན། །

ཐོས་རྒྱ་ཆེར་བསྐྱེད་མཐོང་རྒྱ་རིང་བཏང་ནས། །
རིག་གནས་རྒྱུན་འཛིན་དར་སྤེལ་ལས་ལ་བརྩོན། །

ཁོ་སར་བསླེགས་པ་མི་ཚེ་རིན་ཐང་དུ། །
བསམས་ནས་སློབ་མར་སློབ་ཁྲིད་མི་བྱེད་པར། །
ཧྭ་རིན་དཔོན་པོའི་རྒྱལ་ཀྱི་ལྟག་སྐོར་འགྲོ། །
དོན་མེད་སྐྱུག་བྲོའི་ལས་ཀ་མ་སྒྲུབས་ཤིག །

དགེ་རྒན་ཞེས་པ་བློ་རིག་རྒན་པ་དང་། །
དགེ་བའི་ལམ་སྟོན་པ་ལ་མཁས་པ་དང་། །
འདུ་ཤེས་ལྷ་བ་ལས་ཀྱི་རྒྱུན་ཆ་ཡིན། །
དགེ་རྒན་དམ་པའི་ཕྱོགས་ལ་ཧུར་གྱིས་བརྩོན། །

དགེ་རྒན་སློབ་དཔོན་དམ་པའི་མིང་དགོས་ན། །
གཡོ་སྒྱུ་ཁྲམ་གསུམ་དོར་ལ་ཤེས་ཡོན་བརྩོན། །
དེ་ནས་སློབ་མའི་རྒྱུད་ལ་ཡོན་ཏན་ཞོགས། །
"སྒོ་གསུམ་བག་དང་ལྡན་པར་གྱིས་ཤིག་ཨང་། །"[1]

རིན་ཐང་གསེར་ལས་མཐོ་བ་ཤེས་ཡོན་ཡིན། །
ཁང་བརྩེགས་འཇིབ་འཁོར་སོགས་ཀྱིས་མཐོ་མི་འགྱུར། །

1 གུང་ཐང་བསྟན་པའི་སྒྲོན་མེའི་གསུང་རྩོམ་ལས་བཏུས།

དེ་བས་ནོམ་རྒྱུར་སེམས་པ་མི་ཤོར་བར།།
སློབ་མའི་རྒྱུད་ལ་ཡོན་ཏན་སྣ་གཅིག་ཚོགས།།

འགྲོ་དྲུག་མི་ལུས་ཐོབ་འདི་དགེ་བའི་ལུས།།
མི་ཚེའི་རིན་ཐང་བླང་དོར་ཤེས་དགོས་ཏེ།།
འཇིག་རྟེན་འཚོ་ཆོས་ཙམ་ལས་མི་བསམ་པ།།
དགེ་བ་ཧ་ཅང་ཆུང་བས་སློབ་གསོར་བརྩོན།།

ཤེས་བྱ་བྲིས་པ་ལའང་ཡོད་ཕྱིར་ན།།
ཕན་ཚུན་ཕྲག་དོག་མ་བྱེད་བརྩེ་རེས་ཀྱིས།།
ཤེས་བྱར་སྤོག་འདོན་བྱོས་དང་རང་གི་རྒྱན།།
སོར་གནས་གོང་འཕེལ་གཏོང་རྒྱུར་ཧ་ཅང་གལ།།

སློབ་གསོ་ཞེས་པ་ཤེས་རིག་ཐོས་བསམ་དང་།།
བློ་སྦྱོང་འདུ་ཤེས་སློབ་གསོ་དེ་བས་གལ།།
དེ་ལྟར་མིན་ན་སློབ་གསོ་ཞེས་པའི་དོན།།
སྟོང་པ་ཡིན་ཏེ་ཐོས་བསམ་སྒོམ་ཞིག་ཨང་།།

དེང་གི་དགེ་རྒན་འགའ་ཡི་སེམས་ངོགས་སུ།།
སློབ་གསོའི་ལས་གནས་འདི་ཡི་བརྩོན་སེམས་ཞན།།
གལ་ཏེ་དགེ་རྒན་ཞེས་པའི་མིང་མེད་ན།།

མ་འོངས་ལམ་སྟོན་སྒྲོན་མེ་སུ་ཡིས་བྱེད།།

ང་ཚོ་དགེ་རྒན་རྣམས་ཀྱི་སེམས་ཤུགས་ནི།།
རི་རྒྱལ་ལྷུན་པོས་མནན་ཀྱང་ཞུམ་མི་འགྱུར།།
སློབ་མའི་མདུན་ལམ་རང་གི་ཚེ་སྲོག་ཏུ།།
བསམ་ནས་ཏང་གི་འོས་འགན་ཐུག་ཏུ་ལོངས།།

སྤྲོལ་རྒྱུན་རིག་གནས་རྩ་བ་ཆད་གྱུར་ན།།
མི་རིགས་སློབ་གསོ་ཞེས་པ་གང་ནས་ཡོང་།།
མི་རིགས་སློབ་གསོ་འཕེལ་རྒྱས་ཀྱི་རྩ་བ།།
མི་རིགས་སློབ་གསོ་གོང་འཕེལ་གལ་ཆེན་ཡིན།།

བོད་ཡིག་རིན་ཐང་མེད་ཅེས་སློབ་ཁྲིད་སྐབས།།
སློབ་མར་ལབ་འདི་ སྣུན་རྟགས་ཁྲིམས་འགལ་རེད།།
མི་རིགས་སྲིད་ཇུས་འོད་ཟེར་ཕྱོགས་བཞིར་འཁྲོས།།
མི་རིགས་རང་སྐྱོང་གྲུབ་འབྲས་རྨད་དུ་བྱུང་།།

ནང་མ་ཆང་ཁང་ཇ་ཁང་སོགས་སུ་མྱུལ།།
མ་ཧྲང་ཐོ་ཡིས་ཉིན་མཚན་ཁ་སྤྲོད་བྱེད།།
སློབ་ཁྲིད་སྐབས་སུ་གཏི་མུག་གཉིད་ཀྱིས་ཉོབ།།
ལེ་ལོའི་བག་ཆགས་དོར་ལ་སློབ་བུ་སྐྱོངས།།

དེ་འདྲ་རེད་དམ་ང་ཡི་ལས་གྲོགས་རྣམས།།
རང་རང་སེམས་ནས་རང་གི་ལས་ལ་བརྩོན།།
དཀར་ནག་དབྱེ་བ་ཕྱིད་ཚོས་འབྱེད་ཤེས་པས།།
ང་ཡི་སེམས་གཏམ་འདི་ཉུ་སྐྱོན་མཐོང་ན།།

ཁ་ལུད་མཆི་མས་བརྫིས་ཏེ་གཡུགས་ཀྱང་ཆོག །
རྐང་བས་རྡོག་རྫིས་འཕངས་ཏེ་བོར་ཡང་ཆོག །
ང་ཡིས་སེམས་ཀྱི་གཏིང་ནས་བྲིས་དང་ལྡན།།
ལྡན་རྒྱུས་ལས་གྲོགས་རྣམས་ལ་གུས་ཕྱག་འབུལ།།

འབུལ་བ་ཚིག་སྟོང་ཡིན་པས་གནོད་ཀྱང་སྲིད།།
སྲིད་འདིར་སེམས་གཏམ་བཤད་མཁན་ཉུང་ཉུང་ཡིན།།
མིན་ཀྱང་ཉན་དགོས་ཟེར་བའི་དོན་ཡང་མེད།།
མིན་ནོ་དགེ་གྲོགས་རྣམས་ཀྱིས་ངོ་སྲུང་མཛོད།།

སེམས་ལ་གྲོས་ཤིག་འདེབས་རྩལ།

ཏང་གི་གཟི་བརྗིད་ཁང་བཟང་དུ།།
དགའ་བདེའི་འཚོ་བ་རོལ་བའི་དུས།།
གཞི་རིམ་མི་དམངས་མགྲིན་པའི་ཚབ།།
ངས་ནི་འདི་ལྟར་བརྗོད་འདོད་ཆེ།།
ང་ནི་གུང་ཁྲན་ཏང་མི་ཡིན།།
ལུས་ན་ཏང་གི་གོ་མཚོན་ཡོད།།
སེམས་ན་ཏང་གི་སྙིང་སྟོབས་ཡོད།།
ལས་ནི་མི་རིགས་སློབ་གསོ་ཡིན།།
གསུངས་ནི་ཏང་གི་ལ་རྒྱ་ཡིན།།
ལྟ་བ་ཚན་རིག་འཕེལ་རྒྱས་ཡིན།།
དངོས་ཐོག་བདེན་འཚོལ་རྒྱབ་རྟེན་ཡིན།།
ཚེ་སྲོག་གངས་རི་དཀར་པོ་ཡིན།།
ཟྲུངས་ཁྲག་གངས་ཆུ་དྭངས་མོ་ཡིན།།
ཁ་ཟས་སྲུང་དཀར་རྩམ་པ་ཡིན།།
འཐུང་ཆུ་ཞིམ་མངར་འོ་ཇ་ཡིན།།
ཕུགས་བསམ་ཏང་གི་བཀའ་དྲིན་ཡིན།།
བདེ་སྐྱིད་འཆམ་མཐུན་ཕུགས་འདུན་ཡིན།།
རང་དབང་བཅའ་ཁྲིམས་འཚོ་བའི་རྟེན།།

གཞན་ཕན་ལྷག་བསམ་དྲང་མོ་ཡིན།།
གཤིས་རྒྱུད་མདའ་མོའི་གཞུང་ཤིང་ཡིན།།
བདེན་པའི་མདའ་མོ་དྲང་མོ་ཡིན།།
ཆེད་ལས་བོད་ཀྱི་ཤེས་རིག་ཡིན།།
གླིང་བརྗོད་སྒྲོལ་རྒྱུན་རིག་གནས་ཡིན།།
མིང་ལ་ཧྲང་གི་དགེ་རྒན་ཟེར།།
དགེ་བའི་ཕྱོགས་ལ་འབྱུངས་མཁན་ཡིན།།
ཤེས་རིག་རྒྱས་ཤིང་ཐུགས་ནི་སྨས།།
བགྱི་བའི་ལས་རིགས་འདི་འདྲ་ཡིན།།
འདི་ཡིན་ཧྲང་གིས་ཁས་ལེན་བྱས།།
ཧྲང་གིས་ཐུགས་ཁུར་ཟབ་མོའི་འོག།
བདེན་པའི་དྲང་ཐིག་ཤར་ལེར་བྲིས།།
མང་བའི་ཆེད་དུ་རེ་གཉིས་ཙམ།།
དྲན་ཐེངས་རེ་དང་བསམ་ཐེངས་རེར།།
ལྷད་མེད་གྲོས་ཤིག་འདེབས་པར་བསམ།།
མ་ཡུམ་ཧྲང་གི་བྲང་ཁ་ནས།།
ཞིམ་མངར་འོ་མ་འཐུང་དང་ལྷན།།
ལེགས་སྐྱེས་ཤིག་གི་ཚབ་བྱས་ནས།།
ལྷད་མེད་སྙིང་ནས་གྲོས་ཤིག་འདེབས།།
གྲུབ་མཐའི་གཞུང་ལུགས་བདེན་པ་བསྲུང་འདོད་ན།།
འཆད་རྩོད་རྩོམ་གྱིས་ཐོས་བསམ་རྒྱལ་མ་དགོས།།

ལུང་དང་རིགས་པའི་རྒྱབ་བརྟེན་ཟབ་མོ་དགོས། །
ཤེས་བྱའི་པོ་ཏི་བཀླག་དགོས་གྲོས་ཤིག་འདེབས། །

མ་ཡུམ་གུང་ཁྲན་ཏང་གི་ཐུགས་རྗེའི་འོག །
མི་རིགས་སྲིད་ཇུས་བཟང་པོ་མཁའ་ལྟར་ཡངས། །
ཆོས་ལུགས་རང་མོས་འོད་ཟེར་ཕྱོགས་བཞིར་འཕྲོས། །
མི་ལུས་རིན་ཐང་འཚོལ་བར་གྲོས་ཤིག་འདེབས། །

ང་རང་ང་ཡི་ས་ནས་སློབ་ལ་བརྩོན། །
ཁྱོད་རང་ཁྱོད་ཀྱི་ས་ནས་ལས་ལ་འབད། །
ཚང་མའི་འཆམ་མཐུན་དགེ་སྒྲུབ་ཕྱོགས་ལ་བརྩོན། །
ཁོར་ཡུག་འཆམ་ཞིང་མཐུན་པའི་གྲོས་ཤིག་འདེབས། །

གནས་ནས་སྟོད་དུ་མ་བཅུག་སེམས་མི་སྐྱོ། །
སྐྱོ་བ་ཁྱོད་ཚོའི་རྗེས་ལུས་རང་གཤིས་རེད། །
ཏང་གི་སྲིད་ཇུས་འོད་ཟེར་ལ་བརྟེན་ནས། །
བསམ་བློ་བཅོས་བསྒྱུར་བྱེད་པར་གྲོས་ཤིག་འདེབས། །

ཏང་གི་སྲིད་ཇུས་བཟང་པོའི་ལམ་སྟེང་ནས། །
མཆོག་གསུམ་བདེན་པའི་ལས་ལ་རབ་ཞུགས་ཏེ། །
སངས་རྒྱས་བསྟན་པ་སྐྱོངས་དང་རིགས་ཀྱི་བུ། །
ཐ་མར་སེམས་ཀྱི་སྟེང་ནས་གྲོས་ཤིག་འདེབས། །

ལུས་ངག་ཡིད་གསུམ་དུ་སྦྱར་བ།

མི་ཡི་སྤྱོད་ལམ་ལུས་ངག་ཡིད་དུ་འདུ།།
རེ་རེར་བཞི་དབྱེ་དཔེ་ཡིས་བསྟན་པ་འདི།།
བཞི་ཚན་གསུམ་དཔེས་བསྟན་པའི་འདོད་པ་ཡིན།།
གོ་སླའི་དཔེ་ཡིས་བསྟན་པའི་འདོད་པ་འདི།།
སུ་ཡིས་གསོས་སུ་འགྱུར་བར་མི་ཤེས་ཀྱང་།།
སེམས་ཀྱི་ཨ་ཐང་ཞིག་གི་ཚབ་ཏུ་བྲིས།།
བདེན་པའི་སྣན་དབང་རང་ལ་ཡོད་ན་ཡང་།།
མི་ཡི་མདུན་མར་འགྲོ་མིན་ཤིན་ཏུ་དཀའ།།

གྲི་ཤིང་སྒྲོག་དང་ཁྲུང་སེང་ལུས་ཀྱི་དཔེ།།
གྲི་ཤིང་རྩལ་ཆེ་ལེ་ལོ་གཞོམ་དེ་འགྲོ།།
སྒྲོག་གིས་མྱུར་དུ་བརྩོན་ཞིང་དོན་ཆེན་འགྲུབ།།
ཁྲུང་ཆེན་ནམ་མཁར་ལྡིང་ཞིང་རབ་ཏུ་གསལ།།
སེང་གེས་གཡུ་རལ་གསིག་པས་ཀུན་སྙིང་འཇོམས།།
བཞི་ཚན་དང་པོ་ལུས་ཀྱི་རྒྱན་འདི་མཛེས།།
མཛེས་པ་འཇིག་རྟེན་ཕུན་ཚོགས་ནོར་གྱིས་མིན།།
སྨྲ་གཟིག་གཡུ་བྱུར་རྒྱན་འདིས་དོ་ཟླ་མེད།།

ལྷ་མོ་རི་རྗེ་ངང་པ་དག་གི་དཔེ།།
ལྷ་མོ་གལ་བཟུང་སྲུག་གཙོད་དམ་བཅའ་བརྟན།།
རི་རབ་མི་གཡོ་དད་གུས་མི་འགྱུར་བརྟན།།
རྒྱ་མཚོའི་གཏིང་རྗེ་ཇི་བཞིན་གསང་ཐུབ་བརྟན།།
ངང་བ་ཕོ་མོ་མི་འབྲལ་འགྲོགས་འདྲིས་བརྟན།།
བཞི་ཚན་གཉིས་པ་ངག་གི་རྒྱུན་འདི་མཛེས།།
མཛེས་པ་ཕྲ་མས་འཁོར་ལོའི་འཕྲུལ་གྱིས་མིན།།
ངག་གྱུལ་ཚིག་རྩུབ་ཞེ་སྡང་དཔའ་བས་མིན།།

ནམ་མཁའ་བྱ་རོག་རྒྱ་མཚོ་དོམ་ཡིད་དཔེ།།
ནམ་མཁའ་ཕྱིན་ཡངས་སྤྱང་ལེན་ཅི་ཡང་སྤོང་།།
རྒྱ་མཚོ་གཏིང་ཟབ་ནོར་བུའི་གཏོས་དཔག་དཀའ།།
བྱ་རོག་དུས་གཅིག་དགྲ་གཟན་མིག་གིས་བསྲུང་།།
ཡིད་གཉིས་ཐེ་ཚོམ་མེད་པར་འཇུག་པ་དོམ།།
བཞི་ཚན་གསུམ་པ་ཡིད་ཀྱི་རྒྱུན་འདི་མཛེས།།
མཛེས་པ་བརྟབ་སེམས་ལྷུགས་ཀྱུས་ག་ལ་ཡོང་།།
ཡངས་པའི་འཛིག་རྟེན་འཆམ་མཐུན་ཡོང་ངེས་ཡིན།།

ཏྲི་བ་སློ་བྱུར་མ།

ཁ་ཇོ་པགས་ལ་ཆོས་ཀྱིས་བྱུགས་པ།།
འཁྲིག་གི་མེ་ཏོག་ལྷ་བུ་ཨེ་ཡིན།།
སྙན་གྲགས་ཆེན་པོར་འོས་པར་བྱ་བ།།
ཆུ་ཤིང་ལྷ་བུའི་སྙིང་པོ་ཨེ་ཡིན།།

ཆོས་མཐུན་རྩེད་མོ་དོན་ལ་གནས་པ།།
ཐམས་ཅད་ངོ་མཚར་ཡིད་ལ་ཨེ་འབབ།།
ཁ་བཙོག་དམར་རྗེན་དོན་སྟོང་སྨྲ་བ།།
དལ་འབྱོར་མི་ལུས་བདེ་སྐྱིད་ཨེ་ཡིན།།

མི་ཚེ་ཕྱུགས་འདུན་རྒྱུ་ལ་གཏོད་པ།།
མི་ཆོས་ནི་སྙིང་པོ་ཨེ་ཡིན།།
ངོགས་སློང་བསམ་གཞིག་སེམས་གཏད་མེད་པའི།།
དཔེ་ཀློག་ཐན་ཐུན་ཕན་ཐོགས་ཨེ་ཡོད།།

བཙུ་ཕྲག་རྣ་ཡིས་གོ་བ་ཙམ་གྱིས།།
སྙན་ངག་རིག་གཞུང་འབྲི་བ་ཨེ་ཡོང་།།
ཁ་ཇོ་མིག་ཇོ་མཐོང་བ་ཙམ་གྱིས།།
གྲོགས་ཀྱི་དྭངས་མར་གྱུར་བ་ཨེ་ཡོད།།

ང་ཆེ་ངའོ་ང་ཡིན་ཙམ་གྱིས།།
སྐྱེ་འགྲོ་ཀུན་པོས་གུང་དུ་ཨེ་བཀུར།།
ཀ་ཁ་ཡིག་ཙོ་བྲིས་པ་ཙམ་གྱིས།།
བསམ་བློ་སྟོན་དུ་ཐོན་པ་ཨེ་ཡིན།།

སྐད་ཕྲན་ཚོགས་པ་མང་བ་ཙམ་གྱིས།།
རིགས་ཀྱི་གོ་རྟོགས་སད་པ་ཨེ་ཡིན།།
ཤོག་སྐོར་ནོམ་པ་སྤྱིན་པ་ཙམ་གྱིས།།
དབུལ་པོའི་ངག་སྐོ་ཆོད་པ་ཨེ་ཡིན།།

ཚོ་པ་ཤོག་ཁག་འཚོགས་པ་ཙམ་གྱིས།།
ཤ་ཞེན་དུངས་པ་ཡོད་ནི་ཨེ་ཡིན།།
སྐད་ཕྲན་ཚོགས་མི་འཛོམས་པ་ཙམ་གྱིས།།
འདི་ཕྱིའི་དོན་ཆེན་འགྲུབ་པ་ཨེ་ཡིན།།

ལག་ལ་ཕྲེང་བ་བཟུང་བ་ཙམ་གྱིས།།
ཆོས་ཀྱི་སྙིང་པོ་བསྒྲུབས་པ་ཨེ་ཡིན།།
ལྷ་བསང་ཀླུ་མཆོད་བྱས་པ་ཙམ་གྱིས།།
རིག་པའི་དཔའ་བོ་འཕྲུངས་པ་ཨེ་ཡིན།།

སྐད་ཕྲན་ནང་ནས་རྩོད་པ་ཙམ་གྱིས།།

སྤྱངས་སྟོབས་བཟང་ངན་འགྲུན་པ་ཨེ་ཡིན།།
འབྲེལ་འདྲིས་སྐབས་བདེ་བཟོས་པ་ཙམ་གྱིས།།
ཡོད་ཚད་ཁྱོད་ལ་འཐོབ་པ་ཨེ་སྲིད།།

༢༠༡༨ལོའི་ཟླ་༤ཚེས་༡༡ཉིན།

སྣང་རྩལ།

ཡ་རབས་དབུ་ཁྲིད་དམངས་ལ་བྲུ་ལྟར་གཅེས།།
རང་གཞན་གཉིས་ག་མིང་སྲིང་བཞིན་དུ་སྐྱོང་།།
དབང་དང་པོ་ས་ཀུན་ལ་སྙོམས་པོར་འཛིན།།
ཆེ་འཁྱིང་མི་ཤེས་འདྲ་མཉམ་ལྟ་བ་ལྡན།།
སྤྱི་དོར་གཞུང་སྒོར་དུག་གི་ཟས་སུ་མཐོང་།།
དབུལ་ཕྱུག་དོ་མཉམ་འཕེལ་བའི་ཐུགས་འདུན་གཙང་།།
ཀུན་ཡང་དགའ་བདེར་དཔལ་ལ་འགོད་པར་བརྩོན།།
ཁ་མིན་སེམས་ཀྱིས་སྐྱོང་བ་ཡ་མཚན་ཆེ།།

མ་རབས་འགོ་ཁྲིད་དམངས་ལ་དགྲ་ལྟར་གཅོས།།
རང་ཕྱོགས་ཁོ་ན་འཛིན་འཁྱེར་བྱེད་པ་དང་།།
དབང་དང་པོ་ས་ཉེ་དགའི་ཕྱོགས་ལ་འཛིན།།
ཆེ་འཁྱིང་དཔོན་ཉམས་སྟོན་ཞིང་ཆེ་འདོག་འཛིན།།

སྤྱི་ནོམ་དམངས་སྒོར་ཐབས་དང་གཡོ་ཡིས་ལེན།།
དབུལ་པོ་རྣམས་ལ་བྱམས་དང་བརྩེ་བ་མེད།།
འཇིག་རྟེན་ནོར་ལ་རང་ཉིད་འགོད་ཐབས་བྱེད།།
སེམས་མེད་ཁ་ཡིས་སྐྱོང་བ་ཡ་མཚན་ཆེ།།

བློས་ཐུབ་གྲོགས་པོ་གྲོགས་ལ་སྨྲུན་ལྟར་འཛིན།།
འཕེལ་འགྲིབ་ཅི་བྱུང་ལྷུན་པོའི་རང་བཞིན་ནོ།།
ཉེ་རིང་གར་སོང་འབྲེལ་ཐག་མི་ལྷོད་པར།།
ཁ་པར་འཕྲིན་ཐུང་སྐབས་བདེ་ཁམས་བདེ་ཡིས།།
བརྗེད་ངེས་རྒྱུན་པོ་སྐད་ཅིག་མེད་པར་འགོག།
ཉེ་སར་སླེབས་ན་མཉམ་འཛོམས་དང་པོར་འཛིན།།
རྒྱང་དུ་སོང་ན་དྲན་གསོ་དང་པོར་འཛོག།
ཁ་མིན་སེམས་ཀྱིས་འཛིན་པ་ཡ་མཚན་ཆེ།།

སྟོ་ཡི་གྲོགས་པོ་གྲོགས་ལ་འཕྲད་དུས་མཛའ།།
འཕེལ་དུས་ལྷག་པར་འཛའ་སྟེ་རྒྱུད་དུས་བཀྱེད།།
མི་མགོ་དུས་ན་འགྲམ་ནས་གཡོལ་ཏེ་འགྲོ།།
མགོ་བའི་དུས་ན་རྒྱང་ནས་འཛུམ་སྟེ་ཡོང་།།
ཁ་པར་སྐད་འཕྲིན་བརྒྱགས་ནས་པོར་སོང་བས།།
འབྲེལ་ལམ་ཟབ་མོའི་དར་སྨུད་མ་རྙེད་ཟེར།།
ཁ་ཡག་བུ་རམ་མངར་མོ་སྦྲང་རྩི་ལྟར།།

གདོང་ནི་ཚ་རྒྱུ་མེད་ནོ་ཡ་མཚན་ཆེ།།

སྒྲེལ་ལད་མི་ནི་འགོ་ཁྲིད་མཐོང་བ་ན།།
ལྟེ་མནར་མགོ་སྒུར་གུས་གུས་ཞུམ་ཞུམ་བྱེད།།
གཡས་རྒྱུགས་གཡོན་རྒྱུགས་ཕྲག་ཁུག་རྒྱབ་ནས་ལེན།།
ཞལ་འབྲས་ཞལ་ཟས་མཆོད་མཆོད་བཞེས་བཞེས་ཟེར།།
ནང་ལ་བསྐྱལ་ཡོང་གང་ལ་ཕེབས་ཞེས་འདྲི།།
འཁྲུགས་ཡོང་སྟོད་ཐུང་སྨུར་དུ་གོན་དགོས་ཟེར།།
འགྲོ་ལམ་མི་བདེ་ལག་པའི་སྐྱོར་ཡོང་ཟེར།།
ཞབས་ཞུའི་རྣམ་འགྱུར་འདི་ལ་ཨེ་མ་མཚར།།

རིག་པའི་མི་ཡིས་དཔོན་ལ་གནས་ལུགས་རྗོད།།
དབང་དང་གོ་སས་ཕམ་ཡང་ཞུམ་པ་མེད།།
ཕལ་བའི་མི་ལ་རིག་པའི་སྒྲོན་པ་གཏོང་།།
ཐམས་ཅད་འདྲ་བའི་ཚུལ་གྱིས་གནས་ལུགས་སྟོན།།
དུས་ཚོད་མི་བརྩིག་རིག་པའི་གནས་ལ་སྦྱོང་།།
སྟོ་རྒྱབ་འགྲིག་པ་ཙམ་གྱིས་ཚིམས་པར་བྱེད།།
ལྷག་པར་རིགས་ལ་ཞེན་ཞིང་མི་ཚོས་ལྡན།།
དུས་རབས་རིགས་ཀྱི་བུ་འདི་ཨེ་མ་མཚར།།

༢༠༡༨ལོའི་ཟླ་༧ཚེས་༡༥ཉིན།

ན་ཟླར་བགྲོ་བའི་གཏམ།

གངས་ཅན་མཁས་རྒྱན་བྱ་བའི་མིང་མེད་ཀྱང་།།
ན་ཟླར་བསླབ་བྱའི་གྲོས་གཏམ་འདོན་པ་འདི།།
དྲི་མེད་ཤ་ཚའི་སེམས་གཏམ་མ་བཟོད་པར།།
སེམས་གཏམ་སྡུག་ལ་སྒྱུར་བའི་ཀུན་སློང་གཙང་།།

འཚོ་བ་འཕེལ་ཞིང་ལྟོ་རྒྱབ་འདད་བའི་དུས།།
དཔྱིག་འཛིན་མ་མའི་དྲིན་ལ་ཤིན་ཏུ་སོམས།།
ལྟོགས་སྐོམ་སྐྱོང་ཡོང་བསམ་པའི་འདུན་པ་བྱུངས།།
ཕྱི་རབས་ལྟོགས་ཡོང་བསམ་པའི་བློ་ཤེས་སྐྱེད།།

ཁོམ་པ་ཡོད་ཅིང་ཟང་ཟིང་རོལ་བའི་དུས།།
སྐྱོ་བུར་འདས་ཡོང་བསམ་པའི་སེམས་པ་བྱུངས།།
མི་ཚེ་དོན་ཡོད་ཚེ་འདིའི་འབྲས་བུ་ཡིན།།
དུས་ཚོད་མིག་བཞིན་གཅེས་པར་གོམས་ཤིག་ཨང་།།

གནས་ལུགས་མི་འགྲོ་སྤྲི་རག་ཚད་མེད་འཕྲུང་།།
ཤོ་དང་མ་ཀླང་རྩེད་མོ་དེ་བས་འགྲོ།།
མི་ཚེ་སྟོང་ཟད་ཡིན་པ་ངོ་ཤེས་ནས།།

དོན་སྙིང་ཡོད་པའི་ལས་ལ་བརྩོན་ཤིག་ཨང་།།

འཕྲད་དུས་འཛུམ་མདངས་འོད་སྟོང་འཕྲོ་བར་བྱེད།།
ལགས་སོ་ལགས་སོའི་ཁ་འཇམ་ཚིག་སྙན་སྨྲ།།
བྲལ་དུས་རྒྱབ་བཤད་སྟོང་དང་ངན་སྨྲས་སྟོང་།།
ཁ་འཇམ་ཁོག་བཙོག་ལས་དེ་སྤྱོངས་ཤིག་ཨང་།།

སྨོད་གཡེང་བག་ཕེབས་ངང་ནས་འགྲོ་དང་འདུག།
ཁ་ངོ་ཚོས་སྐྱག་ཚོན་གྱིས་བྱུགས་ཤིང་འབྲི།།
ལུ་བས་བསྒྲིམས་ཤིང་བུད་ན་མཛེས་འདོད་པས།།
རང་ལུགས་ཀྱིན་ཆས་སྲུད་ན་ཤིན་ཏུ་མཛེས།།

རང་གིས་རང་ལ་གྲོས་ཤིག་འདེབས།

རང་གིས་ཚང་རག་འཕྲུང་བཞིན་དུ།།
བཏུང་ན་གཟུགས་པོར་གནོད་ཡོང་ཞེས།།
ཁ་ཏ་སློབ་གསོས་ཅི་ལ་ཕན།།
རང་གིས་རང་ལ་གྲོས་ཤིག་འདེབས།།

ཁ་ལ་ཐ་མག་འཐེན་བཞིན་དུ།།
འཐེན་ན་གློ་མཆིན་བརླགས་ཡོང་ཞེས།།
ཚུལ་འཆོས་གཏམ་གྱིས་ཅི་ལ་ཕན།།
རང་གིས་རང་ལ་གྲོས་ཤིག་འདེབས།།

ཁ་གསག་ཚིག་རྩུབ་སྨྲ་བཞིན་དུ།།
ངག་གི་མི་དགེ་འདོར་དགོས་ཞེས།།
ཟོལ་མའི་ངག་གིས་ཅི་ལ་ཕན།།
རང་གིས་རང་ལ་གྲོས་ཤིག་འདེབས།།

ར་མ་ལུག་སྐད་སྨྲ་བཞིན་དུ།།
རིག་གཞུང་སྨྲ་དག་གཙང་དགོས་ཟེར།།
སྤྲོལ་རྒྱུན་སྐད་པ་ཆད་ཉེན་དུས།།
རང་གིས་རང་ལ་གྲོས་ཤིག་འདེབས།།

བག་མེད་མ་ཙྪང་རྒྱུག་གིན་ཏུ། །
ཁྲིམ་ཚང་འཚོ་བ་འདིས་བརླག་ཅེས། །
སློབ་གསོའི་ཚོག་གིས་ཅི་ལ་ཕན། །
རང་གིས་རང་ལ་གྲོས་ཤིག་འདེབས། །

ཐོས་བསམ་དཔེ་དེབ་རྒྱབ་ལ་བོར། །
ནངས་བར་འཆི་ཡང་བསླབ་དགོས་ཞེས། །
འགལ་བ་ཚོག་གིས་ཅི་ལ་ཕན། །
རང་གིས་རང་ལ་གྲོས་ཤིག་འདེབས། །

རང་ཡིག་རང་གིས་མི་སྤྱོད་པར། །
མི་རིགས་སྐད་ཡིག་མཐོང་ཆེན་སྤྱོས། །
སྲིད་ཇུས་བཟང་པོའི་མདུན་གྲལ་དུ། །
རང་གིས་རང་ལ་གྲོས་ཤིག་འདེབས། །

སྤྲང་བླང་ལག་ལེན་མི་བསྟན་པར། །
དགེ་བའི་ལས་ལ་འབུངས་དགོས་ཞེས། །
རྒྱུ་འབྲས་བཤད་པའི་ཅི་ལ་ཕན། །
རང་གིས་རང་ལ་གྲོས་ཤིག་འདེབས། །

མི་ཚེས་སློབ་གསོ་སླིང་བཞིན་དུ། །
ལག་ལེན་རྒྱུགས་སྐར་ཙམ་ལ་བརྟེན། །

རྒྱུགས་འབྲས་ཁོ་ནས་ཅི་ལ་ཕན།།
རང་གིས་རང་ལ་གྲོས་ཤིག་འདེབས།།

རྒྱ་ལ་མངོན་པར་རྒྱུགས་བཞིན་དུ།།
འདོད་ཆུང་ཚོག་ཤེས་ནོར་ཡིན་ཞེས།།
དཔེ་གསོན་བཞག་པའི་ཅི་ལ་ཕན།།
རང་གིས་རང་ལ་གྲོས་ཤིག་འདེབས།།

མདུན་ལམ་ཡངས་པོའི་བཞི་མདོ་རུ།།
སྐད་ཡིག་ཚེ་སྲོག་ཡིན་ཟེར་བའི།།
མགོ་སྐོར་གཏམ་གྱིས་ཅི་ལ་ཕན།།
རང་གིས་རང་ལ་གྲོས་ཤིག་འདེབས།།

༢༠༡༥ལོའི་《ལྷོ་ཁའི་རྩོམ་རིག་སྒྱུ་རྩལ》དེབ་དང་པོར་འགོད།

མི་ཚེ་འཛད་ཀྱིན་འདུག

མི་ཚེ་མར་མེ་རིང་དུ་ཟད།།
ཚན་རིག་གནས་ལུགས་ཀྱིས་མ་ཟིན།།
རྒྱབ་བཤད་མི་ཡིས་ཕམ་མི་བྱ།།
རང་ཚུགས་མི་གཡོ་སྙིང་པོར་བཟུང་།།

མི་ཚེ་དར་ལྟོག་བཞིན་དུ་ཟད། །
ཐབ་སྐལ་ལས་གནས་ཏུར་གྱིས་འབད། །
གོ་མེད་ཤེས་རྫོངས་ཀྱིས་མི་ཕམ། །
ཤེས་ཀྱང་མི་བརྩོན་ཕག་པའི་རྒྱུད། །

མི་ཚེ་ཉིན་མོར་རྩིས་ཤིག་རྒྱོབས། །
བརྒྱད་ཅུའི་མི་ཚེ་ཉིན་ཁྲི་གཉིས། །
བག་མེད་ལོངས་སྤྱོད་རྫོགས་འདི་སྐྱོ། །
ཟ་ཉལ་བདེ་སྐྱིད་དུད་འགྲོའི་བློ། །

མི་ཚེ་ཆུ་བུར་བཞིན་དུ་ཡལ། །
སློབ་གསོ་སློབ་ཁྲིད་ཐབས་ཀྱིས་འབོད། །
བསམ་བློ་གོ་རྟོགས་མི་ཕམ་མམ། །
ཕྱི་རབས་མི་བསམ་གསོན་ཡང་རོ། །

རྒན་པ་སློབ་གསོ་སྲོག་གི་རྩ། །
དར་མ་སློབ་གསོ་གཞུང་ཤིང་བརྟན། །
གཞོན་པ་སློབ་གསོ་འདབ་མ་རྒྱས། །
ལོ་བརྒྱའི་སློབ་གསོའི་འབྲས་བཟང་བསྐྱོད། །

དྲན་གདུང་རྣམ་པའི་སྐྱོ་དབྱངས།

སྤྲིན་དཀར་སླང་ཆེན་པོ་ཉ། །
ཅ་རིའི་ལྗོ་ལ་བརྒྱུད་དུས། །
དྲན་གདུང་ཨ་ལོང་རིང་མོ། །
དྲི་མེད་ཤོག་དཀར་ངོས་ལ། །
མཚལ་གྱིས་དམ་རྒྱ་མནན་ཏེ། །
ཁྱོད་ཀྱི་ཕྱོགས་ལ་བསྐུར་ཡོད། །

མ་ཡོ་དྲན་པ།

སྐྱེ་བ་སྔོན་མའི་ཚོགས་བསགས་བསོད་ནམས་མཐུས།།
ཚེ་འདིར་མ་བུའི་ལས་སྐལ་བསྐོས་པ་ནས།།
དཀའ་སྡུག་ཅི་ཡོད་ལུས་སེམས་གཉིས་ཀྱིས་ཁུར།།
བརྩེ་སེམས་ཅི་ཡོད་སྟེར་བའི་དྲིན་ཆེན་མ།།
ས་མཐའ་འདི་ནས་མ་ཡོའི་བཀའ་དྲིན་དྲན།།

ཉུས་སྤྲལ་གཞུའ་ཤིང་བུ་གར་འཕྲད་པ་ཡི།།
ལོ་བརྒྱར་བཅལ་བའི་དལ་འབྱོར་མི་ལུས་འདི།།
རྙེད་དཀའ་དོན་ཆེ་ཡིད་བཞིན་ནོར་བུ་འདི།།
དཀའ་བས་བཅལ་ཞིང་རྙེད་པའི་དྲིན་ཆེན་མ།།
ས་མཐའ་འདི་ནས་མ་ཡོའི་ཚོགས་བསགས་དྲན།།

དང་པོ་དྲིན་མོའི་ལུས་ཀྱི་སྦྲོམ་བུ་ལ།།
ཤ་ཁྲག་གདོས་བཅས་ཕུང་པོ་ཞུགས་པའི་ཚེ།།
བཟའ་འདོད་ཟས་རིགས་གང་འདོད་སྤོང་བ་དང་།།
ཞེ་མེར་བཀྲེས་སྐོམ་མྱངས་པ་གྲངས་མེད་པས།།
ས་མཐའ་འདི་ནས་མ་ཡོའི་བཟོད་བསྲན་དྲན།།

ཟླ་དགུ་ཞག་བཅུ་རང་ལུས་སྒྲོག་ལྟར་བསྲུངས།།
ནངས་སྔ་དགོང་ཉལ་ལས་ལ་གཞོལ་བ་སོགས།།
བུ་ཕྲུག་མང་སོང་དཀའ་བའི་ལེ་བདའ་མེད།།
བུ་ཕྲུག་བཅུ་གཅིག་བསྐྱངས་པ་དྲན་པའི་ཚེ།།
ས་མཐའ་འདི་ནས་མ་ཡོའི་དཀའ་སྡུག་དྲན།།

ཕུར་གཟེར་རླུང་གིས་འབྱུང་བ་གཡོས་པའི་ཚེ།།
ཤ་རུས་སོ་སོར་འབྲལ་བའི་ན་ཟུག་དང་།།
གསོན་པོ་ཤ་དྲས་ལྟ་བུའི་ཟུག་གཟེར་སོགས།།
སེམས་ལ་མི་དགའ་མེད་པའི་དྲིན་ཆེན་མ།།
ས་མཐའ་འདི་ནས་མ་ཡོའི་བཟོད་སྒོམ་དྲན།།

ཁྲག་དང་ཆུ་སེར་གྱིས་བརྫིས་ཤ་རྫོག་གཅིག།
འཛམ་པོས་གཡོགས་ཤིང་གཙང་མའི་ཆབ་ཀྱིས་བཀྲུས།།
ཕྱི་དོར་གང་ལེགས་བཀྲིས་ཤིང་རུམ་ལ་བཅུག།
ལྟ་བས་ཚོམས་པ་མེད་པའི་འཛུམ་ཅན་མ།།
ས་མཐའ་འདི་ནས་མ་ཡོའི་འཛུམ་མདངས་དྲན།།

ཁ་མིག་མེར་མེར་ཙམ་ལས་ཤ་རྫོག་ཙམ།།
ལག་གཉིས་འཛམ་པོས་སྒྲོ་མཆིན་བྲང་ལ་སྦྱར།།
ཁ་སྣ་ལྕེ་དང་གཤང་གཅིན་ལག་པས་ཕྱིས།།

མཆན་དང་སྐྱི་གཉེར་འཛམ་པོ་ཐལ་གྱིས་བྱུགས། །
ས་མཐའ་འདི་ནས་མ་ལོའི་བྱམས་བརྩེ་དྲན། །

རང་ལུས་རང་གིས་ཚུགས་པའི་ནུས་པ་མེད། །
མཐའ་སྐོར་གོས་ཀྱིས་དཀྲིས་ཏེ་རང་ཚུགས་བསླབས། །
ཅག་རླུང་ཚ་གདུག་གོས་འཛམ་བསིལ་བས་བཀགས། །
དུས་ལྟར་ཇི་བཞིན་སྐྱོང་མཁས་དྲིན་ཆེན་མ། །
ས་མཐའ་འདི་ནས་མ་ལོའི་བྱམས་སེམས་དྲན། །

ཟས་ལྟད་ཁས་སྤེར་སྣབས་ལུད་ཁ་ཡིས་འཛིབས། །
སྣང་བ་ཞེན་པ་མི་ལོག་འཇུམ་ཅན་མ། །
འོ་འཛིན་སོ་བཏབས་ཤུགས་ཀྱིས་འབྲད་ན་ཡང་། །
ནུ་ཞོ་ནམ་འདོད་སྦྱིན་མཁས་དྲིན་ཆེན་མ། །
ས་མཐའ་འདི་ནས་མ་ལོའི་ལྷག་བསམ་དྲན། །

འགྲང་དུས་འཇུམ་ཞིང་བགད་ན་དགའ་བ་སྐྱེས། །
ལྟོགས་དུས་ངུ་ཞིང་ངུས་ན་སེམས་པ་སྡུག །
ཁ་ངོ་འོ་མས་བཀྲུ་ལ་འཛམ་པོས་འཕྱིད། །
ལྟོགས་སྐོམ་སེལ་མཁས་གཙང་སྦྲ་བྱེད་མཁས་མ། །
ས་མཐའ་འདི་ནས་མ་ལོའི་བརྩེ་སེམས་དྲན། །

སྲུག་བཞི་ས་ལ་བཙུགས་ནས་འགྲོ་བའི་དུས།།
ལག་གཉིས་བཟུང་སྟེ་རྐང་གཉིས་འདེགས་འཛོག་བསླབས།།
རིག་རིག་ཐམས་ཅད་ཁ་ལ་ཟ་བའི་དུས།།
མི་གཙང་ཁ་ནས་ལེན་མཁས་དྲིན་ཆེན་མ།།
ས་མཐའ་འདི་ནས་མ་ཡོའི་བརྩོན་སེམས་དྲན།།

ལོ་གསུམ་གར་འགྲོ་གར་འདུག་མིག་གིས་འཚོས།།
ལོ་བཞི་ལོ་ལྔ་ལག་མགོའི་བཟུང་སྟེ་བསྐྱངས།།
ལོ་དྲུག་ལོ་བདུན་ལྷམ་གོས་གདམ་གྱིས་གསོས།།
ལག་ལེན་ཁ་ཏས་སྐྱོང་མཁས་དྲིན་ཆེན་མ།།
ས་མཐའ་འདི་ནས་མ་ཡོའི་མཛངས་ཉམས་དྲན།།

ལོ་བཅུ་རང་ཚུགས་རང་གིས་ཟིན་པའི་དུས།།
རང་མགོ་ཐོན་པས་དགའ་སྤྲོ་ཤིན་ཏུ་ཆེ།།
བྱ་བ་ཅག་ཅིག་ལས་རོགས་བྱེད་པའི་དུས།།
ཁ་ལ་མགོ་ལས་[2]ཁྲིད་མཁས་དྲིན་ཆེན་མ།།
ས་མཐའ་འདི་ནས་མ་ཡོའི་ཁ་ཏ་དྲན།།

གླིན་པ་ནས་བཟུང་བསམ་ཤེས་མི་ཡི་བར།།
ཐམས་ཅད་སྨྲ་ཤེས་དོན་གོ་འདི་ཙམ་བསླབས།།

---

2 ཨ་མདོའི་ཡུལ་སྐད་དེ་འདིར་ལག་ལེན་གྱི་ཁ་ཏ་སློབ་གསོར་གོ

རྟག་ཏུ་འགྲོ་འདུག་སྤྱོད་གསུམ་བྱམས་པས་སྐྱོང་།།
འཇམ་པོའི་ཚིག་གིས་སྐྱོང་མཁས་དྲིན་ཆེན་མ།།
ས་མཐའ་འདི་ནས་མ་ཡོའི་ཤེས་རྒྱུ་དྲན།།

མ་ཡོ་ཁྱེད་ཀྱི་བཀའ་དྲིན་ཡང་ཡང་དུ།།
བསམས་ན་ཡང་ཡང་ཁྱེད་ཀྱི་སྐུ་མདུན་དུ།།
བཅར་ནས་ཡང་ཡང་ཞབས་ཏོག་ཞུ་སྙིང་འདོད།།
མེད་ཅིང་ལེ་བདའ་མེད་པའི་དྲིན་ཆེན་མ།།
ས་མཐའ་འདི་ནས་ཨ་མའི་སེམས་རྒྱུ་དྲན།།

སྔོན་ཆད་མ་ཡོའི་དྲིན་འདི་མ་དྲན་པར།།
ཁ་ལོག་ཚིག་ལོག་བྱས་པ་ཤིན་ཏུ་ནོངས།།
ཇ་འདྲེན་ཞབས་ཏོག་མེད་པ་དེ་བས་འགྱོད།།
ཡལ་བར་དོར་ཡང་བརྩེ་བ་ལྷོད་མེད་མ།།
ས་མཐའ་འདི་ནས་མ་ཡོའི་ལྷག་བསམ་དྲན།།

མ་གུས་མགོ་སྐོར་བརྙས་སྨོད་བྱས་པ་དང་།།
སེམས་དཀྲུགས་ཐུགས་འགལ་རྫུན་གཏམ་བཤད་པ་སོགས།།
ད་ལྟ་བསམས་ན་སྡིག་ཅན་ང་ལས་སུ།།
སྡིག་ཅན་བཟོད་པར་བྱེད་པའི་དྲིན་ཆེན་མ།།
ས་མཐའ་འདི་ནས་མ་ཡོའི་བཟོད་སེམས་དྲན།།

ཉིན་མོར་རི་ལུང་ཐང་དུ་ཕྱུགས་རྫིར་འདུར། །
མཚན་མོར་བཞོ་འདོགས་འོ་དཀྲུག་ལས་ལ་འདུར། །
ཉིན་མཚན་མེད་པར་དཀའ་བའི་ལས་ལ་འདུར། །
བུ་ཕྲུག་བཅུ་གཅིག་བསྐྱངས་པའི་སེམས་དཔའ་མ། །
ས་མཐའ་འདི་ནས་མ་ཡོའི་བསྟོན་འགྲུས་དྲན། །

དང་པོ་བུ་ཕྲུག་ཁྱིམ་གཞི་སྲིག་པའི་དུས། །
བར་དུ་དགེ་བསྙེན་རྣན་ཚོས་སྒྲུབ་པའི་དུས། །
མཇུག་ཏུ་རབ་བྱུང་སྡོམ་པ་ལེན་པའི་དུས། །
མི་ངན་འཕྲུ་སྨོད་ཆུང་ཁའི་སྨུ་བཞིན་འདོར། །
ས་མཐའ་འདི་ནས་མ་ཡོའི་དགོངས་པ་དྲན། །

མཐའ་མར་དབེན་གནས་རི་ཁྲོད་གཡུ་དགོན་དུ། །
བསྟུད་མར་ལོ་གསུམ་མཚམས་ལ་བཞུགས་པའི་དུས། །
ལོ་ཡི་འཁོར་ཚད་ཉིན་མོ་བཞིན་དུ་བསྐྱལ། །
དགེ་སྒྲུབ་ལས་ལ་འབུངས་པའི་དྲིན་ཆེན་མ། །
ས་མཐའ་འདི་ནས་མ་ཡོའི་དམ་བཅའ་དྲན། །

བརྒྱུད་ཅུའི་སྟེས་མགོར་སླེབས་པའི་དྲིན་ཆེན་མ། །
བུ་དང་བུ་མོས་མཐའ་ནས་བསྐོར་ནའང་། །

ས་མཐའི་བུ་ཕྲུག་ང་ལ་དུས་རྒྱུན་དུ། །
དྲན་པའི་ཁ་པར་གཏོང་མཁས་དྲིན་ཆེན་མ། །
ས་མཐའ་འདི་ནས་མ་ཡོའི་དྲན་གདུང་ཚོར། །

ལོ་རེ་ཐེངས་རེར་ཨ་མའི་སྐུ་མདུན་དུ། །
བཅར་ནས་འཚམས་འདྲིའི་ཁྲིམས་ཤིག་ཡོད་ནའང་། །
དབང་ཆ་རང་ལ་མེད་པས་ཡིད་རེ་སྐྱོ། །
ཐུགས་སེམས་འཁྲུགས་པ་མེད་པའི་དྲིན་ཆེན་མ། །
ས་མཐའ་འདི་ནས་མ་ཡོའི་ཚོག་ཤེས་དྲན། །

ས་མཐའ་འདི་རུ་དྲན་པའི་དྲན་གསོ་རུ། །
སྙིང་གི་དབུས་སུ་མ་ཡོ་ཁྱེད་ཉིད་བཞུགས། །
མ་ཁྱེད་སྨྲ་ཡོ་དུང་ལྟར་དཀར་ལེ་བ། །
ཁ་ཏོན་བྱས་པའི་དྲི་མ་དག་པ་མིན། །
ས་མཐའ་འདི་ནས་མ་ཡོའི་དཀའ་སྡུག་དྲན། །

དཔྲལ་བའི་གཉེར་རིས་ཤར་ཤར་མང་བ་འདི། །
བཙུད་ཟས་བརྒྱུགས་པའི་གདོང་གི་ཞོ་གཉེར་མིན། །
རྣ་བ་ཁ་པར་གཏིང་ལ་གཏད་པ་འདི། །
བུ་ཆུང་ང་ལ་སྙིག་གཏམ་བཤད་པ་མིན། །

ས་མཐའ་འདི་ནས་མ་ཡོའི་འཁྲིང་སེམས་དྲན།།
སྐད་གདངས་མེད་པའི་གཏིང་ནས་འཁྱིན་པ་འདི།།
མི་ཚེ་གསང་བ་ཁོག་ནས་བསྐྱུར་དོན་མིན།།
བསླུ་འདོད་ཟེམ་ཟེམ་མིག་ཆུ་མང་བ་འདི།།
བུ་ངས་དྲིན་གསོའི་སེམས་འགུལ་མིག་ཆུ་མིན།།
ས་མཐའ་འདི་ནས་མ་ཡོའི་དྲིན་གཟོ་དྲན།།

སུག་བཞི་ས་ལ་བཙུགས་ནས་ལངས་པ་འདི།།
དུད་འགྲོ་ཕྱུགས་ཀྱི་ལད་མོ་བྱེད་འདོད་མིན།།
གྲིས་སྐབས་ཐུག་འཕྲད་མེད་ཅེས་བརྗོད་པ་འདི།།
རྗེས་མ་འཕྲད་འདོད་མེད་པའི་སེམས་གཏམ་མིན།།
ས་མཐའ་འདི་ནས་མ་ཡོའི་སེམས་རྒྱུ་དྲན།།

༢༠༡༨ལོའི་ཟླ་༢་ཚེས་༡༨ཉིན།

ཕ་ཡུལ་དྲན་པའི་རྒྱང་གཞས།

མཐུན་རིའི་ནགས་ཀློང་ཁྲོད་ནས།།
ཁུ་བྱུག་གསུང་སྐད་ཐོས་སོང་།།
སྙན་པའི་གྲེ་འགྱུར་རེ་རེ།།

ཕ་ཡོའི་སྒྲུ་སྐད་ཡིན་སོང་།།

རྒྱབ་རིའི་རི་གསུམ་རྩེ་ནས།།
དབྱར་སྐྱེས་ཛ་སྨྲ་ལྡིར་སོང་།།
སྤྲང་ཆར་བསིལ་མ་རེ་རེ།།
ཕ་ཡོའི་ཁ་ཏ་ཡིན་སོང་།།

སྤུང་ལྡོངས་མེ་ཏོག་ཁྲིད་ནས།།
ཞང་དྲུག་བུང་བ་ལྡིང་སོང་།།
གཞོག་འགྱུར་གཞས་ཆུང་རེ་རེ།།
ཕ་ཡོའི་སེམས་གཏམ་ཡིན་སོང་།།

དྲོད་འཛམ་ཉེ་འོད་འོག་ནས།།
བསིལ་རླུང་དལ་བུར་ལྡིང་སོང་།།
བསིལ་འཛམ་རླུང་བུ་རེ་རེ།།
ཕ་ཡོའི་བྱམས་སེམས་ཡིན་སོང་།།

རི་མགོར་གངས་ཀྱིས་གཡོགས་ནས།།
རི་སྐེད་བུ་ཡུག་འཚུབ་དུས།།
ཨ་ཕའི་པགས་ཚག་དྲོན་མོ།།

སེམས་ལ་ཡང་ཡང་དྲན་སོང་།།

དགའ་བའི་ཁྲིམ་པའི་དཀྱིལ་ནས།།
སྒྱུ་གཞས་སླན་མོ་ཐོས་སོང་།།
སྐྱིད་པའི་དགོད་སྒྲ་རེ་རེ།།
ཕ་ལོའི་གད་མོ་ཡིན་སོང་།།

ན་མཉམ་གྲོགས་པོ་རྣམ་པས།།
མི་ཚེན་ཕ་ལོ་འབོད་དུས།།
སེམས་ཁོང་ཉུས་པའི་གཏིང་ནས།།
ཟུག་གཟེར་ལན་བརྒྱ་སྐྱེས་སོང་།།

དབྱར་ཟླ་དྲུག་པ་ཚེས་དུས།།
འབྲི་མོའི་ནུ་ཁ་བཀང་སོང་།།
འབྲི་མོའི་འོ་མ་འཐུང་དུས།།
ཕ་ལོའི་ལྷག་བསམ་དྲན་སོང་།།

དྲིན་ཆེན་ཕ་ལོ་ལོ་ལོ།།
ང་དང་གདན་དུ་བྲལ་ནས།།
ག་ས་གང་དུ་ཡོད་ཀྱང་།།

དྲན་པའི་གདུང་བ་ལྷི་མོ།།
རྫ་ལུང་སྨུག་གིས་བཟུང་འདྲ།།

དྲན་གདུང་གཉོམ་པོ།

དགའ་བའི་ས་བོན་ག་དུས་བཏབ་པ་མ་ཤེས།།
ཁ་བའི་འདབ་མ་རི་གསུམ་རྩེ་ནས་འཕུར་དུས།།
མ་བུ་འཕྲད་པའི་དགའ་སྣང་དེ་དང་འདྲ་བྱུང་།།
ཡུན་རིང་བྲལ་བའི་དྲན་གདུང་གཉོམ་པོ་ཞིག་གོ།།

དྲན་པའི་ས་བོན་ག་དུས་བཏབ་པ་མ་ཤེས།།
ལུང་གསུམ་མདོ་ནས་ཁ་བའི་རྡངས་མ་གཞིབ་དུས།།
ཀྱུ་རམ་ཐང་ནས་ཧུབ་གང་འཐུང་དང་འདྲ་བྱུང་།།
སྐོམ་པ་ཆུ་དང་འཕྲད་པའི་ཉ་མོ་ཞིག་གོ།།

བརྩེ་བའི་ས་བོན་ག་དུས་བཏབ་པ་མ་ཤེས།།
སྤང་ལམ་བཞི་མདོར་ཁ་བའི་ཟེགས་མ་ལྷུང་དུས།།
ལུག་རྫི་སྤང་ནས་དགའ་མ་འཕྲད་དང་འདྲ་བྱུང་།།
ཡུན་རིང་བྲལ་བའི་འོ་སྦྱར་ཞིམ་པོ་ཞིག་གོ།།

འཁྲིང་བའི་ས་བོན་ག་དུས་བཏབ་པ་མ་ཤེས།།
ཡར་ཀླུང་རྫིལ་པོར་གོས་དཀར་ཁ་བས་གཡོགས་དུས།།
ཞེ་འདང་བརྩེ་བར་མཆིན་པ་སླན་དང་འདྲ་བྱུང་།།
ཡུན་རིང་བྲལ་བའི་བརྩེ་བ་མངར་མོ་ཞིག་གོ།།

གདུང་བའི་ས་བོན་ག་དུས་བཏབ་པ་མ་ཤེས།།
རེ་བའི་ཁ་བ་ལྷགས་པས་སྐད་ཅིག་རྐྱལ་དུས།།
ཤེའུ་ཁྲིད་ཡུ་མོ་མདའ་མོ་ཁེལ་དང་འདྲ་བྱུང་།།
ཡུན་རིང་ལྟོགས་པའི་སྨྱུང་གི་ཤ་འཕྲད་ཅིག་གོ།།

སྙིང་བའི་གཞུ་མོ་ག་དུས་བཀུགས་པ་མ་ཤེས།།
དྲན་པའི་མདའ་མོ་སྤྱང་རིའི་སྲུལ་ལ་ཟུག་སོང་།།
གཡང་དཀར་མ་བུ་ཁ་ཁར་བཏང་དང་འདྲ་བྱུང་།།
ལུ་གུ་གམ་ནས་བོར་བའི་གསོན་བྲལ་ཞིག་གོ།།

ཨ་མའི་རེ་སྒྲུག

གཙང་པོ་མར་ལ་ཤག་ཤག།
ཡེར་མོ་ཡར་ལ་ཤག་ཤག།
ཨ་མའི་ལོ་ཟླའི་རེ་སྒྲུག།

གཙང་བོའི་ངོས་ན་གསལ་ཡོད།།

སྨིན་པ་ལྗོ་ཏུ་ལྗོག་ལྗོག །
མཚམས་སྨིན་ནུབ་ཏུ་འཚེར་འཚེར།།
ཨ་མའི་དྲན་པའི་རེ་སྨུག །
ནམ་མཁའི་མཐའ་ན་གསལ་ཡོད།།

གནམ་གྲུ་མར་ལ་འཕུར་འཕུར།།
རི་ལི་ཡར་ལ་ནུར་ནུར།།
ས་གནམ་གཉིས་ཀྱི་རེ་སྨུག །
ཨ་མའི་མིག་ན་གསལ་ཡོད།།

དགུན་གྱི་ཁ་བ་ལྷེབ་ལྷེབ།།
སྟོན་གྱི་བ་མོ་བསིལ་བསིལ།།
དུས་བཞིར་འཁྱིད་བའི་རེ་སྨུག །
ལོ་དང་ནམ་ཟླར་གསལ་ཡོད།།

སོར་རྩེ་ཕྲེང་བ་རྡིལ་རྡིལ།།
དད་པའི་མིག་ཟླུང་བཙུམ་བཙུམ།།
མ་བསྒོམ་སེམས་ཀྱི་རེ་སྨུག །
ཡ་རྩུང་ངོས་ན་གསལ་ཡོད།།

ཐོད་ཀྱི་གཉེར་རིས་ཤྲུར་ཤྲུར།།
ལག་པའི་སྐྱི་མོ་ཉེར་ཉེར།།
མ་བྲིས་རི་མོའི་རི་སྨུག།
ཤ་སྐྱིའི་བར་ན་གསལ་ཡོད།།

ཕར་ཕྱིན་ཕྱིན་པ་འདར་འདར།།
ཚུར་ཡོང་ཁོག་སྟོད་སྒུར་སྒུར།།
དྲན་པའི་འཁོར་མོའི་རི་སྨུག།
ཞབས་རྗེས་སྟེང་ན་གསལ་ཡོད།།

ཁ་ལག་ཁ་ལ་མུར་མུར།།
འོ་ཇ་ཆུ་དྲི་ཁ་ཁ།།
བཟའ་བཏུང་ཚོ་མེད་རོ་མེད།།
ཕོར་བའི་ནང་ན་གསལ་ཡོད།།

མིག་ཆུའི་ཐིགས་པ་ཟེགས་ཟེགས།།
རྡུལ་ཆུ་སྦྲང་ཆར་འཐོར་འཐོར།།
ཆུ་ཐིགས་རེ་རེའི་དྲན་གདུང་།།
རི་སྨུག་ངོས་ན་འཁྱིལ་ཡོད།།

༢༠༡༨ལོའི་ཟླ་༧ཚེས་༢༣ཉིན།

དྲན་པའི་སྙིང་ཆུང་གས་ལ་ཁད།

དྲིན་ཆེན་མ་པོ་གཡས་ནས་བསྐྱུར།།
སྤྲ་ནག་གྲུ་བཞི་གཡོན་ནས་བསྐྱུར།།
ཁ་ཡ་ན་བླ་རྒྱང་ནས་བསྐྱུར།།
དྲན་པའི་སྙིང་ཆུང་གས་ལེ་ཁད།།

བློས་ཐུབ་གྲོགས་པོ་གམ་ནས་བོར།།
སྙིང་ཐུབ་བྱམས་པ་སེམས་ནས་བོར།།
དཀར་ཡོལ་འབྲུག་མ་ལག་ནས་བོར།།
དྲན་པའི་སྙིང་ཆུང་གས་ལེ་ཁད།།

གངས་རིའི་རྩེ་མོ་ཆུ་ལ་འཁྱིམས།།
མཚོ་དང་མཚོའུ་གཞུང་ལ་འཁྱིམས།།
འབྲོག་དང་འབྲོག་མོ་གྲོང་ལ་འཁྱིམས།།
དྲན་པའི་སྙིང་ཆུང་གས་ལེ་ཁད།།

ལག་དང་ལས་ཀའི་སྒྱུ་རྩལ་ཉམས།།
བློ་དང་རིག་པའི་དྭངས་མ་ཉམས།།
ཡར་ཐོན་སྒོ་མོའི་ལྷུགས་ཟླ་ཉམས།།
དྲན་པའི་སྙིང་ཆུང་གས་ལེ་ཁད།།

ཚིག་ཤེས་ཕྱུག་པོ་གོ་རྟོགས་དམན།།
མི་ཚིག་འདོད་པ་བཙན་གྱིས་གསོས།།
རི་ཀླུང་ས་ཆེན་དྲུང་ནས་ནི།།
དབང་མེད་སྙིང་ཚུང་གས་ལེ་ཁད།།

གློག་འཕྲིན་སྐད་འཕྲིན་སྐད་ཅིག་ཙམ།།
གམ་གྱི་མི་དེ་རྒྱང་ལ་གཡུགས།།
རྒྱང་གི་མི་དེ་གམ་ལ་བཟུང་།།
རེ་གཡུགས་རེ་བཟུང་བོར་ལེ་ཁད།།

ཤ་མར་ཕྱུད་གསུམ་གཞན་ལ་བཙོངས།།
གད་སྙིགས་རྫས་ངན་རང་གིས་ཟས།།
རང་གི་ཚེ་སྲོག་སྐྱང་མེད་བཏང་།།
ཡང་ཚོའི་མེ་ཏོག་རིམ་གྱིས་རྙིད།།

སྐྱེས་པ་སྐྱེས་མའི་གཤིས་ལྷར་མཛོན།།
སྐྱེས་མ་སྐྱེས་པའི་གཤིས་བཞིན་མཐོང་།།
ཕོ་རྒྱལ་མོ་མཛངས་གཤིས་ནས་བོར།།
དྲན་པའི་སྙིང་ཚུང་གས་ལེ་ཁད།།

༢༠༡༨ལོའི་ཟླ་༨ཚེས་༢༨ཉིན།

ཕ་ཡུལ་དྲན་ཚུལ།

སྟོད་ཟླ་མགོ་ཡི་སྨུག་པ་ལང་ལོང་།།
ཆར་སིལ་མ་ཡི་སྟིབས་སྐྱུད་ཤར་ཤར།།
ཁྲ་མེ་ཏོག་གི་དྲི་བསུང་ཞིམ་ཞིམ།།
གནས་དབེན་འཛགས་ཀྱི་ཕ་ཡུལ་དྲན་བྱུང་།།

ཞོགས་ཉི་ཟེར་གྱི་མཚམས་སྤྲིན་ལང་ལོང་།།
སྔོ་ལྗས་ར་ཡི་འབབ་སྒྲ་ལྡིང་ལྡིང་།།
སྤང་ལྷུང་སྨུག་གི་ནེམ་ཤ་ལྡོད་ལྡོད།།
སྐྱིད་དྭངས་གཙང་གི་ཕ་ཡུལ་དྲན་བྱུང་།།

ཐབ་སྒྲིད་པུ་ཡི་མེ་ལྕེ་ལམ་ལམ།།
ཇ་འོ་མ་ཡི་དྲི་ཞིམ་འཁྱིལ་འཁྱིལ།།
ཁེད་གཏམ་དཔེ་ཡི་དགོད་སྒྲ་ལྡང་ལྡང་།།
དྲོད་མ་ཡལ་བའི་ཕ་ཡུལ་དྲན་བྱུང་།།

ལུས་བདེ་སྡང་གི་བསིལ་རླུང་ཤུར་ཤུར།།
སེམས་སྡང་བ་ཡི་ལ་གཞས་ལྷུག་ལྷུག།
བརྗོད་དུངས་སེམས་ཀྱི་འོ་མ་འཁྱིལ་འཁྱིལ།།
གཉིས་གཞུང་དྲང་གི་ཕ་ཡུལ་དྲན་བྱུང་།།

ཀོད་ཐང་དཀར་གྱི་གཞོག་སྒྲ་ཤིག་ཤིག།
སྟོད་རི་དྭགས་ཀྱི་རྫིག་སྒྲ་ཐག་ཐག།
ནགས་བྱ་བྱིའུ་ཡི་གྲེ་འགྱུར་གྱུར་གྱུར།།
ལུང་རི་འདབ་ཀྱི་ཕ་ཡུལ་དྲན་བྱུང་།།

གཙང་ཆུ་སྲན་གྱི་བཞུར་སྒྲ་ཤག་ཤག།
ཧ་རྒྱང་ཀོད་ཀྱི་འཚེར་སྐད་ལྷང་ལྷང་།།
འབྲི་མཛོ་མོ་ཡི་ངུར་སྒྲ་ཨུར་ཨུར།།
འགྱུར་སྣན་མོ་ཡི་ཕ་ཡུལ་དྲན་བྱུང་།།

ན་སྔོར་མོ་ཡི་ལྡིང་ག་ཐར་ཐོར།།
སྲང་ཆང་དྲུག་གི་གཞས་སྒྲ་སྣན་སྣན།།
སྤྱང་མེ་ཏོག་གི་དྲི་ཞིམ་འཐུལ་འཐུལ།།
ལྗང་ནེམ་ནེམ་གྱི་ཕ་ཡུལ་དྲན་བྱུང་།།

མཚན་མཁའ་དབྱིངས་ཀྱི་སྐར་ཚོགས་ཁྲ་ཁྲ།།
ཁྱི་དོམ་བུ་ཡིས་ལྷུགས་ཐག་སིལ་སིལ།།
ཁྲིམ་གོ་ཁ་ན་དགོད་སྒྲ་ལྷང་ལྷང་།།
ར་མཐིང་སྨུག་གི་ཕ་ཡུལ་དྲན་བྱུང་།།

དྲིན་པ་མ་ཡི་སེམས་གདམ་སྨན་སྨན།།
ནང་བུ་ཕྲུག་ཚོའི་མིག་ཆུང་སྒོར་སྒོར།།
གཡང་སྒོ་ཐོག་གི་ལྷོད་སྒྲ་ཁྲིག་ཁྲིག།
སྐྱིད་སྡིང་འཛགས་ཀྱི་ཕ་ཡུལ་དྲན་བྱུང་།།

ལྷས་གཡང་དཀར་གྱི་འབབ་སྒྲ་ལྷང་ལྷང་།།
སྒོ་ཕྱི་ཁྱིམ་གྱི་ཀི་སྒྲ་སིང་སིང་།།
ཁྱིམ་ཡར་ཞག་གི་མཆོད་མེ་ལམ་ལམ།།
མཐུན་སྙོད་གཡེང་གི་ཕ་ཡུལ་དྲན་བྱུང་།།

ངའི་ཡ་ཆུང་སེམས་ན་སྡུག་ཅིག་ཡོད།

བྱ་ཁྲུང་ཁྲུང་སྐེ་ནག་སྦྲ་ཡག་མ།།
ཁྱོད་དེང་མ་འབྲུག་མོའི་འཕྲིན་སྐྱེལ་ཡིན།།
དུས་དེང་སང་འཕྲིན་པ་མི་སྐྱེལ་བ།།
བྱས་མི་སྐད་བརྗོད་ནི་ཨེ་ཡིན་ན།།
འཕྲིན་མ་ཡོང་སེམས་ན་སྡུག་ཅིག་ཡོད།།

ཧ་ཀྲུང་དེ་སུག་བཞི་རླུང་བསྐྱོད་མ།།
ཁྱོད་དེང་མ་རྒྱལ་ས་ལེན་མཁན་ཡིན།།

དུས་དེང་སང་དཀྲུས་གསུམ་མི་ཡོང་བ།།
རྟའི་སུག་བཞི་འཁྲུགས་ནི་ཨེ་ཡིན་ན།།
རྒྱུགས་མ་ཐུབ་སེམས་ན་སྡུག་ཅིག་ཡོད།།

གླིང་གེ་སེར་ཕྱོགས་བཞི་དབང་སྡུད་མ།།
ཁྱེད་དེང་མ་ལག་མགོའི་འཛིན་མཁན་ཡིན།།
དུས་དེང་སང་མིང་ཙམ་མི་གོ་བ།།
ལུས་གཞན་གྱིས་གནོད་ནི་ཨེ་ཡིན་ན།།
མིང་མ་གོ་སེམས་ན་སྡུག་ཅིག་ཡོད།།

ལས་རྒྱུ་འབྲས་སེམས་ཀྱི་གོ་ཁྲབ་ཅན།།
ཁྱེད་དེང་མ་རྗོ་མདས་མི་དབུག་གི།།
དུས་དེང་སང་གོ་ཁྲབ་མི་གྱོན་པ།།
སེམས་གདོན་གྱིས་བཟུང་ནི་ཨེ་ཡིན་ན།།
རྒྱུ་འབྲས་བུ་མ་སྐྱེས་སྡུག་ཅིག་ཡོད།།

རྒྱུ་ཡོངས་སྤྱོད་འདོད་ཆུང་ཆོག་ཤེས་ཅན།།
ཁྱེད་དེང་མ་འཇིག་རྟེན་ཕྱུག་པོ་ཡིན།།
དུས་དེང་སང་རྒྱུ་ཡི་གཡོག་པོ་རེད།།
བླ་རྒྱུ་ཡིས་བཙེམས་ནི་ཨེ་ཡིན་ན།།

ནང་ནོར་འཛིན་ཕྱོགས་ན་སྤུག་ཅིག་ཡོད།།

ཞེ་འོ་མའི་བརྩེ་འདང་གཞིས་ཁྱིམ་ཅན།།
ཁྱེད་དེང་མ་ཉེ་དུའི་རྫོང་ཁོལ་ཡིན།།
དུས་དེང་སང་འཁྲུགས་པའི་གཡུལ་ས་རེད།།
སེམས་ནོམ་གྱིས་འཁྲུགས་ནི་ཨེ་ཡིན་ན།།
གཞིས་འཆམ་མཐུན་ཕྱོགས་ན་སྤུག་ཅིག་ཡོད།།

སེམས་ཀྱི་ཨ་ཐང་།

ཕ་མ་དྲན་དང་མ་དྲན།།
ཁྲ་ཆུང་མིག་ལ་གཟིགས་དང་།།
ཁྲ་ཆུང་མིག་གི་ནང་ནས།།
མཆི་མས་གཡས་སྐོར་རྒྱུག་གིས།།

ལས་ལ་འབད་དང་མ་འབད།།
ཡ་ཆུང་སེམས་ལ་གཟིགས་དང་།།
ཡ་ཆུང་སེམས་པའི་མཐིལ་ནས།།
རྩལ་ཆུའི་ཐིགས་པ་ཟེགས་སོང་།།

དྲང་མོ་བཤད་དང་མ་བཤད།།
གཏམ་གྱི་སྒྲོ་མོར་དྲིས་དང་།།
གཏམ་གྱི་སྒྲོ་མོའི་ནང་ན།།
འོ་མའི་བདུད་རྩི་འཁྱིལ་ཡོད།།

ཕ་ཡུལ་དྲན་དང་མ་དྲན།།
གཤོག་ཐོགས་སེམས་པར་དྲིས་དང་།།
གཤོག་ཐོགས་སེམས་པའི་འཕུར་ལ།།
སྤུ་གྲི་རླུང་གིས་བཅད་ཡོད།།

ཕྱོགས་བཞིར་རྒྱུགས་དང་མ་རྒྱུགས།།
རྐང་མགྱོགས་འཁོར་ལོར་གཟིགས་དང་།།
ལྕགས་ཀྱི་ལྷམ་མཐིལ་དགུ་བརྩེགས།།
ཟད་ནས་ཤ་ལ་འཐུག་ཡོད།།

ཁམ་བུ་ཟས་དང་མ་བཟས།།
ཁམ་བུའི་སྙིང་པོར་དྲིས་དང་།།
ཁམ་བུའི་མེ་ཏོག་ཤིང་འབྲས།།
སྙིང་སྡུག་བུ་མོས་གནང་བྱུང་།།

དཀའ་ལས་ཁག་དང་མ་ཁག།
འཛམ་གླིང་ཉི་མར་དྲིས་དང་།།
ཉི་མའི་ཇོད་ཟེར་འོད་ཐིགས།།
རྟུལ་ཚུས་ཐིགས་པས་སྤྲངས་འདུག།

ལ་མོ་བརྒལ་དང་མ་བརྒལ།།
གམ་པ་ལ་མོར་དྲིས་དང་།།
གམ་པ་ལ་མོའི་སྐལ་གཞོང་།།
རྟ་སྐྱིག་གོར་མོ་བཀོས་ཡོད།།

དབུས་ལམ་བརྒྱུད་དང་མ་བརྒྱུད།།
ཨ་ཆེན་གངས་ལ་དྲིས་དང་།།
གངས་རིའི་མེ་ལོང་ངོས་ལ།།
མདུན་སྐྱིད་གོམ་སྒྲ་གསལ་ལོ།།

ནང་ནས་ཆུང་མ་དྲན་པ།

སྤྲིན་དཀར་སྤྱང་ཆེན་པོ་ཉ།།
ཙ་རིའི་ལྷོ་ལ་བརྒྱུད་དུས།།
དྲན་གདུང་ཨ་ཡོང་རིང་མོ།།
དྲི་མེད་ཞོག་དཀར་ངོས་ལ།།
མཚལ་གྱིས་དམ་རྒྱ་མནན་ཏེ།།
ཁྱོད་ཀྱི་ཕྱོགས་ལ་བསྐུར་ཡོད།།
དྲན་པའི་ཨ་ལན་སྣན་མོ།།
ཙེ་རིའི་ཁོག་གི་ཆུ་རེད།།
ཆུ་སྲི་སྣན་མོ་མ་གཏོགས།།
འཁྱུང་བའི་བསྐལ་བ་མི་འདུག།
ཟླ་བ་ཤར་བའི་དང་པོ།།
སྐྱེའུ་ཁུང་ངོགས་ལ་ལྷུང་ཡོང་།།
སྙིང་སྡུག་ཆུང་མའི་ཞལ་རས།།
ཟླ་བའི་ངོས་ལས་མཐོང་ཡོང་།།
ཆུང་མའི་འཛུམ་ཞལ་ཡིན་ན།།
ང་ལ་སྐྱོ་བ་མི་འདུག།
ཉི་མ་ཤར་བའི་དང་པོ།།

མདུན་རིའི་སྟེང་ལ་ལྷུང་ཡོད་། །

སྙིང་སྡུག་ཆུང་མའི་བྱམས་བརྩེ། །

ཉི་འོད་ནང་ནས་མཐོང་ཡོད་། །

ཉི་འོད་ཆུང་མ་ཡིན་ན། །

ང་རང་སྐྱོ་དགོས་མི་འདུག །

འཕྲུལ་ཞིག་ཡོད་ན་བསམས་བྱུང་། །

ལྷ་ཞིག་ཡིན་ན་བསམས་བྱུང་། །

དཀར་གསལ་ཟླ་བའི་ངོས་ལ། །

སྐད་ཅིག་སླེབས་ན་བསམས་བྱུང་། །

རྒྱང་རིང་ཆུང་མའི་ཞལ་རས། །

འོད་གུར་ནང་ནས་མཇལ་འདོད། །

བྱ་ཞིག་ཡིན་ན་བསམས་བྱུང་། །

གཤོག་རྩལ་ཡོད་ན་བསམས་བྱུང་། །

མདུན་གྱི་རི་བོའི་རྩེ་ལ། །

འཕུར་དགོས་བྱུང་ན་བསམས་བྱུང་། །

སྐད་ཅིག་མིག་མདའ་ཕྲ་མོས། །

ལན་གཅིག་མཐོང་ན་བསམས་བྱུང་། །

དྲན་གདུང་ཆུ་རྒྱུན་རིང་མོ། །

སྙིང་སྡུག་ཆུང་མའི་ཕྱོགས་ལ། །

ལྡོག་སྟེ་ཤུགས་ཀྱིས་རྒྱུགས་ནས། །

ཚུང་མའི་བདེ་འཚམས་དྲིས་ཤིང་། །
བུ་ཡི་འཚར་ལོངས་གཟིགས་ཏེ། །
མྱུར་དུ་ལོག་ན་བསམས་བྱུང་། །
ཇོ་ཁང་གྲུ་བཞི་སྣང་བཞི། །
ཉལ་ཁྲི་ལྕགས་ཁྲི་ཇོ་ཁྲི། །
སོ་བ་མི་ནག་སེམས་ནག །
ཚ་འདྲི་དུག་ནག་ཁོལ་མ། །
ཇོ་ལ་སེམས་པ་ཡོད་ན། །
ཇོ་འདིའི་མིག་ཆུ་སྐམ་ཡོད། །
དྲང་བདེན་དྲི་མེད་ཉལ་གོས། །
གནས་ལུགས་མི་འགྱུར་ལྷུན་པོ། །
བཙན་པོས་གཏུབ་ནི་མ་ཐུབ། །
གཡོ་སྒྱུས་སྒྱུལ་ནི་མ་ཐུབ། །
མནར་གཅོད་གོ་རིམ་འདི་ཡང་། །
ཉིན་མཚན་ལོ་ལས་རིང་སོང་། །
མི་ངན་གཡོ་སྒྱུའི་རི་མོ། །
དངོས་སུ་བལྟས་པས་རྟོགས་སོང་། །
གྲོགས་དང་སྤུན་ཟླའི་རི་མོ། །
དེ་རིང་བར་དུ་མ་རྟོགས། །
སྡུག་གི་རྒྱ་མཚོའི་ནང་ན། །

བདེ་བའི་སྐྱིད་ཅིག་ཡོད་པ།།
ཚུང་མའི་ལྷད་མེད་སེམས་ཡིན།།
དྲང་བདེན་ཉི་འོད་གསལ་ན།།
འཇིག་རྟེན་མུན་པས་ཁེངས་ཀྱང་།།
མ་འོངས་མདུན་ལམ་གསལ་ཡོང་།།
ནང་ནས་ཚུང་མ་དྲན་པ།།
སུ་དང་གང་གིས་ཤེས་མེད།།

སེམས་ཀྲོད་ལ་ཕོར་སྟངས།

ཐང་དཀར་ཀྲོད་འདིས་མི་སྐད་གོ་རྒྱུ་ན།།
སེམས་ཀྱི་དྲན་གདུང་ཁྱེད་ལ་བཤད་ནས་ཡོད།།
གང་མཐོ་ནམ་མཁའི་དབྱིངས་ལ་བསྐྲགས་ནས་ཡོད།།
སེམས་ཀྱི་སྐྱོ་བ་ཐེངས་བརྒྱར་དྭངས་ནས་ཡོད།།

ནམ་མཁའི་དབྱིངས་ལ་བགྲོད་པའི་རྩལ་ཡོད་ན།།
རྒྱང་ཤེལ་གམ་མཐོང་ཅན་ཞིག་ཡོད་རྒྱུ་ན།།
ཁྱོད་ཀྱིས་བྱེད་ལུགས་སེམས་ཀྱིས་མཐོང་ནས་ཡོད།།
སྐྱོ་གདུང་སེམས་ཀྱི་ན་ཟུག་དྭངས་ནས་ཡོད།།

གོར་མོ་རྗེ་ལ་སེམས་ཤིག་ཡོད་རྒྱུ་ན།།
མ་ཊི་ཡིག་དྲུག་སྙིང་ལ་བཀོས་ནས་ཡོད།།
གཟུངས་འཇུག་གཟུངས་སྔགས་རབ་གནས་བསྐྱོན་ནས་ཡོད།།
བར་ཆད་ལམ་གྱི་གདོན་བགེགས་སེལ་ནས་ཡོད།།

སེམས་ཀྱི་ངོ་ཡར་དྲོད་ཅིག་ཡོད་རྒྱུ་ན།།
བརྩེ་བའི་མེ་ཏོག་ཞལ་ཁ་རྒྱས་ནས་ཡོད།།
གཞོག་དྲུག་སྒྲུང་མ་དྲི་ལ་རོལ་ནས་ཡོད།།
སྒྲུང་རྩི་མངར་མོས་ལུས་སེམས་བཟི་ནས་ཡོད།།

ལམ་ཐག་འདི་ལ་ལྟེབ་ཅིག་ཡོད་རྒྱུ་ན།།
བལྟབས་ནས་འདོམ་གང་བར་ཐག་བཞག་ནས་ཡོད།།
ཉིན་དང་མཚན་ལ་སྙིང་གཏམ་གླིང་ནས་ཡོད།།
ལག་ཐོགས་ཁ་པར་འདི་ཡང་གཡུགས་ནས་ཡོད།།

སེམས་པ་འདི་ལ་འདོགས་ལོང་ཡོད་རྒྱུ་ན།།
དངུལ་གྱི་འདོགས་ཐག་ཨ་ལོང་བསྒྲིགས་ནས་ཡོད།།
གསེར་གྱི་ཕུར་བ་ཁུངས་ལ་རྡབ་ནས་ཡོད།།
རྩེ་གཅིག་དོན་ཆེན་དེ་ཡང་འགྲུབ་ནས་ཡོད།།

༢༠༡༨ལོའི་ཟླ་༤ཚེས་༡༡ཉིན།

ཁྱེས་ཁ་མའི་སེམས་ཁྱུང་།

ཡུལ་གྱི་ཕ་ས་ཡི་པང་དུ།།
ཕྱོགས་ཀྱི་ཕ་ས་ནས་ཐོན་ཡོད།།
བསྐྱོལ་བསུའི་འཁྱིང་སེམས་ཀྱི་བར་ནས།།
སེམས་ལས་གཉོམ་པ་ཞིག་མི་འདུག།

བུ་དང་བུ་མོ་ཡི་ངག་ལས།།
པ་ཕ་ནམ་ཕེབས་ནི་ཟེར་དུས།།
ཕྱོགས་ཀྱི་ཕ་ས་ཡི་འཁྱིང་སེམས།།
མ་བྲལ་སྒོ་འགྲམ་ནས་ལུས་སོང་།།

དྲིན་ཆེན་སྐྱེད་མ་ཡི་ངག་ལས།།
བུ་ཆུང་ནམ་འཐོན་ནི་ཟེར་དུས།།
ཡུལ་གྱི་ཕ་ས་ཡི་འཁྱིང་སེམས།།
གྱི་ལིང་གཞོག་ཐོགས་དང་འདྲ་སོང་།།

ཁྱིམ་གྱི་ཙག་ཙིག་དེ་བསམས་ན།།
དེ་ཡང་དོན་ཆུང་ཞིག་མ་རེད།།
ཨ་མའི་དྲིན་གཟོ་ཡི་འཁྱིང་སེམས།།

སེམས་ཀྱི་གཏིང་རིམ་ན་ལུས་ཡོད།།

ཁ་རྒྱབ་ལྟོ་རྒྱབ་ཀྱི་ཆེད་དུ།།
སྡུག་གི་མི་ཚེ་ནི་ཚར་ཡོད།།
བུ་དང་བུ་མོ་ཡི་འཁྲིད་སེམས།།
ལྟེ་ཁྲག་འཚོ་ས་རུ་ལུས་འདུག།

དང་པོ་ཆབ་མདོ་ནས་འཁྲིད་ཚུལ།།
གཉིས་པ་མཚོ་སྨད་ནས་འཁྲིད་ཚུལ།།
གསུམ་པ་སྟེད་ཐང་ནས་འཁྲིད་ཚུལ།།
དེ་རིང་ལམ་བར་ནས་ལུས་སོང་།།

༢༠༡༨ལོའི་ཟླ༧ཚེས་༢༩ཉིན།

ངའི་ཡ་ཚུང་སེམས་ན་སྡུག་ཅིག་ཡོད།

ཞེ་སྡང་བ་ཉེ་མའི་རྡོད་ཁོལ་རེད།།
གན་ཤར་རྒྱུ་མེད་ན་མུན་ནག་རེད།།
ངའི་ཡ་ཚུང་སེམས་ཀྱི་སྡུག་བསྔལ་འདི།།
ཁམས་མུན་ནག་འདི་ལ་དཔེ་བཞག་ན།།

མཐའ་གང་ལ་ལྷིང་འགྲོ་ཆ་མེད་རེད།།

རི་དར་ལྷོག་ཕོག་གི་ཡིག་དྲུག་ཡིན།།
དར་ཡིག་དྲུག་ཡི་གེ་མེད་དང་ན།།
ངའི་ཡ་ཆུང་སེམས་ཀྱི་ན་ཟུག་འདི།།
སྲོག་དམར་པོ་ལེན་པར་དཔེ་བཞག་ན།།
ལུས་གཟུགས་གཞི་ནམ་འགྱེལ་ཆ་མེད་རེད།

སྤང་མེ་ཏོག་སྐྱེ་ཡག་སེམས་བཟང་མ།།
ཁྱོད་དམ་ཚིག་སྲོག་གི་སྐྱ་ཡ་ཡིན།།
ལོ་ཕྱི་ནང་མ་སྐྱེས་སྡུག་བསྔལ་འདི།།
གླིང་གེ་སར་སྒྲུང་ལ་དཔེ་བཞག་ན།།
བཤད་མི་ཚར་མི་ཚེ་ཟད་ཀྱི་རེད།།

མི་ཕོ་མོའི་འཇིག་རྟེན་སྣང་བ་འདི།།
ལོ་རྒས་ཀྱིན་ཉོན་མོངས་དར་ལ་བབས།།
ལུས་ཤ་ཁྲག་འདི་ཡང་སྐམ་དུ་སོང་།།
མི་གླེན་པ་ཞིག་ལ་དཔེ་བཞག་ན།།
ལུས་བར་ཆད་ནམ་འབྱུང་ཆ་མེད་རེད།།

ཆར་སིམ་སིམ་བདུད་རྩིའི་ཐིགས་ཡག་མ།།
སྤྲང་མེ་ཧོག་གཉིས་ཀྱི་འཕྲིན་སྐྱེལ་ཡིན།།
དུས་དེང་སང་སྤྲང་ཆར་མི་འབབ་པ།།
དཔོན་[3]སྟུགས་པ་ཞིག་ལ་དཔེ་བཞག་ན།།
སྟུགས་བརྟོན་ནས་ནུས་མཐུ་ཟད་ནས་ཡོད།།

སེམས་དྭངས་མོ་རྒྱ་འབྲས་འདིའི་དྲིན་ལ།།
ངའི་སེམས་ཐག་ད་དུང་མ་ཆད་ཡོད།།
ཉིན་རེ་རེར་ཐེངས་བརྒྱ་སྒྲོང་བ་འདི།།
མི་སྨྱོན་པ་ཞིག་ལ་དཔེ་བཞག་ན།།
ཟས་མ་བཟས་ལུས་ཟུངས་སྐམ་ནས་ཡོད།།

སྤྲང་མེ་ཧོག་མི་སྐྱིད་མི་བདེ་ཟེར།།
ཁག་ཅི་ཡོད་མཁའ་ཀླུང་བཙན་ནི་རེད།།
སེམས་ཅི་བདེ་བ་མོ་གམ་ན་ཡོད།།
དགྲ་ཚུར་རྒོལ་ཞིག་ལ་དཔེ་བཞག་ན།།
གླང་སྨྱོན་པར་རལ་གྲི་དགུ་སྐོར་རེད།།

ནང་ཁྲིམ་ཚང་ལས་ཀ་ཕྱིར་ལོག་ཟེར།།
བསྐྱུབ་ཆེ་ཚར་འཛིག་རྟེན་འཚོ་བ་རེད།།

---

3 ཨ་མདོའི་ཁ་སྐད་དེ་སྟུགས་པ་ལ་གོ།

འབུ་སྦྲང་མ་ཞིག་ལ་དཔེ་བཞག་ན།།
ཉོར་སྦྲང་རྩི་བསོག་ལ་ཡོམ་རྒྱུ་མེད།།

རླུང་མཁའ་དབུགས་མི་རྔུབ་མི་བདེ་ཟེར།།
ཁྲ་འཁྱིལ་ལེ་མི་བཞད་སྐྲག་གི་ཟེར།།
སྐྱིད་སེ་ཧ་ལ་གཞིབ་མཁན་རྐྱོད་ཉི་རེད།།
མ་བཟང་མོ་ཞིག་ལ་དཔེ་བཞག་ན།།
ཁ་སྒྲི་ཁ་འཁོར་ན་སྡུག་ཉི་རེད།།

ཞེ་སྣང་བ་འདི་ལ་མཐའ་མི་འདུག།
སྐྱིད་སེ་ཧ་འདི་ལ་སེམས་མི་འདུག།
ལོ་ཙི་ཙམ་སྐྲུག་ཀྱང་བཞད་མེད་རེད།།
སྐྱེ་ན་མཆི་འདི་ལ་དཔེ་བཞག་ན།།
ཚེ་མི་རྟག་སྟོན་ཁའི་སྤྲིན་པ་རེད།།

གྲང་ཤུར་ཤུར་གྱི་བྲང་གཞུང་།

སྐྱོ་གདུང་སྤྲིན་པར་བཅོལ་བའི་ཡར་གླུང་ནས།།
སེམས་གཏམ་སྦྲང་ཆར་བྱེ་མའི་སློང་ལ་འཐིམས།།
ཐུགས་འདུན་ཤམ་པོར་བརྗོད་པའི་རི་འདབ་ནས།།
སེམས་མེད་རྗེ་ཡི་བྲང་གཞུང་གྲང་ཤུར་ཤུར།།

འཕར་སྐྱོང་ལག་སྒྲིལ་ཞེ་ནག་འཇབ་རྐོལ་གྱིས།།
གཡང་དཀར་མ་མོའི་ལུ་གུ་ཁོག་ནས་ཁྲེར།།
ཕྱི་ནང་མཐོན་ཀློག་མེད་པའི་སྦྲ་འདབ་ནས།།
མི་ཚེས་ཡོན་པོའི་བྲང་གཞུང་གྲང་ཤུར་ཤུར།།

སྔར་ཡོད་མི་ཚེས་འདུ་ཤེས་ཟབ་མོ་དེ།།
ཆར་ཤུལ་འཛའ་ཚོན་བཞིན་དུ་ཡལ་ནས་སོང་།།
མཐོན་མེད་རི་དྭགས་པ་ཡི་གསང་མདའ་དེ།།
གར་ཡོང་མ་ཤེས་བྲང་གཞུང་བརྫོལ་ནས་སོང་།།

ཟོལ་གཟུགས་གདོང་འབག་རྫུན་མའི་ཆུ་ངོགས་ནས།།
ཁོ་བོའི་མཛའ་བ་ཟབ་མོ་ཆུ་ལ་བསྐུར།།
འཛམ་རྫུབ་ཟུང་འཇུག་ཚིག་ལ་ཚོན་བྱུགས་པས།།
ང་ཡི་བརྩེ་འདང་ཟབ་མོ་མིག་ཆུས་བརླན།།

སྟོ་གོས་ཁོ་ན་བསམ་མཁན་ཁྲུ་ཚོགས་ཤིག།
རང་སེམས་རང་གིས་གསོས་ཏེ་དགའ་གྲོག་གྲོག།
དབང་དང་ནོམ་པས་བསླུ་པའི་མི་ཚོགས་ནས།།
ང་ཡི་བྲང་གཞུང་ཚ་མོ་གྲང་ཤུར་ཤུར།།

༢༠༡༥ལོའི་ཟླ་༡༢ཚེས་༡༤ ཉིན་ཡར་ཀླུང་རྩེད་ཐང་ནས།

ཀ་བཤད་འོ་མའི་ཐིགས་པ།

ཀ་མ་ལ་བཞིན་མཛེས་པའི་སྙིང་ཕྱུག་མ། །
ཁ་སྒྲོའི་སྲུམ་ཏུའི་ཚེམས་ཕྲེང་དུང་ལྟར་དཀར། །
ག་ལེར་བསྐྱོད་པའི་སྐྲ་ལོ་སོལ་བཞིན་ནག །
བཞིན་མདངས་ཀྲུས་པའི་ཞལ་རས་ཟླ་ལྟར་སྒོར། །

དགེ་གྲོགས་ཞིག་ལ་ཕུལ་བའི་སྙིང་གཏམ་གོ་སླ་མ།

ཀ་མེད་སུམ་ཅུའི་དབྱངས་ཧྲ་རིག་པའི་ཀོང་བུར་བསྐྱིལ།།
ཁ་སེམས་དྲང་མོའི་གཉིས་བཟང་རིག་པའི་གསེང་ལས་བརྗོལ།།
གར་འགྲོ་མི་ཤེས་ལས་འབྲས་ལམ་ཕྱོགས་སེམས་ལ་བྲིས།།
ང་འོ་མི་སླམ་ཐོ་རངས་ལས་ཀའི་དབུ་ཁྲུད་ཡིན།།
ཅལ་ཅོལ་ངག་གི་ལས་བདའ་མི་བྱེད་ཤེས་ཡོན་སྦྱོལ།།
ཆ་ལུགས་གཙང་མས་ཤེས་རིག་ཡོན་ཆབ་དད་པས་མཆོད།།
ཇ་དཀྲུགས་མངར་ཇ་འཐུང་བཞིན་སེམས་པ་སློབ་མར་ཤོར།།
ཉ་མོ་འཁྱུག་རྩལ་བདེ་བའི་སློབ་བུ་མཐོང་བ་ན།།
ཏ་ལེན་ནོར་གྱིས་ཁེངས་བཞིན་སྤྲོ་བའི་མེ་ཏོག་བཞད།།
ཐ་མལ་ལས་ནི་མི་མཐོང་དབྱིངས་ཀྱི་ཟས་སུ་སྦྱིན།།
ད་ལྟའི་བར་དུ་དཀའ་སྡུག་འཛུམ་གོར་འོད་ལ་འཁྱོས།།
ན་ཆུང་བྱིས་པའི་མི་གཞི་རྩ་བ་ལེགས་པར་བཙུགས།།
པ་ཕས་བུ་ཕྲུག་སྐྱོང་བཞིན་མི་འདོད་ངག་འདི་སླུགས།།
ཕ་རོལ་ཕྱུགས་བསམ་མི་མཐོང་མདུན་ལམ་གེར་གྱིས་བསྟན།།
བ་ལང་མི་ཁྲུར་འཇུག་འདྲའི་ལས་འདི་དཀའ་ན་ཡང་།།
མ་འོངས་མི་རབས་མི་གཞི་ཐོད་ཀྱི་མིག་བཞིན་བསྲུངས།།
ཙ་རི་གནས་སྐོར་བྱེད་པའི་དཀའ་ཁག་ཐག་ཏུ་བླངས།།
ཚ་གྲང་དཀའ་ཐབས་བྱམས་བརྩེ་ཏུམ་གང་སེམས་ལ་བཟུང་།།

ཛ་དེའི་སློབ་གསོའི་སྨན་མཆོག་སློབ་མའི་གསོས་སུ་སྦྱིན། །
ཝ་མོའི་གཡོ་སྒྱུའི་དུག་ཆུ་གཉིས་བཟང་སྨན་གྱིས་བཀྲུས། །
ཞ་དཔེ་ལྷམ་འགེབས་མི་བྱེད་ཚེ་ཡི་དམ་བཅའ་བརྟན། །
ཟ་གོས་ཙམ་གྱིས་མི་ཚེ་མི་བསྐྱལ་བློ་རིག་གསལ། །
འ་ཅག་ཕྱུགས་ཀྱི་གཏད་སོ་དམངས་ཀྱི་བདེ་སྡུག་དེ། །
ཡ་ཁྱུང་སེམས་ནས་མི་བརྗེད་བསམ་བློའི་སློབ་གསོ་གླིང་། །
ར་རོ་ངང་ནས་མི་ཚེ་སྟོང་ཟད་མི་བྱེད་འདི། །
ལས་ཀྱི་དང་པོ་ཡིན་ཏེ་དྲང་བའི་གཏམ་ཡིན་ནོ། །
ཤ་ཚའི་གཏམ་ལ་མ་སོང་ཁྱེད་ལ་འདུད་པའི་ཚིག །
ས་མཐའི་ཡུལ་ནས་ཤོར་སོང་ཕྱི་ནང་བདེ་ལེགས་ཤོག །
ཧ་ཅང་དྲང་མོ་བཤད་ན་སློབ་གསོའི་ལས་དོན་ལ། །
ཨ་རོགས་ཁྱེད་འདྲ་མང་ན་བསམ་དོན་རང་བཞིན་གྲུབ། །

༢༠༠༨ལོའི་ཟླ་༡༠ཚེས་༡ཉིན།

ང་རང་སུ་རེད།

ང་རང་སུ་རེད་སུམ་གཉིས་ས་ཡི་དཀྱིལ་འཁོར་བཟུང་།།
ང་རང་སུ་རེད་ཕ་མེས་སྙིང་རུས་འགྲན་མེད་ཅིག།
ང་རང་སུ་རེད་ཤེས་རིག་འཛམ་བུའི་བང་མཛོད་ཅིག།
ང་རང་སུ་རེད་ཤེས་མཁན་ཡོད་ན་རྟ་ཞིག་སྟེར།།

ང་རང་སུ་རེད་ཆུ་མིག་དགུ་སྒྲིལ་ཕ་ཡོས་སྐྱོད།།
ང་རང་སུ་རེད་རྫོན་དོར་ས་ཞིང་མ་ཡོས་སྲུང་།།
ང་རང་སུ་རེད་ཕ་མའི་གཅེས་ནོར་བུ་ཡིས་བཙོང་།།
ང་རང་སུ་རེད་ཤེས་མཁན་ཡོད་ན་གསེར་ཞིག་སྟེར།།

ང་རང་སུ་རེད་ཨ་ཕར་ཕོ་རྩལ་སྣ་དགུ་འཛོམས།།
ང་རང་སུ་རེད་ཨ་མར་མོ་མཛངས་རབ་དགུ་འཛོམས།།
ང་རང་སུ་རེད་ཕྲུ་གུ་འཛོམས་པའི་རྨི་ལམ་སྐྱིད།།
ང་རང་སུ་རེད་ཤེས་མཁན་ཡོད་ན་བུ་ཞིག་སྟེར།།

ང་རང་སུ་རེད་གཅེན་པོས་རིག་པས་རྒྱལ་ཁམས་སྐོར།།
ང་རང་སུ་རེད་གཅུང་པོས་སྒྲོག་བཏང་བསླབ་བྱ་གདམས།།
ང་རང་སུ་རེད་རླངས་འཁོར་བསྐྱོད་ནས་གོ་ཁར་སྐྱུལ།།

ང་རང་སུ་རེད་ཤེས་མཁན་ཡོད་ན་གཟི་ཞིག་སྟེར།།

ང་རང་སུ་རེད་གདོང་ལ་བལྟས་ན་སྨྱུག་པོ་ཞིག།
ང་རང་སུ་རེད་ལུས་ལ་བལྟས་ན་གཅེར་བུ་ཞིག།
ང་རང་སུ་རེད་སྐད་ལ་ཉན་ན་ནེ་ཙོ་ཞིག།
ང་རང་སུ་རེད་ཤེས་མཁན་ཡོད་ན་རྒྱན་ཞིག་སྟེར།།

ང་རང་སུ་རེད་ལྷུ་ཆང་འཐུང་ན་ཞབས་མེད་ཅིག།
ང་རང་སུ་རེད་བག་མེད་ལོངས་སྤྱོད་འགྲན་མེད་ཅིག།
ང་རང་སུ་རེད་ཁ་ཡག་ཁོག་བཙོག་ངོ་གཉིས་ཤིག།
ང་རང་སུ་རེད་ཤེས་མཁན་ཡོད་ན་མཛོ་ཞིག་སྟེར།།

ང་རང་སུ་རེད་ལག་སྐེ་གཉིས་ན་ཕྲེང་བ་ཞིག།
ང་རང་སུ་རེད་གནོད་སེམས་ཁ་ཁོག་གཉིས་ཀར་བཅངས།།
ང་རང་སུ་རེད་ཕྱི་ལུས་གསེར་བྱུར་གཡུ་ཡིས་ཁེངས།།
ང་རང་སུ་རེད་ཤེས་མཁན་ཡོད་ན་གཡུ་ཞིག་སྟེར།།

ང་རང་སུ་རེད་ཚོང་ལས་སྟོན་མོ་གྲངས་མེད་ཅིག།
ང་རང་སུ་རེད་ཁ་སེམས་གཉིས་ལ་གནོད་སེམས་ཤིག།
ང་རང་སུ་རེད་རྒྱབ་མདུན་གཉིས་ལ་གསེར་བྱུར་ཞིག།
ང་རང་སུ་རེད་ཤེས་མཁན་ཡོད་ན་སྟོང་ཞིག་སྟེར།།

ང་རང་སུ་རེད་སྤྲིན་བདག་རྫིག་པོའི་མིང་བཏགས་ཤིག།
ང་རང་སུ་རེད་ཤེས་རིག་མཐོང་ན་མགོ་ནད་ཅིག།
ང་རང་སུ་རེད་མིག་རྒྱངས་མེད་པའི་གླུ་གློ་ཞིག།
ང་རང་སུ་རེད་ཤེས་མཁན་ཡོད་ན་གསེར་ཞིག་སྤྲེར།།

ང་རང་སུ་རེད་ཉིན་མཚན་མེད་པར་ཁ་པར་རྫེ།།
ང་རང་སུ་རེད་ལུས་སེམས་གཉིས་ཀ་འཕྲུལ་ལྟར་འཁོར།།
ང་རང་སུ་རེད་གཡོ་སྒྱུའི་ཚིག་གི་འཁོར་ལོ་ཞིག།
ང་རང་སུ་རེད་ཤེས་མཁན་ཡོད་ན་ནོར་ཞིག་སྤྲེར།།

ང་རང་སུ་རེད་ཕ་སྐད་བརྟེན་ནས་ཁ་རྒྱབ་གསོས།།
ང་རང་སུ་རེད་ཕ་གཞིས་བརྟེན་ནས་རྫོད་ཁོལ་སྦྱངས།།
ང་རང་སུ་རེད་སྲོལ་གྱི་རྒྱུན་ཐག་རིང་དུ་གཅོད།།
ང་རང་སུ་རེད་ཤེས་མཁན་ཡོད་ན་རྐང་ཞིག་སྤྲེར།།

ང་རང་སུ་རེད་མ་འོངས་ལས་དབང་གླིང་མཁན་ཞིག།
ང་རང་སུ་རེད་ལག་ལེན་ཉིན་མོའི་སྐར་མ་ཞིག།
ང་རང་སུ་རེད་རང་གཞན་གཉིས་ཀྱི་ངོ་ཚ་ཞིག།
ང་རང་སུ་རེད་ཤེས་མཁན་ཡོད་ན་དུང་ཞིག་སྤྲེར།།

ང་རང་སྲུ་རེད་ཆེ་དགེ་ཡིག་ཚང་མཛོད་ཅིག་ཡོད།།

ང་རང་སྲུ་རེད་རང་ངོ་མི་ཤེས་སེམས་ཅན་ཞིག།

ང་རང་སྲུ་རེད་འདུ་ཤེས་ཉམས་ཆུང་བེམ་རོ་ཞིག།

ང་རང་སྲུ་རེད་ཤེས་མཁན་ཡོད་ན་སེམས་ཤིག་སྡེར།།

སྙིང་གཏམ་འོ་མར་སྦྱར་བའི་ཀ་ཕྲེང་གོ་སྨྲ་མ།

—ཁྱིམ་གཅིག་སྐྱ་ཡས་གཞུང་ལས་ཀྱི་ཞོར་དུ་ཁྱིམ་ཚང་གི་བྱ་བ་ཙག་

ཙིག་ཡོད་ཚད་ཕྲག་ཏུ་ཁུར་ཏེ་ཁྱིམ་གཞིས་ཊོད་ཀྱིས་ཁེངས་པར་བྱས་ཤིང་ངའི་རྒྱབ་རྩར་ཀ་བཞིན་

ལངས་ཏེ་སེམས་ཀྱི་དྭངས་མ་གསོས་སུ་སྤྱིན་པའི་ཆུང་མར་སྙིང་ཐག་པ་ནས་དྲན་དང་ལྷན་གསུམ་

བརྒྱད་ཕུད་མེད་དུས་ཆེན་ལ་ཕུལ།

ཀ་ཡེ་བཞིན་ལེགས་སེམས་མཐུན་སྙིང་སྡུག་མ།།

ཁ་མིན་སེམས་ནས་ཐོན་པའི་སྙིང་གཏམ་འདི།།

ག་ལེར་ཁྱེད་ལ་བཤད་འདོད་རོབ་ཙམ་ཉོན།།

ང་གཉིས་མདོ་སྟོད་ཡུལ་ནས་ཁ་ཐུག་སྟེ།།

ཅ་ཅོ་མི་ཁའི་གསེང་ནས་ཞེ་མཐུན་ཞིང་།།

ཆབ་མདོ་ཡུལ་ནས་ཆང་ས་གཉེན་སྟོན་གཤམས།།

ཇ་ཆང་བར་ནས་ཚེ་གཅིག་སྐྱ་ཡ་བསྒྲིགས།།

ཉ་མོ་ཆུ་བྲལ་མི་ཡོང་ལས་དབང་རྙེད།།

ཏག་ཏག་སྐབས་འདིར་དཔལ་འབར་ཡུལ་ན་ཡོད།།

ཐ་མར་ཡར་གླུང་ཁོག་ལ་ལས་བསྒྱུར་བྱས།།

ད༷་ནི་ཁྱིམ་གཞིས་འདི་ལ་སྐྱིད་ཀྱིས་ཁེངས།།
ན༷་ཆུང་བུ་དང་བུ་མོ་ཚ་བོ་སོགས།།
པ༷་ཕའི་འགན་དང་ཨ་མའི་མདངས་ཀྱིས་བསྐྱངས།།
ཕ༷་རོལ་ཚུར་རོལ་ཁྱིམ་ཚང་གཉིས་ལ་ནི།།
བ༷ལ་ཐུག་སྐྱ་མ་མ་ལྷོད་རོགས་རམ་མཛད།།
མ༷་རྒྱུད་དྲང་མོའི་ཀུན་ལ་མིག་དཔེ་བསྟན།།
ཙ༷ག་ཙིག་ཁྱིམ་གྱི་ལས་ཀ་ཏུར་གྱིས་བསྒྲུབས།།
ཚ༷་གྲང་དཀའ་སྡུག་སེལ་བའི་སྙིང་སྟོབས་ལྡན།།
ཛ༷་ལང་སྤྱོད་པའི་ལུགས་ངན་ཕྱི་དོར་བྱེད།།
ཝ༷་མོ་གཡོ་སྒྱུའི་སྦྱོར་བ་ཡེ་ནས་མེད།།
ཞ༷་བཞིན་རྒན་རྒོན་དཔོན་བཟང་གོང་དུ་བཀུར།།
ཟ༷་འོག་གོས་བཞིན་ལྷ་བའི་མི་ངོམས་མ།།
འ༷་ཅག་ཁྱིམ་གཞིས་དྲོན་མོའི་སྦྲ་གཡང་ཡིན།།
ར༷་བ་གངས་ཀྱིས་སྐོར་བའི་མཛེས་རྒྱན་ཡིན།།
ལ༷་ལུང་ཀུན་པོར་མཛེས་བྱེད་མེ་ཏོག་ཡིན།།
ཤ༷་མདངས་ཏུས་ཚོགས་ཅན་གྱི་མིག་དཔེ་ཡིན།།
ས༷་མཐོའི་ཡུལ་ནས་ཁྱེད་དང་འཕྲད་པ་ནི།།
ཧ༷་ཅང་བསམས་ན་ང་ཡི་བདེ་སྐྱིད་ཡིན།།
ཨ༷་ཅག་མཛངས་མ་ཞེས་ན་མི་ཆེ་སྟེ།།
ཨ༷་ཇོ་མི་དགའ་ཡོད་ན་ཕྲག་དོག་ཡིན།།
ཨ༷་ཙི་དེ་རིང་ཁྱེད་ཀྱི་དུས་ཆེན་ལ།།

ཨུ་ཧོ་ལག་རྟགས་རིན་ཆེན་ང་ལ་མེད།།

ཨུམ་གཙོགས་བསྣམས་ཏེ་བྲིས་པའི་སྙིང་གཏམ་འདི།།

ཨུམ་ཕྲུག་ཞི་ལུས་ཟན་པའི་ཚུལ་དུ་ཕུལ།།

ཨུ་གསར་མིན་ཏེ་ཟན་པའི་སྙིང་གཏམ་ཡིན།།

༢༠༡༨ལོའི་ཟླ་༣ཚེས་༢ཉིན་ལ་ཡུལ་ཡར་ཀླུང་རང་ཤག་ནས།

དགེ་རྒན།

—སློབ་ཆུང་གི་དགེ་གྲོགས་ཞིག་ལ་ཕུལ།

ཀ་མེད་སུམ་བཅུའི་ཡི་གེ་རྩ་བ་ཐོག་མར་སྩོལ།།

ཁ་སེམས་དྲང་མོས་སློབ་མའི་མདུན་ལམ་གླིང་བཞིན་དུ།།

གར་འགྲོ་མི་ཤེས་བྱིས་པ་ཉིད་ཀྱི་རྫི་བོ་ཉིད།།

ང་འོ་མི་སླམ་ཐོ་རངས་སྐར་ཆེན་འགྲོགས་དང་ལྡན།།

ཅལ་ཅོལ་ངག་གི་སྨྲེ་ངག་མི་འདོན་ཡར་ལངས་ནས།།

ཆ་ལུགས་གཙང་མས་སློབ་མའི་རྒྱུད་ལ་ཡོན་ཏན་སྦྱོར།།

ཇ་ཤིང་ལོ་མ་བསིལ་གྲིབ་འོག་གི་སློབ་ཕྲུག་སྐྱིད།།

ཉ་མོ་འཕྲུག་རྩལ་བདེ་བའི་སློབ་བུ་མཐོང་བ་ན།།

ཏ་ལེན་ནོར་གྱིས་ཁེངས་པའི་སེམས་དང་ཁྱད་མི་འདུག།

ཐ་ན་གཅེར་བུ་གནས་པའི་སེམས་པ་ལྷི་མོ་ཞིག།

ད་ལྟའི་བར་དུ་སྐྱིད་པོའི་རྒྱལ་ཁའི་འཛུམ་དང་འགྲོགས།།

ན་ཆུང་བྱིས་པའི་མི་ཚེ་འགྲོ་འདུག་སྐྱིད་གསུམ་སོགས། །
པ་ཕས་བུ་ཕྲུག་སེམས་ཁུར་བྱེད་དང་ཁྲིད་མེད་པར། །
ཕ་རོལ་ཚུར་རོལ་ལག་པས་དཀར་ཡོལ་སྐོར་བ་བཞིན། །
བ་ལང་མི་ཁྱུར་འཇུག་འདྲའི་ལས་འདི་དཀའ་ན་ཡང་། །
མ་མ་ང་ཡིན་བྱིས་པའི་བདག་པོ་ང་ཡིན་ཞེས། །
ཙ་རི་གནས་སྐོར་སོང་འདྲའི་དཀའ་ཁག་དང་དུ་བླངས། །
ཚ་གྲང་སློམས་པའི་བྱམས་བརྩེ་མིག་རྒྱང་ཙམ་གང་བཟུང་། །
ཛ་ཏི་སྨན་མཆོག་ཇི་བཞིན་བྱིས་པའི་ལུས་སེམས་གསོ། །
ཝ་ཞྭ་ཇི་བཞིན་གཙུག་ལག་སྤྱི་བོའི་དཔང་དུ་བཞག །
ཞྭ་མོ་ཇི་བཞིན་རང་གི་ལས་འགན་གཙུག་ཏུ་བཟུང་། །
ཟ་འོག་རི་མོའི་འགུགས་ཤུགས་མེད་ལ་ཐོབ་ཐང་དབེན། །
འ་ཅག་དབྱར་དགུན་སྟོན་དཔྱིད་མེད་པར་གདོང་འགྲེང་སྟེ། །
ཡ་ཁྲུང་སེམས་ཀྱི་བྱིས་པ་ཚོ་ཡི་ཕུགས་བསམ་གླེང་། །
ར་རྫི་ཇི་བཞིན་བྱིས་པ་ཚོ་ཡི་རྗེས་སུ་རྒྱུགས། །
ལས་ལ་དྲང་པོའི་ལས་དང་ལྟོ་ལ་དྲང་པོའི་ལྟོ། །
ཤ་ཚའི་སྙིང་གཏམ་སློབ་མའི་རྒྱུད་ལ་ཡང་དག་སྦྲིན། །
ས་མཐའི་ཡུལ་གྲུ་གང་དུ་གནས་ཀྱང་ཚེ་སྒྲོག་ནི། །
ཧ་ཅང་དྲངས་པའི་ཆུ་རྒྱུན་བཞིན་དུ་ཕྱོགས་བཞིར་འབབ། །
ཨ་རོགས་ཁྱེད་རང་གསེར་ཞྭ་མེད་པའི་བླ་མ་ཉིད། །

༢༠༠༨ལོའི་ཟླ༡༠ཚེས༢ཉིན།

སྙིང་གཏམ་ཚིག་ལྷུ་མ།

ཀྭ་ཡེ་གྲོགས་གཅེས་ཚོ། །
ཁ་སེམས་གཉིས་མེད་དང་། །
ག་ལེར་སེམས་གཏམ་དག །
ང་ཡིས་བཤད་པ་འདི། །
ཅ་ཅོའི་ལབ་བརྗོལ་མིན། །
ཆང་རྗེས་བཤད་ན་ཡང་། །
ཇ་ཆང་འདྲེན་མཁས་ཀྱིས། །
ཉ་མོའི་ལྷུགས་ཀྱུ་མིན། །
ཏྲ་རེན་དཔོན་ཚུགས་མེད། །
ཐ་ཤལ་འདུ་ཤེས་མེད། །
ད་ལྟའི་ཨ་གསར་མིན། །
ན་ཟླས་སྨྱོ་བཤད་མིན། །
པ་ཕར་མགོ་སྐོར་མིན། །
ཕ་རོལ་དགྲ་སྡང་མེད། །
བ་མོའི་ཨུ་ཚུགས་མེད། །
མ་རབས་སྤྱོད་ངན་མེད། །
ཙ་གེ་ཙིག་གེ་ཡི། །
ཚ་མོ་གཏམ་འགའ་རེ། །

ཛ་དྲག་ཟེར་དོན་མེད།།
ཝ་ཡེ་གྲོགས་གཅེས་ཚོ།།
ཞྭ་དཔེ་ལྷམ་འགེབས་ཀྱིས།།
ཟ་ཉལ་བྱེད་པ་འདི།།
འ་ཚད་ཞུ་ཐུག་གི།།
ཡ་ངའི་སྤྱོད་ངན་རེད།།
ར་གན་གསེར་བརྫུས་ཀྱི།།
ལ་ཐག་མི་ཆོད་པས།།
ཤ་གསེང་རུས་ཡོད་ན།།
ས་ཐོག་འདིའི་སྟེང་དུ།།
ཧ་ཅང་གཞན་སེམས་ཀྱིས།།
ཨ་རོགས་རྒྱུ་འབྲས་སྲུངས།།
ཨ་མའི་བུ་ཡིན་ན།།
ཕྱི་རབས་རྒྱུད་འཛིན་པར།།
ཅི་བྱས་ལས་ཤིག་སྟོན།།

སེམས་ཀྱི་ལེགས་སྐྱེས།

བཞིན་གྱི་མདངས་དེ་ལྷ་མོ་མེ་ན་ཀ།

རྒྱུད་ཀྱི་གཤིས་དེ་གྲོགས་མོ་སྙིང་སྡུག་ཁ།

གཟུགས་དཔྱད་མཛེས་ཉོ་བདག་གི་ཡིད་ཀྱི་ག།

དབུས་གཙང་ཡུལ་ནས་བསྐྱོད་པ་བྱེད་མི་ང་།

དེ་རིང་མ་འོངས་ཁྱེད་ནི་ངའི་རྒྱན་ཅ།

སྐྱིད་སྡུག་འཚོ་བ་བཤད་ན་འུ་གཉིས་ཚ།

སེམས་ཀྱི་དོན་ཚོགས་བཤད་ན་མངར་མོ་ཛ།

གཅིག་སེམས་གཅིག་ལ་འདྲེས་པ་ཆུ་དང་ཞ།

ལུས་སེམས་བརྩེ་བས་གསོ་བ་སྨན་ཕ་ཏ།

སེམས་ཀྱི་སྡུག་བསྔལ་འདོར་ཚུལ་ཐ་མའི་ཐ།

སེམས་ལ་བར་ཐག་མེད་དེ་ས་ཡི་ཁྱད།

འདི་ལྟར་འུ་གཉིས་བརྩེ་སེམས་བདེན་ཅ་ན།

སྙིང་རྗེ་འཐག་མོའི་འཕྲད་ཡུན་ལོ་ཡིན་པ།

འུ་གཉིས་འཕྲད་འདོད་འུ་གཉིས་དབང་གི་ཕ།

ནམ་ཡང་འཇིག་རྟེན་འདི་རུ་ཉམ་ཆུང་བ།

ཆོས་ཉིད་སྨྲ་མེད་ཡིན་ཏེ་རིག་བཟང་མ།

འཚོ་ཆོས་བྱ་དགོས་དོན་ནི་བསྒྲུབ་དགོས་ཅ།

འཁོར་བའི་སྡུག་བསྔལ་སྒྲི་ངག་ཨ་ཚ་ཚ།

གཅིག་སེམས་གཅིག་གིས་གསོ་ལ་ཕན་ཚུན་མཛའ།

མིག་ལ་མཛེས་པ་གྲ་ཡག་རི་དྭགས་ལྷ།

ཉེ་དུས་གོང་དུ་བཀུར་བ་མགོ་ཡི་ཞྭ།

ནང་གཏམ་ཕྱི་ལ་མི་ཤོར་སྒོ་ཡི་ཟྭ།

ཀུན་གྱི་གྲོགས་སུ་འགྱུར་བ་གསལ་བྱེད་འ།

བསྒྲུབ་ཐུབ་རོགས་རམ་ཀུན་ལ་ཡ་ཡ་ཡ།

བྱ་བ་གང་བསྒྲུབ་བློ་ལ་ཤ་ར་ར།

ཁྱིམ་ཚང་སློབ་གསོ་ཕྱོགས་ལ་ཨ་ལ་ལ།

བུ་དང་བུ་མོར་དུངས་པ་སེམས་ཀྱི་ཤ།

མདོ་དབུས་གཉིས་ཀྱི་ཁྱིམ་ཚང་རང་མལ་ས།

ཁྱིམ་གཞིས་འདི་ལ་ཧ་ཧེའི་དགོད་སྒྲས་ཁེངས།

སེམས་ཀྱིས་ལེགས་སྐྱེས་ཆུང་མ་ཁྱེད་ལ་འབུལ།

རང་གི་འཛིན་གྲྭའི་སློབ་མ་རྣམས་ལ་བྲིས་པའི་བ་ཚའི་སྙིང་གཏམ།

ཀྭ་ཡེ་ཉོན་དང་ང་ཡི་སློབ་ཕྲུག་རྣམས།།
ཁ་སེམས་གཉིས་ནས་ཐོན་པའི་སྙིང་གཏམ་ཞིག།
ག་ལེར་ཁྱོད་ཚོའི་ཕྱོགས་ལ་ཤོར་ཚུལ་འདི།།
ང་ཡི་སེམས་གཏམ་ཡིན་པས་རོབ་ཙམ་ཉོན།།
ཅལ་ཅོལ་ངག་གི་སྨྲ་བ་ཉུང་བཤད་ནས།།
ཆ་ལུགས་གཙང་མས་སློབ་ལ་འབད་པ་ཕྱོས།།
ཇ་ཁང་ཆང་ཁང་སྐྱལ་བ་ཉུང་ཉུང་ཕྱོས།།
ཉ་ཉོག་སྐད་ཆར་མགོ་བོ་མ་འཕྱོར་བར།།
ཏ་ཐྭ་ག་ཏའི་དཔེ་དེབ་གཙུགས་སུ་ཟུངས།།
ཐ་མག་ཆང་ལ་རོལ་ན་ཅི་ལ་ཕན།།
ད་ལྟར་མི་ལུས་ཐོབ་པའི་བསོད་ནམས་འདི།།
ནང་མ་ཨར་ཁང་དུ་བསྐྱལ་ངོ་ཚ་ཡིན།།
པ་ཕ་ཨ་མས་དྲུལ་སྐོར་དཀའ་བས་བསགས།།
ཕངས་སེམས་མེད་པར་བརྐྱགས་པ་སླུན་པོའི་རྟགས།།
བ་གམ་ཅན་གྱི་ཁང་བཟང་སློབ་ཁང་དུ།།
མ་བཅོས་སེམས་ཀྱིས་དགེ་དེབ་བཀླག་ལ་བརྩོན།།

ཅག་ཅོག་སེམས་ལ་མ་དྲན་བརྟན་པོ་བློས།།

ཚ་གྲང་སྙོམས་པའི་བོད་ཀྱི་ཡུལ་ལྗོངས་འདིར།།

ཛ་ལང་སྤྱོད་པ་དོར་ལ་ཤེས་རིག་བརྩོན།།

ཝ་མོའི་གཡོ་སྒྱུ་དེས་ཀྱང་མི་ཕན་པས།།

ཞ་པོ་ལམ་སྟོན་བྱེད་མཁས་དགེ་རྒན་ལ།།

ཟ་བྱེད་ཁ་དང་ཕྱག་གིས་གུས་པ་མཛོད།།

འ་ཅག་ཁ་བ་ཅན་གྱི་ཁ་དཔེ་ལ།།

ཡ་མེད་ཤེས་བྱའི་དཔའ་བོ་དགེ་རྒན་ནི།།

ར་རིའི་དྲི་མེད་འཛིག་རྟེན་སྒྲོན་མེ་ཡིན།།

ལ་རྒྱ་ཡོད་ན་ཤེས་བྱའི་གནས་ལ་འབུངས།།

ཤ་ཚའི་ཤེས་བྱ་འདི་ཕྱི་གཉིས་ལ་ཕན།།

ས་ཁམས་འདི་རུ་སྡོད་པའི་བོད་ཕྲུག་ཚོ།།

ཧ་ཅང་བཤད་ན་བསམ་བློ་རྗེས་སུ་ལུས།།

ཨ་རོགས་རྫུན་གཏམ་མིན་དེ་སྙིང་གཏམ་ཡིན།།

ཨ་མའི་བུ་ཕྲུག་ཡར་ལོངས་མགོ་བོ་དགྱེས།།

ཨ་མ་ལྷ་བུའི་ཤེས་བྱའི་སྐྱིད་ཚལ་དུ།།

ཧ་ཧའི་དགོད་བྲ་མདོ་མེད་རྫུན་གཏམ་གྱིས།།

ས་བོན་འཚོག་པ་ལྷ་བུའི་འབྲས་བུ་མེད།།

ཤ་རུས་གདུང་རྒྱུད་གཅིག་པའི་སློབ་ཕྲུག་རྣམས།།

ར་ལུག་འཚོས་ཏེ་འཚོ་ཚོས་འགྲིག་ན་ཡང་།།

ལ་ལུང་འདི་ཡི་མ་འོངས་འཕེལ་རྒྱས་སོམས།།

ཡ་རབས་ཚུལ་ལྡན་བོད་པའི་གཤིས་བཟང་ཡིན།།
འ་ཅག་སྲོལ་འདི་མ་དོར་གཅེས་ནོར་ཡིན།།
ཟ་མ་བཟའ་འཐུ་ཤེས་བྱའི་བསླབ་དེབ་དང་།།
ཞ་སྐྱུག་ལ་སོགས་གཞུང་ནས་སྤྱོད་བྱེད་ཀྱང་།།
ཝ་མ་ཡོལ་ལ་སློབ་སྦྱོང་མི་བྱེད་སྐྱོ།།
ཛ་དྲག་དུས་འདིར་ཤེས་རིག་མ་འཕེལ་ན།།
ཚ་བས་སྐམ་པའི་ཤིང་སྡོང་རུལ་བ་འདྲ།།
ཙ་རི་གནས་སྐོར་སོང་ན་བཙོན་སེམས་དགོས།།
མ་སློབ་མ་སྦྱང་འཕེལ་རྒྱས་གླིང་ན་མེད།།
བ་ལང་མི་ཁྱུར་འཛུག་མཁན་ཤེས་བྱ་ཡིན།།
ཕ་མའི་ཁ་ལ་ཉན་ན་དྲིན་ལན་ཡིན།།
པ་ཏྲའི་རི་མོ་བལྟ་ན་མིག་དགོས་ཀྱི།།
ན་ཚང་མིག་རྒྱང་གསོ་མཁན་དགེ་རྒན་ཡིན།།
ད་ལྟའི་སློབ་མ་ཕོ་མོ་གཞོན་ནུའི་འགས།།
ཐ་སྙད་ཙམ་ཤེས་དགེ་རྒན་རྒྱབ་ལ་དོར།།
ཏ་ཐ་ག་ཏའི་གསུང་རབ་ཇོག་བཞིས་འཕེན།།
ཉ་མ་སློབ་ཕྲུག་བུད་མེད་འགའ་རེ་ཡིས།།
ཇ་མ་ནག་མོ་ཞིག་གི་ལུས་བསམས་ཏེ།།
ཆ་མེད་མི་ཡི་ནོམ་ལ་བལྟས་ཏེ་འགྲོ།།
ཅ་རིས་བཞིན་གྱི་སེམས་ཇོག་ནང་ལ་ཆགས།།
ང་ཚོར་དགོས་པ་ཤེས་རིག་ནོར་བུ་ཡིན།།

ག་ལེར་སོམས་ལ་དཔྱད་པས་ཡོངས་པར་གྱིས། །
ཁ་རོག་མ་འདུག་ཀློག་ལ་ལྷག་པར་བརྩོན། །
ཀྭ་ཡེ་སློབ་ཕྲུག་རྣམས་ཀྱི་སེམས་ལ་ཟུངས། །
གསང་བར་མ་བཟོད་ཤ་ཚའི་སྙིང་གཏམ་འདི། །
བདག་གི་སེམས་ནས་རང་དབང་མེད་པར་ཤོར། །
ལྷུན་གྱིས་འགྲུབ་པའི་ཕུགས་བསམ་དྭངས་མ་ཞིག །
གྲུབ་པར་གྱིས་ཤིག་ང་ཡི་སློབ་བུ་ཚོ། །

༢༠༡༠ལོའི་ཟླ༩ཚེས་༥ཉིན།

ཕྱོགས་ལ་བསྐུར་བའི་ཀ་རྩོམ།

ཨ་ཧོ་བསམ་དོན་མ་འགྲུབ་ཨ་མདོའི་ཡུལ་ན་བདེ་ཞིང་སྐྱིད། །
ཨ་ཨ་ཁྱོད་ཚོའི་གཉིས་སྤྱོད་ཨ་རོགས་སེམས་སུ་དྲན་ཐེངས་རེ། །
ཨ་ཙི་ཁྱོད་ཚོའི་ཕྲག་དོག་ཨ་སྔོན་དབྱིངས་ཀྱི་སྤྲིན་ནག་བཞིན། །
ཨ་མཆོད་སེམས་ན་འཁྲུགས་པའི་ཨ་གསར་གནས་ནས་བཙན་གྱིས་ཕུད། །
ཧ་ཅང་བསམས་ན་བདག་ནི་ཧམ་པ་མེད་པའི་དགེ་རྒན་ཞིག །
ཧ་ཧའི་ཚིག་གིས་ཁྱད་གསོད་བྱས་མེད་དེ་འདྲའི་སྣང་དོན་ཅི། །
ཧ་ནི་ཧོན་ནི་ང་ལ་ཧ་ཧས་འཛིགས་སྐྱུལ་བྱེད་པ་དེ། །
ཧ་བེ་ཧོ་བེ་དང་ནས་ཧ་རི་ཧུ་རིའི་ལོང་བ་འདྲ། །
ས་སྙིང་འགྲོ་བ་དགེ་སྦྱོར་ས་ལ་འདྲེན་མཁས་ང་ཡང་མིན། །

ཤ་ཁྲག་དཀོར་ཟས་ལ་སོགས་ཤ་མར་མགྲོན་ཁ་ང་ལ་མེད།།

ལ་མོ་རྒྱབ་ཀྱི་ཁྱོད་ཚོ་རི་རྩེར་མྱུལ་ནས་དཀོར་ལ་འགྲོ།།

ར་བསྐོར་ཁང་མིག་དཀྱིལ་གྱི་རབས་བཟང་འབོལ་ཁྲི་ལ་བཞུགས་ཏེ།།

ཡ་རབས་ཚུལ་གྱིས་བསྟད་དེ་ཡ་མེད་ལོངས་སྤྱོད་སྐྱིད་ན་ཡང་།།

འ་ཁུར་ལོག་སྤྱོད་ཚོག་གིས་འ་ཅག་རྙོག་དྲའི་རྒྱ་རུ་བཅུག།

ཟ་མཁས་སྤྱོད་མཁས་ཅན་ཁྱོད་ཟ་འཐུང་འཚོ་བ་སྐྱིད་ཀྱང་སྐྱིད།།

ཞྭ་མོ་ཚོས་གོས་ཅན་ཁྱོད་ཞྭ་བཞིན་སྤྱི་བོར་བཀུར་ཡང་བཀུར།།

ཕ་མོ་གཡོ་ཅན་ཁྱོད་ཚོ་ཕ་སྐྱེས་ལོག་གཡེམ་མཁས་ཀྱང་མཁས།།

ཛ་ཡའི་གསུང་རབ་མི་ཤློག་ཛ་ལང་སྤྱོད་པ་འཛད་མཐའ་མེད།།

ཚ་གྲང་དཀའ་ཐབས་ཀྱིས་བསགས་ཚྭ་ཛའི་རྒྱུ་ནོར་གང་ཡང་མགོ།།

ཅབ་བེ་ཅུབ་བེ་དང་ནས་ཅ་རི་མ་བརྒྱུད་ནོར་དག་འཕྱེར།།

མ་དག་གྲོང་བ་དེ་ཚོ་མ་ཤེས་གཡོ་ཡིས་རྗེས་ལ་ཁྲིད།།

བ་ཐག་ཉི་ཏུ་བཟུང་ནས་བ་མོ་འཚེ་ཡི་བརྟུལ་ཞུགས་ཅན།།

ཕ་ངོ་མ་ངོ་མི་ཤེས་ཕ་རོལ་ཡོན་བདག་རྒྱུ་ལ་ནི།།

པ྄་ཐར་གཡུལ་ལ་ཞུགས་འདྲའི་དཔའ་བོ་བཙན་པོ་ཁྱོད་ལས་སུ།།

ན་རྒས་རྒན་པོ་ཚོ་དང་ན་གཞོན་ཤེས་མེད་དབང་དུ་བཀུག།

ད་ནི་ཟང་ཟིང་འཁྲུན་རྩོད་གཡུལ་སར་ཞུགས་དགོས་ཟེར།།

ཐ་ཆད་ལས་ཀྱིས་ཐ་མར་རང་གཞན་སྡུག་ལ་སྦྱོར་བར་ངེས།།

ཏ་རིན་སྨུ་དྲིན་ཅན་གྱི་ཏ་ལེན་མ་འཁྲུག་ཉེས་ཁྲིམས་ཡོང་།།

ཉ་ཉོག་ལས་དང་སྐད་ཆས་ཉན་ཐོས་གསུངས་ལ་སྐྱོན་བཙུགས་ཏེ།།

ཇ་མདོང་ཇ་དཀྲུག་ཇི་བཞིན་ཇ་སྡག་འཚོ་བ་གཏོར་འདོད་ཡོད།།

ཆ་རྐྱེན་འཛོམས་པའི་དེང་འདིར་ཆ་ཡོད་དགེ་སྦྱོར་ལས་ལ་བརྩོན།།
ཅ་ཅོའི་ཉོག་གཏམ་མ་བཤད་ཅ་དག་བྱས་ཏེ་བསྡད་ན་ལེགས།།
ང་ནི་སེམས་རྒྱུད་དཀར་ལ་ངའོ་སྐམ་པའི་ཕྲག་དོག་མེད།།
ག་ས་གང་དུ་སོང་ཀྱང་ག་ལེར་ཏང་གི་ལས་ལ་བརྩོན།།
ཁ་སེམས་སྙིང་ནས་བརྟོན་པའི་ཁ་བཤད་ཚིག་གི་ཕྲེང་བ་འདི།།
ཀ་ཡེ་ཉོན་དང་ཀ་བཤད་ཀ་རྩོམ་ང་ཡིས་ཁྱོད་ཚོར་འབུལ།།

ནང་མིར་བགྲོ་བའི་གཏམ།

ཀུ༷་ཡེ་གསོན་དང་ང་ཡི་ནང་མི་རྣམ་པ།།
ཁུ༷་མིན་སེམས་ཀྱི་གཏམ་ཞིག་ཁྱེད་ཚོར་བགྲོ་འདོད།།
གུ༷་ས་གང་དུ་སོང་ཡང་ནང་མི་མ་བརྗེད།།
ངུ༷་ཚོ་རུས་པ་གཅིག་ནས་མཆེད་པའི་སྤུན་ཡིན།།
ཚོ་རིགས་མི་ཤེས་མི་ལ་སྤྲེའུ་ཟེར་བས།།
དུད་འགྲོ་སྤྲེའུ་ང་ཚོ་སུ་ཡང་མ་རེད།།
དེ་འདྲ་ཨེ་རེད་བགྲོ་བའི་གཏམ་འདི་ཕུལ་ལོ།།

ཅུ༷་ཅོ་མ་མང་ཕན་ཚུན་གུས་བཀུར་བྱོས་དང་།།
ཆུ༷་ལུགས་ཡག་པོ་ཀུན་གྱི་མིག་ལ་མཛེས་ཡོང་།།
ཇུ༷་ལོ་རྒྱུ་ལ་འདྲིས་འདྲའི་ཉེ་འདང་ཡོད་ན།།
ཉུ༷་མོ་རྒྱུ་ལ་བརྟེན་འདྲའི་མཐུན་སྒྲིལ་ལོས་ཡོད།།

མ་རབས་སྤྱོད་ངན་ཅན་ལ་ཀླུ་ཀློ་ཟེར་བས། །
ཀླུ་ཀློའི་རིགས་ནི་ང་ཚོ་སུ་ཡང་མ་རེད། །
དེ་འདྲ་ཨེ་རེད་བགྲོ་བའི་གཏམ་འདི་ཞུལ་ལོ། །

ཏུ་རིན་དཔོན་ལ་རྒྱབ་རྟེན་ཡིད་སྨོན་མ་སྐྱེས། །
ཐུ་ཚད་ཅན་གྱི་རང་རྩུགས་གཞན་རྟེན་ཡིན་ནོ། །
དུ་ཆ་རང་ནུས་རང་རྩུགས་ཅན་ཚོ་གཙོ་བས། །
ནུ་གཞོན་ནས་བཟུང་རང་རྩུགས་བརྟན་པོར་བསྲུང་དགོས། །
རང་རྩུགས་མེད་པ་གཤིས་ངན་སླན་རྟགས་ཟེར་བས། །
གླེན་པའི་རིགས་ནི་ང་ཚོ་སུ་ཡང་མ་རེད། །
དེ་འདྲ་ཨེ་རེད་བགྲོ་བའི་གཏམ་འདི་ཞུལ་ལོ། །

པུ་ཕ་ཨ་མར་དགའ་བའི་འཛུམ་གྱིས་སྐྱོངས་དང་། །
ཕུ་མ་དགའ་ན་དྲིན་ལན་བསོད་ནམས་འཕོར་ཡོང་། །
བུ་རྣའི་དྲི་དང་འགྲོགས་པའི་སེམས་ངན་ཅན་ཚོས། །
མུ་ཏིས་འཁྲམ་པ་བརྗོལ་ཡང་བསོད་ནམས་ཅི་འཕོར། །
ཚོགས་བསགས་བསོད་ནམས་འདི་ཕྱི་གཉི་གར་ཕན་པས། །
འདི་ཕྱི་མི་བསམ་པ་ནི་ང་ཚོ་མ་རེད། །
དེ་འདྲ་ཨེ་རེད་བགྲོ་བའི་གཏམ་འདི་ཞུལ་ལོ། །

ཙུ་གེ་ཅིག་གེ་དཔལ་འབྱོར་ཁེ་ཕན་བསམས་ནས། །

ཚ༵་གི་ཚོ་གི་ནང་མི་འཕོན་འགྲུས་མ་བྱེད།།
ཛ༵་དྲག་ཅན་གྱི་དཔེ་ངན་མི་ལ་མ་འཛོག།
ཝ༵་མོ་ལྟ་བུའི་གཡོ་སྒྱུ་དེ་བས་མ་བྱེད།།
མཐུན་སྒྲིལ་ཨ་ལོང་འཕེལ་རྒྱས་རྩ་བ་ཡིན་པས།།
འགྲིག་མཐུན་མི་དགོས་པ་ཞིག་ང་ཚོ་མ་རེད།།
དེ་འདྲ་ཨེ་རེད་བསྒྲོ་བའི་གཏམ་འདི་ཕུལ་ལོ།།

ཞྭ་བཞིན་ཐན་པར་བཀུར་ན་ཀུན་གྱི་རྒྱན་ཡིན།།
ཟ༵་མཁས་སྦྱོང་མཁས་གསོག་ཤེས་ཕྱུག་གི་གཡང་ཡིན།།
འ༵་ཅག་སྲོལ་རྒྱུན་བཟང་པོ་འཛམ་གླིང་རྒྱན་ཡིན།།
ཡ༵་རབས་ལུགས་སྲོལ་བཟང་བ་འཕེལ་རྒྱས་རྟགས་ཡིན།།
རང་སྲོལ་བཟང་པོ་མི་ཚོའི་རྒྱན་ཆ་ཡིན་པས།།
སྲོལ་བཟང་མི་དགོས་ཞེས་ན་ང་ཚོའི་སྐྱོན་ཡིན།།
དེ་འདྲ་ཨེ་རེད་བསྒྲོ་བའི་གཏམ་འདི་ཕུལ་ལོ།།

ར༵་མ་ལུག་སྐད་མ་བཤད་རང་གཉིས་བསྲུང་དགོས།།
ལ༵་ལུང་གང་ལ་སོང་ན་ཁ་ཚིག་བརྟན་དགོས།།
ཤ༵་ཉེ་སྤུན་མཆེད་སེམས་ཀྱི་དཀྱིལ་ལ་འཛིན་དགོས།།
ས༵་ཐག་རིང་ཡང་དུས་རྒྱུན་ཡུལ་ལ་ཡོང་དགོས།།
ཧ་ཡུལ་ཡིན་ཙང་རང་ཡུལ་གཏད་པ་སྐྱིད་པས།།
རང་ཁྲིམ་མི་དགོས་ཞེས་ན་ང་ཚོའི་མཚང་ཡིན།།

དེ་འདྲ་ཨེ་རེད་བགྲོ་བའི་གཏམ་འདི་ཕུལ་ལོ། །

ཧཱུ་ཅང་དབུལ་ཡང་ཕན་ཚུན་ལས་རོགས་བྱས་དང་། །
ཨོཾ་རོགས་ཉིན་རེ་ཉིན་རེ་ཡར་རྒྱས་ཡོང་ངེས། །
ཧཱུ་ལས་རོགས་རམ་དུས་རྒྱུན་བྱེད་སེམས་མེད་ཀྱང་། །
ཨོཾ་མའི་སེམས་བཞིན་གཅིག་རྒྱབ་གཅིག་གིས་བསྐྱོར་དགོས། །
མི་བཟང་ན་ཡང་རང་ཁྱིམ་གཅིག་གི་ཡིན་པས། །
མིང་སྲིད་འཆམ་མཐུན་མེད་ན་ངོ་ཚའི་གཞི་ཡིན། །
དེ་འདྲ་ཨེ་རེད་བགྲོ་བའི་གཏམ་འདི་ཕུལ་ལོ། །

༢༠༡༧ལོའི་ཟླ་༢ཚེས་༢༧ཉིན་ལ་ལྷོ་ཕྱོགས་གཏམ་སྒྲུལ་ཡུལ་ནས།

དགེ་རྒན་དུས་ཆེན་ལ་ཕུལ་བའི་ཀ་རྩོམ་གོ་སླ་མ།

ཀ་བཞིན་གཤིས་བཟང་སྐྱོང་མཁས་དྲང་བདེན་མ།།
ཁ་ཁོག་མེད་པར་ཤེས་ཡོན་སྟེར་མཁས་མ།།
ག་ལེར་སློབ་གསོ་སྐྱོང་མཁས་གཞན་ཕན་མ།།
ང་ཚག་བུ་ཕྲུག་སྐྱོང་མཁས་གཉོག་དྲུག་མ།།
ཅ་དངོས་སྤྲད་པས་དགའ་བར་མི་འགྱུར་ལ།།
ཆ་མེད་ཁྲིམ་བདག་མི་དགའ་མི་འགྱུར་ཞིང་།།
ཇ་ཆང་མགྲོན་ལ་དང་དོད་མི་བྱེད་པ།།
ཉམས་ཚུང་དགེ་རྒན་འཛིག་རྟེན་ཕྱུག་པོ་ཡིན།།
ཏཱ་རིན་དཔོན་གྱི་ངོ་ཆེན་མི་དགོས་ཤིང་།།
ཐ་ཚད་མི་ལ་མཐོང་ཚུང་ཐ་ཚིག་མེད།།
ད་རེས་ལས་བགོས་འདི་ལ་ཏུར་བརྩོན་གྱིས།།
ན་ཚོད་གང་ལ་སླེབས་ཀྱང་ཁུར་ལེན་མ།།
པ་ཕ་ཨ་མ་ལས་ལྷག་སློབ་བུ་ལ།།
ཕ་ནོར་རིག་གནས་རྒྱུད་ལ་འཇོག་མཁས་མ།།
བ་གམ་ཁང་བརྩེགས་ཉོ་བའི་རྒྱུ་མེད་ཀྱང་།།
མ་འོངས་བུ་རབས་སྐྱོང་བའི་ཕྱུག་བདག་མ།།
ཙ་གེ་ཙིག་གེ་ཐོབ་ཤོར་ཡོད་ན་ཡང་།།
ཚ་གེ་ཚི་གེ་སློབ་ཁྲིད་ཡེ་མི་བྱེད།།

ཛ་རེ་ཛོ་རེ་བྱ་སྤྱོད་ཡོད་ན་ཡང་།།
ཝ་ལེ་ཝ་ལེར་སློབ་མ་འཛིན་མཁས་མ།།
ཞ་ར་དམུས་ལོང་མིན་ཡང་དཔོན་མི་མཐོང་།།
ཟ་འཕྲང་སྤྱོད་གསུམ་མི་ནོར་ལུགས་མཐུན་མ།།
འ་ཕུར་གྲགས་པའི་ཕྱོགས་ལ་མི་རྒྱུགས་ཤིང་།།
ཡ་མ་བརྒྱ་ཡི་གཉིས་སྤྱོད་གཏན་ཤོར་མ།།
ར་གན་གསེར་ལ་བརྗེ་བའི་འཁྲུལ་བ་མེད།།
ལ་གཏམ་ལུང་གཏམ་མི་ཚེ་སྟོང་ཟད་མེད།།
ཤ་ཚང་ཟང་ཟིང་མི་ཚེ་རྫོབ་དོགས་མེད།།
ས་ཕྱོགས་གང་ན་གནས་ཀྱང་མཛེས་པའི་ཏོག།
ཧ་ལམ་བསྟོད་པ་ཞིག་གི་ཀ་རྩོམ་འདི།།
ཧ་ཅང་བསམས་ན་བསྟོད་པར་མི་འགྱུར་ཏེ།།
ཨ་རོགས་དགེ་རྒན་དུས་ཆེན་ཉིན་མོ་འདིར།།
ཨ་མའི་དཔའ་བོ་དཔའ་མོར་སྙིང་ནས་ཕུལ།།

২०१८ལོའི་ཟླ་༩ཚེས་༡०ཉིན།

གསང་རྣམ་མགུར་མ་ཡི་ཤེས་སྨྲུན་གྲོགས།

—གྲོགས་རྒྱལ་མོ་ལྷུགས་ཐར་འབུམ་ལ་རྩེད་མོའི་ཚུལ་དུ།

ཀ་ར་མང་ཙམ་ཟས་པའི་ཁ་ལྟོ་ཡིས།།
ཁ་ཟུ་སྐྱེས་ཀྱང་གཟུགས་གཞི་མི་འཚར་བའི།།
གངས་ཕྲུག་རྒྱལ་མོའི་གསང་རྣམ་ཐར་ཐོར་ཞིག།
ང་ཡིས་བ་རྗོའི་ཚབ་ཏུ་བརྒྱལ་ལན་ཙམ།།
བྲིས་པ་ཁ་ཟུ་ཅན་ཁྱོད་ངོ་སོ་བསྟོད།།

ཅ་རིལ་སློག་རིགས་བཟའ་མཁས་རྒྱ་མོ་འདྲ།།
ཆ་གཅིག་སྣ་ཁུང་སྟོང་གི་བྱིའུ་ཚང་འདྲ།།
ཇ་ཁང་ནང་ནས་མཇོས་མ་སྨུག་སྣད་ཀྱང་།།
ཉ་ཤ་བཟའ་བའི་ལས་དེ་ཁྱེད་ལ་མེད།།
ཕོ་ལུས་མོ་ཟས་ཅན་ཁྱོད་ངོ་སོ་བསྟོད།།

ཏ་རིན་དཔོན་པོར་སྟོད་དུས་དཔོན་ཚུགས་མེད།།
ཐ་མ་སློབ་གྲྭར་འགྲིམ་དུས་སློབ་ཚུགས་མེད།།
ད་ལྟ་གཉེ་ག་ཤོར་དུས་མྱི་ཚུགས་མེད།།
ན་ཚང་ཕྲིལ་ཚུགས་ཅན་དེ་དཔེ་ཚུགས་མང་།།
སྒྲིད་ལུག་ཤེས་ཡོན་ཅན་ཁྱོད་ངོ་སོ་བསྟོད།།

པ༷་ཏའི་དབྱིབས་ལྟར་མཛེས་པའི་སྐྲ་ལོ་དེ།།
ཕ༷་རོལ་དགྲ་བོའི་ལག་ཏུ་ཚུད་པ་བཞིན།།
བ༷་སོས་མི་ཧྲག་བཅོམ་བཞིན་བཅད་པ་ཡིས།།
མ༷་བཅོས་སྙིང་ནོར་བརླགས་པའི་སྡུག་བསྔལ་ལྟེ།།
མཐུ་མེད་སྡུགས་འཆང་ཁྱོད་ལ་ངོ་སོ་བསྟོད།།

ཙ༷་གེ་ཅིག་གེ་དོན་ལ་རླུང་མི་ལངས།།
ཚ༷་འཛམ་སྤྱི་ཡིས་ངན་པའི་མགོ་བོ་འཇོམས།།
ཛ༷་ལང་སྤྱོད་པའི་ལུགས་རྣམས་མཐོང་བའི་ཚེ།།
ཝ༷་སྐྱུང་ལུག་ཁྱུར་འཇུག་པའི་སེམས་ངལ་ཆེ།།
མཚོན་མེད་དཔའ་བོ་ཅན་ཁྱོད་ངོ་སོ་བསྟོད།།

ཞ༷བས་ཞུ་རྩེད་མོའི་སྟེགས་ལྷང་དུས་རྒྱུན་འཕེན།།
ཟ༷་ཁྱེད་ཁ་ལ་ཐ་མག་རྒྱུན་མི་ཆད།།
འ༷་ཅག་འཛོམས་དུས་སེམས་གཏམ་གསོང་པོར་བརྗོད།།
ཡ༷་མེད་གྲོགས་ཀྱི་གཤིས་ཧི་ཡ་མཚན་ཆེ།།
གཞན་སེམས་བློ་རྒྱ་ཅན་དེ་ངོ་སོ་བསྟོད།།

ར༷ང་ཅག་འཛོམས་དུས་དངུལ་དམར་ཕངས་མེད་གཏོར།།
ལ༷་སོ་ལེན་དུས་ཕོ་རོག་ནག་ཚུང་འདྲ།།

ཤུ་ཆང་རྫེས་ལ་དུ་སྐྱེ་འཁྲུ་བ་ཡི།།
སུ་ཕྱོགས་དབུས་ནས་ཉིད་ཀྱི་བསྟན་པ་དར།།
རྒྱུ་ཡོད་སྤྲང་པོ་ཅན་ཁྱོད་ངོ་སོ་བསྟོད།།

ཏུ་ཏ་ར་ཏུང་ཀང་ཅེད་སྤྱི་ལོ་ལ།།
ཏུ་ཅང་མཁས་མིན་ཤུགས་ཀྱི་རྒྱུགས་སྟངས་དེ།།
ཨུ་རོགས་སྤྲེལ་ཕྲུག་ཅིག་དང་ཁྱད་མེད་ཀྱང་།།
ཨུ་མའི་བུ་ཁྱོད་ཅེད་རོགས་སློབ་དཔོན་ཡིན།།
རྒྱུགས་མཁས་སྤོབས་པ་ཅན་ཁྱོད་ངོ་སོ་བསྟོད།།

ལྷུགས་ལོང་ལོ་རྒྱུས་མི་བཤད་རེ་ཞིག་གསུང་།།
ཐུར་ཆགས་བཤད་ན་གྲོགས་མཆོག་ཁྱེད་དང་བདུག།
འབུམ་ཕྲག་ཡི་གེ་བྲིས་ཀྱང་མི་རྫོགས་པའི།།
ལྷུན་པོ་ལྷ་བུའི་གསང་རྣམ་ཏོག་ཙམ་གྲུབ།།

༢༠༡༨ལོའི་ཟླ་༡༠ཚེས་༢༢ཉིན་ལ་ཡར་ཀླུང་རྩེད་ཐང་ནས།

བཅུ་དྲུག་ལང་ཚོ།

ཀ་མ་ལ་བཞིན་མཛེས་པའི་སྙིང་སྡུག་མ། །
ཁ་སྙོའི་སུམ་ཅུའི་ཚེམས་ཕྲེང་དུང་ལྟར་དཀར། །
ག་ཤེར་བསྐྱོད་པའི་སྐྲ་ལོ་སོལ་བཞིན་ནག །
བཞིན་མདངས་རྒྱས་པའི་ཞལ་རས་ཟླ་ལྟར་སྙོར། །

ཙ་ཙོའི་གནས་ལས་བྲལ་བའི་ཡིད་འོང་མ། །
ཚ་ལུགས་མཛེས་པའི་སོར་མོའི་ལག་མཐིལ་ནི། །
ཛ་ཧོང་མདངས་དང་འབར་བའི་རོ་ཡང་འཛིན། །
ཉ་རྒྱས་ཟླ་ལྟར་བཞིན་བཟང་ཡིད་འཕྲོག་མ། །

ཏྭ་རེའི་ལྷ་མོའི་རྒྱུད་འཛིན་གཟུགས་ཕྲ་མ། །
ཐ་དད་བཀྲུངས་པའི་རྐོད་པའི་གཞོག་ཟུང་དེ། །
ད་ལྟའི་གདོང་གི་སྨིན་འཁྱུག་ཇི་བཞིན་དུ། །
ནམ་ཡང་ཆད་པའི་བསྐལ་བ་ཡོད་མ་ཡིན། །

པ་སངས་མདངས་ལ་འཛིན་པའི་སེམས་བཟང་མ། །
ཕ་རོལ་དཔལ་གྱིས་འགུགས་བྱེད་མཛེས་ལྡོངས་བཞིན། །
བལ་དཀར་སྲིན་ཕུང་བར་བར་ཕེབས་པ་ཡིས། །

མ་ཡི་ཁོག་པའི་སྙིང་ཁྲོད་བག་མར་བསྲུས།།

ཙག་ཙོག་བྲལ་ཞིང་རབ་མཛེས་དཔལ་དུ་སྨིན།།
ཚ་ཟེར་གཉེན་བཞིན་མཛེས་པའི་ལང་ཚོ་མ།།
ཛ་ལང་ཀུན་སྤྱོད་འགྱུར་མེད་བརྩེ་དགའི་སེམས།།
ཝ་ལེར་སྣང་རྩེའི་བཙུད་ཀྱི་གཏེར་རྒྱ་འཛིན།།

ཞྭ་དམར་གོས་ཀྱི་མདངས་འཛིན་སེམས་དཔའ་མ།།
ཟ་འོག་གོས་བཞིན་དཀོན་པའི་ཁྲིད་ཀྱི་མཛེས།།
འ་ཙག་ཁ་བའི་ཡུལ་གྱི་གསེར་བཞིན་དཀོན།།
ཡ་མཚན་འོད་མདངས་འཁྲོ་བའི་ས་ལེ་སྦྲམ།།

རང་མདངས་ཡག་ཉོ་ཁྲོད་ལས་གཞན་མ་མཐོང་།།
ལྭ་གསར་གོས་ཀྱིས་གཡོགས་པའི་གྲལ་ཁ་ནི།།
ཤྭ་འོད་ཆར་ཆུའི་རྗེས་ཀྱི་མཛའ་མཚོན་འདྲ།།
ས་སྲོད་མཁའ་མཐའི་ཡུལ་གྱི་མཚམས་སྦྲིན་ནི།།
ཧ་ཧ་མཛེས་མ་ཁྲིད་ཀྱི་མཁུར་ཚོས་ལ།།
ཨ་ཨ་རི་མོ་མཁན་གྱིས་བྱུགས་པ་འདྲ།།

ང་དང་ཀང་རྗེད་སྤྲོ་ལོ།

—༢༠༡༨ལོའི་འཛམ་གླིང་བུམ་པ་རྟགས་མའི་ཀང་རྩེད་སྤོ་ལོར་བལྟས་རྗེས་ཀྱི་སྙིང་ཚོར།

ཀ་ཡེ་བཞི་བཅུའི་དར་མ་ཚུར་གསོན་དང་།།
ཁ་སྔོན་གཞོན་དུས་འཛམ་གླིང་བུམ་རྟགས་དེ།།
ག་དུས་ཡིན་ཡང་ལྟ་བའི་གོ་སྐབས་མེད།།
ང་ཚོ་ད་ནི་རང་དབང་ཡོད་བཞིན་དུ།།
ཅ་ཅོ་སྤྲི་རག་འཕྲུང་གིན་ཅིས་མི་བལྟ།།

ཆ་མེད་རྒྱལ་ཁབ་མིང་ནི་གསར་དུ་གོ།།
ཇ་ཆང་བཏུང་བྱའི་ཁང་སོགས་ཤིན་ཏུ་རྒྱས།།
ཉ་མོ་ལྷུགས་ཀྱུའི་གཟན་ཚོག་ཤིན་ཏུ་མཚར།།
ཏ་ཟིག་ཙ་ཁག་སྙིང་སྟོབས་བྲག་ལྟར་སྲ།།
ཐམས་ཅད་འདི་དག་ཤེས་བྱ་མིན་ནམ་ཅི།།

ད་ལྟ་འཚོ་བ་ཕུན་ཚོགས་འདི་འདྲ་བ།།
ན་སོ་དར་དུས་མི་སྤྱོད་བུད་ནས་འགྲོ།།
པ་ཕ་ཨ་མའི་ནོར་བུ་སུན་ནས་འགྲོ།།
ཕ་ཤུལ་སྤྲོལ་རྒྱུན་ནོར་བུ་ཤོར་ནས་འགྲོ།།
བ་མོ་བཞིན་དུ་མྱུར་བར་སྐམ་ནས་འགྲོ།།

མ་རབས་ཐ་ཤལ་ལས་ཀྱི་སྤྱོར་བ་དག །
ཙ་རྟགས་བཞིན་དུ་ལུས་ལ་འབྱར་གྱིན་པ། །
ཚ་བ་ཤིན་ཏུ་རྒྱས་དུས་འབུ་གྲོག་བཞིན། །
ཛ་དྲག་འཁྱིལ་རྒྱས་དུས་ཀྱི་ཡོ་ལང་ཁྲིད། །
ཝ་མོ་གཡོ་སྒྱུའི་གར་སྟབས་ཅིས་མི་འཁྲབ། །

ཞ་ར་མིན་ཡང་མིག་གིས་མི་མཐོང་བ། །
ཟ་ཉལ་འགྲོ་འདུག་ང་ཡི་གཤིས་ཡིན་པས། །
འ་ཅག་སུ་ལ་གསོ་བའི་ཐབས་ཤིག་ཡོད། །
ཡ་རབས་བུམ་རྟགས་མིག་ལ་མཛེས་པ་འདི། །
ར་ཙོ་ལྷ་བུའི་གཤིས་ཀྱིས་མཐོང་ལེ་མིན། །

ལ་ལུང་འཛམ་གླིང་ཕྱོགས་བཞིའི་རྒྱལ་ཁབ་དག །
ཤ་རྒྱས་བུམ་རྟགས་གཅིག་གི་ཆེད་དུ་ནི། །
ས་འཐབ་གནམ་འཐབ་བྱེད་པ་འདིར་བལྟས་ན། །
ཧ་ཧ་ཁྱོད་ནི་མི་རྩོད་སྙོད་གཡེང་གིས། །
ཨ་ཨ་བག་གཡེང་བྱེད་པའི་བུ་ང་སྐྱོ། །

༢༠༡༨ལོའི་ཟླ༦ཚེས་༢༢ཉིན་ལྷ་ཁ་སྣ་དཀར་རྩེ་རྫོང་དཀྱིགས་མཚམས་ཆང་ཁང་དུ་བྲིས།

ཀ་ཁའི་རྒྱང་འབོད།

ཀྭ་ཡེ་དབུས་ཀྱི་ཤར་ཕྱོགས་ཁྲི་ཤོར་ལྷོ།།
ཁ་བ་ཅན་གྱི་མདོ་ཁམས་གཡེར་མོ་ཐང་།།
ག་ནས་བལྟས་ཀྱང་གསེར་གཞོང་ལྟེམས་འདྲ་བའི།།
ང་ཡི་ཟུངས་ཁྲག་རྒྱས་ས་ཨེ་མ་རྨད།།

ཅ་ཅོ་འུར་ཟིང་བྲལ་བའི་དབེན་པའི་གནས།།
ཆ་བྱད་བྱམས་སེམས་ཅན་གྱི་འབྲོག་གི་སྡེ།།
ཇ་ཆང་གླུ་ཡིས་བརྒྱན་པའི་སྤང་རིའི་གཞོངས།།
ཉ་ཆུ་འདྲིས་འདྲ་བྱུང་ན་ཨེ་མ་རྨད།།

ཏ་རེན་དཔོན་ལ་ངོ་དགའི་བྱ་བྱེད་མེད།།
ཐ་མའི་མི་ལ་མཐོང་ཆུང་ཁྱད་གསོད་མེད།།
ད་རེས་ལུས་ལ་ངེས་པ་ལོན་ཚོད་ཀྱིས།།
ན་གཞོན་ལམ་སྟོན་བྱུང་ན་ཨེ་མ་རྨད།།

པ་ཕ་ཨ་མ་ཨ་མྱེས་ཡང་མྱེས་ནས།།
ཕ་རོལ་ཕྱོགས་ལ་ངོམ་སོ་བྱེད་ཆོག་པའི།།
བ་ཙྭའི་དྲི་བྲལ་སྲོལ་བཟང་གོམས་སྲོལ་དག །
མ་བོར་རྒྱུན་འཛིན་བྱུང་ན་ཨེ་མ་རྨད།།

ཅ་རིའི་བྱང་རྒྱུད་བཙན་པོ་ཐོག་མ་ནས། །
ཚ་པོ་ཚ་མོའི་ཡང་མེས་ཊུས་རྒྱུད་སོགས། །
ཛ་དྲག་ལོ་རྒྱུས་ཅི་དང་ཅི་བྱུང་བ། །
ཝ་ཞེར་གསལ་པོ་འདི་འདྲ་ཨེ་མ་རྨད། །

ཞ་མོ་མི་གོན་སྐྲ་ལོ་རིང་ཅམ་འཛོག །
ཟ་མ་སྐྱུ་ཟས་འོ་ཞོ་རྩམ་མར་དགའ། །
འ་ཚད་ཡུ་ཐུག་བྱུང་ཡང་དྲང་བདེན་འཛིན། །
ཡ་རབས་མི་ཆོས་བསྐྱང་ན་ཨེ་མ་རྨད། །

ར་གན་གསེར་བརྫུས་མགོ་གཡོག་མགོ་སྐོར་མེད། །
ལ་ལུང་ཀུན་བསྒྲགས་ང་ཆེ་ང་འོ་མེད། །
ཤ་བཟའ་དུ་འཐེན་བག་མེད་ལོངས་སྤྱོད་མེད། །
ས་གཉིས་ལྷ་བུའི་རང་གཉིས་མི་བརྟག་རྨད། །

ཧ་ཧ་གོ་བདེའི་ཀ་ཁའི་རྒྱང་འབོད་འདི། །
ཨ་ཧོ་དབུས་ནས་རང་ཡུལ་ཕྱོགས་ལ་ཤོར། །
ཧ་ཅང་བསམ་ན་རང་སེམས་གསོ་བྱེད་དམ། །
ཨ་ཐང་ཆད་པའི་གཏམ་དུ་ཟད་ཀྱང་སྲིད། །

༢༠༡༨ལོའི་ཟླ༤ཚེས༢༡ཉིན་ཡར་འབྲོག་སྣ་དཀར་རྩེ་རུ།

མཐོང་ཐོས་གཡུ་ཡི་མེ་ལོང་།

ཁ་བ་ཇི་ལྟར་བབས་ན་བབས་ཆོག །
སྨུག་པ་ཇི་ལྟར་འཐིབ་ན་འཐིབ་ཆོག །
བརྩེ་བའི་ལག་རྟེན་མདུད་པ་དམ་པོ། །
འདི་ལྟར་ལྟོད་ན་སེམས་པ་སྐྱོ་ཨང་། །

ཙ་རི་སྐྱུལ་བའི་མཐོང་ཐོས།

ཡར་ཀླུང་རྩེད་ཐང་ཤམ་ཆུའི་འགྲམ་ངོགས་ནས། །
ཞོགས་པའི་ཉི་རྩེ་ཤར་དང་ལམ་ལ་ཆས། །
ཤམ་པོའི་དཔྱི་སྙིད་ཡར་སྟོད་བྲག་ལ་བརྒྱུད། །
སླང་ཏུ་ཐང་གི་སྤང་གཞོང་དཀྲུས་ནས་བཅད། །
གསེར་ལུང་ཕུ་མདའ་མ་ལུས་བང་ནས་བསྐྱུར། །
རང་རྒྱལ་མཐའ་མཚམས་སུ་ནས་སུ་ཏུ་བརྟན། །
མཐའ་སྲུང་དམག་ནི་གཉིན་རྗེའི་སྒོ་སྲུང་སྟེ། །
གསེར་ལུང་བརྒལ་ན་རི་ཐང་སྟོད་དུ་གནས། །
ལམ་ཡིག་གཉིན་རྗེ་མེ་ལོང་མ་གསལ་ན། །
གཉིས་སྐྱེས་གཤོག་ཐོགས་ཡིན་ཡང་ཐར་ཐབས་བྲལ། །
དེ་ནས་བརྒལ་ན་རི་མཐང་གྲོང་དུ་སླེབས། །
རི་མཐང་སློབ་ཆུང་ཕྱི་ཡི་རྫིག་བཟོ་ནི། །
བཟོ་ཆས་འཕྲུལ་གྱི་སྒྲ་ཡིས་བར་སྣང་འགེངས། །
ཡོངས་ཁྱབ་རང་བཞིན་ཅན་གྱི་གནད་ཅིག་སྟེ། །
མི་འགྱུར་བསྒྱུར་ཐབས་ལྷ་ཡི་ཆོ་འཕྲུལ་ཞིག །
རི་མཐང་གྲོང་ནས་འདི་འདྲའི་བློ་ཡང་སྐྱེས། །
རི་མཐང་གྲོང་བརྟལ་ལམ་གྱི་བཞི་མདོར་ཆགས། །

ཤར་ལམ་གཉལ་གཞུང་གཉལ་སྨད་ལྷུན་རྩེ་རྫོང་།།
ལྷོ་ལམ་མཚོ་སྣ་མོན་ཡུལ་ཧ་དབང་ཕྱོགས།།
བྱང་ལམ་རང་ཉིད་ཡོང་སའི་ལྷོ་ཁའི་ཕྱོགས།།
ནུབ་ལམ་གཉལ་སྟོད་ར་གྲོང་མཚོ་སྨད་ཕྱོགས།།
ལུང་པའི་ཁ་ཕོར་ཕུག་མདའ་ཡོད་མ་ཡིན།།
གནས་མཆོག་འདི་ནས་དར་མ་རིན་ཆེན་གྱིས།།
དཀའ་བཅུའི་གྲྭ་སྐོར་མཛད་ནས་ཚོང་ཁ་པར།།
མཇལ་འཕྲད་མཛད་ཅིང་དཔོན་སློབ་གཉིས་ཀྱིས་ནི།།
བྱིན་གྱིས་རླབས་པའི་གནས་ཏེ་ཕོ་མོ་ཀུན།།
འཛུམ་མདངས་ངོམ་ཞིང་གུས་ཕྱག་སྣ་ཚོགས་སྟོན།།
བོད་མིའི་གཤིས་བཟང་དར་ཅིག་འདི་ན་གདའ།།
ཡུལ་གྱི་ཁྱད་ཆོས་གསེར་ཁུངས་ཆུ་ཚན་གྱིས།།
ནད་རིགས་ཀུན་འཇོམས་འཛིན་མའི་ཁྱོན་ཡོངས་ཀྱི།།
དབང་སྐྱོན་ཀུན་བསྡུས་དགའ་བའི་དཔལ་ལ་འགོད།།
རི་གྲོང་སློབ་གྲྭར་རྟོག་ཞིབ་གོང་དང་མཚུངས།།
དེ་ནས་མུ་མཐུད་གཉལ་གཞུང་ཕྱོགས་སུ་ཆས།།
གཉལ་ཡུལ་ཡི་གེ་བྱེད་པོ་འཁྲུངས་སའི་གནས།།
གཉལ་གཞུང་ཝུ་དམ་བཙན་པོའི་སྣག་གི་ཚ།།
འོད་སྲུང་བུ་ཡི་བུ་ཆུང་དབང་རྒྱལ་གྱིས།།
ལྷུན་རྩེ་རྫོང་བཙུགས་འགྲོ་བ་བསྐྱངས་པའི་ས།།

རྒྱལ་བ་གཉིས་པ་མདོ་སྨད་ཙོང་ཁ་པས།།
སྐྱེ་བའི་གྲལ་རྗོད་ཡེ་ནས་མི་འཆམ་པ།།
ཐུགས་རྗེའི་སྟོབས་དང་ཐབས་ཀྱིས་ཞི་མཛད་དེ།།
གཉལ་གྱི་ལུང་ར་ཆེན་མོའི་ཆོས་འཁོར་བཙུགས།།
དེང་ཡང་རྒྱུན་འཛིན་མ་ཉམས་གནས་ནས་ཡོད།།
ལྷུན་རྩེ་སློབ་ཆུང་ཡང་ནི་གོང་བཞིན་དུ།།
དོ་མཉམ་སློབ་གསོའི་ཞིབ་བཤེར་ལ་བྲེལ་ནས།།
བཟོ་སྐྲུན་སྒྲ་ཡིས་བར་སྣང་འགས་པར་རྫོམ།།
ནང་བཅུད་སློབ་གསོའི་སྙིང་པོ་ལྷག་པ་ཅི།།
ཕྱི་ཉིན་གཉལ་སྨད་བྱ་ཡུལ་ཕྱོགས་སུ་སྐྱོད།།
བྱ་ཡུལ་སློབ་ཆུང་ཡང་ནི་གོང་བཞིན་ནོ།།
བྱ་ཡུལ་ནས་ཞིང་སྐེ་མ་ལྷེམ་ལྷེམ་གཡོ།།
ལོ་གཅིག་ཞིང་ས་ཐེངས་གཉིས་འདེབས་པའི་ཡུལ།།
ནས་བཏས་རྗེས་ལ་བྲ་བོ་འདེབས་སོ་སྐད།།
ལོ་རབས་བདུན་བཅུའི་རིག་འཛིན་དབང་རྒྱལ་གྱིས།།
གཞུང་ཆུ་རི་ལ་དྲངས་པའི་ལོ་རྒྱུས་གདའ།།
གསར་བརྗེ་ཐང་ཞེས་ཡུལ་ལུང་ཀུན་ཏུ་གྲགས།།
གཉལ་ཡུལ་སྟོད་སྨད་བར་གསུམ་སྒྲ་ཤིང་ནགས།།
ཧུའུ་ཅེ་ཕ་ཡུལ་མདོ་སྨད་ཡུལ་ཡིན་པའི།།
མཚན་ལ་ལྷ་འཇོམས་འབོད་པའི་བུད་མེད་དེས།།

འདི་བས་འཛུགས་ནགས་གསོ་བྱས་པའི་ཕྲུག་རྗེས་ཟེར། །
ལོ་ངོ་བཅུ་ཕྲག་བདུན་བརྒྱད་འགོར་ན་ཡང་། །
མང་ཚོགས་སེམས་ནས་ཧུའུ་ཅི་བརྗེད་མེད་སྐད། །
བསྐལ་བརྒྱར་འདས་ཀྱང་ཕྲུག་རྗེས་འདས་མེད་ཟེར། །
ཅ་རིའི་ལམ་ཁོལ་ཅུང་ཅམ་ཆེ་ན་ཡང་། །
རི་མགོ་རི་སྙེད་རི་གཞུང་མང་བརྒྱུད་དགོས། །
བྱ་ཡུལ་གཞུང་ནས་ཀློ་གྲོང་དང་པོར་འཕྲད། །
ཀློ་གྲི་གཙོ་བྱས་ཡུལ་ཟློག་སྔ་འཛོམས་གདའ། །
རིག་གནས་ཡུལ་སྲོལ་གོམས་གཤིས་མི་འདྲ་རེ། །
ཞིབ་ཏུ་བལྟས་ན་ཡིད་ལ་ཤིན་ཏུ་འཐད། །
རེ་ཞིག་སྡོད་དགོས་བསམ་ཡང་ལས་བྲེལ་གྱིས། །
རྒྱབ་ནས་བཏེད་ཅིང་མདུན་ནས་འཐེན་བྱས་པས། །
གཡུ་འབྲུག་ས་ལ་རྒྱུ་འདྲའི་ལམ་བུ་དག །
རྩེ་ནས་བཞག་སྟེ་གཞུང་ལ་བབས་ནས་སོང་། །
མདོ་ཡུལ་གྲོང་ངམ་ལྡོ་པ་ཤང་སོགས་འཕྲད། །
ལྷུང་གསུམ་མདོ་ནས་གསང་སྒྲིང་དགོན་ལ་མཇལ། །
བྲག་རི་བཙན་ཞིང་ཟུར་གསུམ་ཡང་སྟེང་དུ། །
མངོན་པར་བརྗོད་པའི་དགོན་པ་ཨེ་མ་མཚར། །
གསང་སྒྲིང་གྲོང་ཚོ་རི་ལ་ཆགས་པ་ནི། །
ཐེམ་སྐས་རིམ་པ་ཅན་ཞིག་བཙུགས་པ་བཞིན། །

གཅིག་ལས་གཅིག་མཛོ་དགོན་པའི་འདབས་ལ་སླེབས།།
གསང་གླིང་སློབ་ཆུང་བཟོ་བཀོད་གོང་བཞིན་ཏེ།།
སློབ་མ་དབྱར་རྩ་བཀྲ་བའི་གུང་གསེང་བཞག།
ཧན་རྣམས་གཞིས་ཀྱི་ལས་ལ་བྲེལ་ནས་ཡོད།།
གསང་གླིང་ཤར་བྱང་གཙང་པོ་མདོ་ནས་འདྲིས།།
སྔོ་ཕྱོགས་འཕགས་པའི་ཡུལ་ལ་ཤུགས་ཀྱིས་རྒྱུགས།།
བྱང་གི་གཙང་འགྲམ་ལམ་ནི་རྫེད་ཐང་ལམ།།
ཤར་གྱི་གཙང་འགྲམ་ལམ་ནི་ཙ་རིའི་ལམ།།
ཙ་རི་ཕྱོགས་ཀྱི་ལུང་ནི་ནགས་ཇོང་མཐུག།
ཕུག་ལས་ཕར་ནང་ཚུར་ནང་རྒྱུ་བའི་དུས།།
གཞུང་དུ་འཕྲུལ་རྟའི་ཁིངས་ཤིང་རི་སྐེད་དུ།།
དབྱར་རྩ་དགུན་འབུ་ཀོ་མཁན་གྲོག་ཚང་བཞིན།།
སྐབས་རེར་རི་མགོ་གངས་དང་རི་སྐེད་གཡའ།།
རི་འདབས་སྤང་དང་སྤྲ་མ་སྤྲིན་མདོ།།
རི་གཞུང་ཆུ་མོ་ཤང་ཤང་དྲི་ཟའི་དབྱངས།།
ཇོ་མཚན་ལྷ་ཁང་དྲི་ཟའི་དབྱིངས་སུ་གནས།།
སྐབས་རེར་རི་མགོ་རི་སྐེད་རི་གཞུང་རྣམས།།
གདོད་མའི་ནགས་ཀྱིས་བཏུམས་ཤིང་ཁ་དབུགས་བརྐྱན།།
རི་དྭགས་རྒྱ་དང་ནོར་གནག་འདྲེས་ཤིང་གནས།།
ཐབ་ཆུ་ཆེ་ཆུང་ནགས་ཀྱི་གསེབ་ནས་འབབ།།

གཅིག་ཏུ་འདུས་པའི་ཐབ་ཚུས་ཤུགས་ཀྱིས་ནི། །
ཕ་བོང་གྲངས་མེད་ཤུགས་ཀྱིས་བསྣུན་པ་ཡིས། །
ཕ་བོང་སྐྲག་པའི་རྫུལ་ཚུ་མཁའ་ལ་འཐོར། །
ཉེ་འོད་སྐྲག་ནས་ཆུ་ཐིགས་འགེམ་བཞིན་དུ། །
མཛའ་མཚོན་སྣ་ལྔའི་གུར་ཁང་ནང་དུ་བྲོས། །
འགྲོ་བ་མ་ལུས་གུར་གྱིས་ཡིད་དབང་བཀུག །
ང་ཚོ་ཡང་ནི་གནས་ཀྱིས་དྲན་པ་གཏོར། །
ལྷ་ཡུལ་མིན་ནོ་སྙམ་ནས་སྤྱོད་པར་རྩམ། །
ཡུལ་གྱི་སྡེ་ཤན་ཞབས་ཞུ་མེད་ཀྱི་ན། །
དྲན་པ་མི་སོས་ཡུལ་གྱི་མཛེས་ལྗོངས་ཀུན། །
པར་དུ་བཅུག་ནས་ཡོད་ཚད་ཁྱེར་ཚར་ཡོད། །
མི་ཁྲིམ་བདུན་ནམ་སྐྱེས་དཀར་ཐང་གི་དཀྱིལ། །
བོད་རྫོགས་རི་གཤམ་དེང་གི་ཙ་རི་ཤང་། །
རྒྱབ་རི་ཟངས་མདོག་དཔལ་རི་ཙོ་ཧའི་དབྱིབས། །
རྩེ་མོས་ནམ་མཁའ་བརྫོལ་དོགས་གཡས་སུ་ཕྱོགས། །
རྩ་བ་ཀླུ་ཡི་རྒྱལ་པོའི་གནས་སུ་ཟུགས། །
སྐྱིད་པ་ལྷུན་ཆགས་མཁའ་འགྲོའི་གནས་དང་ནི། །
ཨོ་རྒྱན་སྒྲུབ་ཕུག་བྱིན་རླབས་ཅན་གྱི་ཡུལ། །
ཕུག་སྒོ་ཆེ་ཞིང་གཡས་ཀྱི་བྲག་གཡབ་ཏུ། །
ཟ་ཏོར་ལུགས་ཀྱིས་བཞེངས་པའི་སློབ་དཔོན་དང་། །

གཡོན་དུ་མན་ད་ར་བ་གཡས་སུ་ནི། །
མཁན་ཆེན་ཞི་བ་མཚོ་ཡི་འཛིམ་སྐུ་ཡོད། །
ཕུག་སྒོ་འཛུལ་དུས་ཕུག་ལམ་ཅུང་ཙམ་དོག །
ཅུང་ཙམ་སོང་ན་ཕུག་ལམ་ཅུང་ཙམ་ཡངས། །
རེ་དོགས་རེ་ཡངས་ཅན་གྱི་ཨོ་རྒྱན་ཕུག །
ལག་སྒྲོན་མེད་ན་གོམ་གང་སྤོ་ཐབས་བྲལ། །
ས་ནི་བརྟན་ཞིང་རྫེ་འབུག་མང་ཙམ་གདའ། །
རིང་ཚད་སྨིད་ནི་ཆིག་སྟོང་ལྷག་ཙམ་དེ། །
ཕུག་མགོ་མཚོ་ཆུང་གཡུ་མདངས་འཁྱིལ་ལེ་འདུག །
དེ་ནི་ཨོ་རྒྱན་སྒྲུབ་ཆུ་བྱིན་རླབས་ཅན། །
བཤད་ཚུལ་ལྟར་ན་མཚོ་ཆུང་སྨིད་བཅུ་སྐམ། །
སྒྲུབ་ཕུག་ཡང་ནི་སྨིད་བཅུའི་རིང་དུ་སོང་། །
གོམ་པ་རེ་འགར་བྱིན་རླབས་རྟེན་ཅན་རེ། །
རེ་རེར་བརྗོད་ན་ཤིན་ཏུ་མང་དྲགས་ཏེ། །
གཙོ་བོ་ཙ་རིའི་ས་དབྱིབས་རང་བྱོན་ཅན། །
སྐོར་བ་བྱས་ན་ཙ་རིར་བསྐོར་དང་མཚུངས། །
བྱིན་རླབས་དེ་ཡང་དེ་དང་དེ་བཞིན་ནོ། །
ཚེ་དཔག་མེད་ཀྱི་སྒྲུབ་ཆུ་རང་འབབ་ཅིག །
ཁ་ལ་རག་ན་ཚེ་ནི་རིང་དུ་འཕེལ། །
ཐོན་སྒོ་ཏ་ཙང་ཆུང་ཞིང་སྒོ་སྲུང་ནི། །

རྒྱངས་པ་མགོ་གཉིས་རང་སྟོན་འབུར་དུ་ཐོན། །
མཇལ་ན་གེགས་འགོག་ལུས་ཟུངས་བདེ་བར་འགྱུར། །
ཐོན་སྒོ་ནས་བལྟས་ཙ་རི་ཤང་གྲོང་ནི། །
སྐྱུར་ཏུ་ལག་མཐིལ་བཟུང་བའི་སྣང་བ་སྟེ། །
བྱང་གི་ཕྱོགས་ནི་ཙ་རིའི་མཚོ་དཀར་ཏེ། །
ནགས་སུ་སྤྲང་དང་རྫ་ལ་བརྒྱུད་ན་སླེབས། །
གཡུ་ཡི་མེ་ལོང་ནམ་མཁའ་ཤོང་བ་ཙམ། །
རི་གསུམ་དཀྱིལ་ནས་ལུས་ཏེ་བཞག་འདྲ་སྟེ། །
གནས་འདིའི་མཛེས་པ་ཡོད་ཚད་ཡོངས་བསྡུས་ནས། །
ཆེད་དུ་གནས་མཇལ་བ་ཡི་ཨ་ཐང་སེལ། །
དེ་ཡི་གོང་ན་གངས་རི་རྩེ་རྙོ་ཙན། །
སྲིད་པ་ཆགས་པའི་ལྷ་དགུའི་ཡ་རྒྱལ་ཏེ། །
སྐམ་པོ་ལྷ་རྗེ་འཁྲིང་ཉམས་ལྡིད་ཅིང་མཐོ། །
གདོང་མའི་ནགས་ཟླུང་སྟུག་ཅིང་སྦྲོག་སྙིང་འདར། །
ཉིན་མཚན་བར་མེད་ཚ་སྤྲའི་རྒྱུད་སྐྱུད་ལ། །
བྱ་བྱིའུ་ཚོགས་ཀྱིས་རོལ་དབྱངས་རམ་དཀྲོལ་ཏེ། །
འགྲོ་དྲུག་གཞིས་ཁྱིམ་དགའ་བདེའི་དཔལ་དུ་བཀོལ། །
གནས་འདིའི་ཕུ་མདའ་ཉིན་སྲིབ་གར་བལྟས་ཀྱང་། །
གང་དང་མི་འདྲ་ངོ་མཚར་རྨད་དུ་བྱུང་། །
བརྗོད་ཀྱིས་མི་ལང་གནས་ཀྱི་མཐོང་ཐོས་ཙམ། །

ངལ་གསོའི་ཚུལ་གྱིས་ཐར་མ་འཕྱོར་ཞིག་བྲིས།།
དེ་ཡང་སྟོད་བཙུད་ཏོག་ཏུ་རབ་བརྗེད་པའི།།
སྒོ་ཏའི་ལྗོངས་ཀྱི་གནས་ཆེན་གནས་རི་སོགས།།
ངོ་མཚར་བཀོད་པ་ཅུང་ཟད་སྤེལ་བ་འདི།།
དཔྱོད་ལྡན་རྒྱལ་ཁམས་མྱུལ་བའི་དགའ་སྟོན་དང་།།
དད་ལྡན་གནས་མཇལ་དག་པའི་གསོས་སྨན་དུ།།
གྱུར་ནས་གནས་ཀྱི་བྱིན་རླབས་རྒྱལ་གྱུར་ཅིག།

༢༠༡༨ལོའི་ཟླ་༥ཚེས་༡༡ཉིན་ཀློ་ཡུལ་ནས།

ཉིན་གཅིག་སླུ་ཏུ་བཀུགས་པ།

སྐྱ་གསལ་ལེ་སྐྱ་རེངས་བཀུགས་དུས།།
ལག་མཁྲིག་མའི་ཆུ་ཚོད་ལྔ་དུས།།
ནམ་མ་ལངས་ཆུ་ཚོད་དྲུག་ཡིན།།
ཆུ་གྲང་མོས་ཁ་ངོ་འཁྲུ་བ།།
ང་དགེ་རྒན་ཞི་ལུའི་ལུགས་ཡིན།།
ཁང་གྲུ་བཞིའི་སློབ་ཁང་ནང་ལ།།
ནང་སློབ་བུ་ཚང་རྩིས་རྒྱག་དུས།།
ལག་མཁྲིག་མའི་ཆུ་ཚོད་བདུན་ཡིན།།
ཕྱིར་འཕོར་ནས་ནང་ལ་སླེབས་དུས།།

བུ་སྟག་ཕྲུག་འདྲ་བོ་བསྐྱོང་དགོས།།
དེ་བསྐྱོང་ཁ་སླ་མོ་གཞིས་ཡིན།།
ཞོགས་ནང་ཆུ་སྦྲང་དཀར་རྩམ་ཡིན།།
ནང་ཕ་བུ་གཉིས་ཀ་དེར་དགའ།།
བུ་སློབ་གྲྭར་འགྲོར་ཚད་བརྒྱད་ཡིན།།
ཕྱིར་ཡོང་ནས་སློབ་བུ་རྣམས་དང་།།
ནང་ཞོགས་རྩལ་མཉམ་དུ་རྩེ་ནས།།
སྒོ་གྲུ་བཞི་སློབ་ཁང་ནང་ནས།།
ལུས་ཕྲུག་རྒྱས་སློབ་ཁྲིད་བྱེད་དགོས།།
ཙུང་ཙམ་ནས་བརྗེ་ཞིག་བཏང་ཡོང་།།
ཐུན་དང་པོའི་ཆུ་ཚོད་དགུ་ཡིན།།
ཁ་མེད་པ་སྐམ་ནས་ཆུ་དྲན།།
ཉ་རྒྱུད་པ་འདར་ནས་ཟས་དྲན།།
སེམས་ཁོང་ཁྲོ་ལངས་ནས་སྨན་དྲན།།
བར་སྐད་བརྗེ་མ་འཕྲོད་ཡུལ་དྲན།།
བློ་ངག་སྐྱུར་མེད་ན་སེམས་སྡུག།
ཡིག་འཁྱུར་འཁྱོར་རིག་ན་ལག་འདར།།
བསྒྲིགས་གྲུ་བཞི་གཞུང་ལས་ཁང་ལ།།
ཁ་བྲལ་ན་སྒྲིག་དང་འགལ་འགྲོ།།
འགལ་སོང་ན་མཚན་ལ་གནོད་འགྲོ།།

གནོད་སོང་ན་སེམས་པ་མི་སྐྱིད།།
ཐུན་བཞི་པའི་དུས་ཚོད་བཅུ་གཉིས།།
བུ་སློབ་གྲྭར་བསྐོང་དུ་འགྲོ་དགོས།།
སྐད་ར་མ་ལུག་གི་གསེང་ནས།།
གྱོན་འདྲ་འདྲ་མང་པོའི་གྲས་ནས།།
བུ་བཅལ་ནས་ཁྲིད་དེ་ཡོང་དགོས།།
ཉིན་གུང་གི་ཁ་ལག་བཟོ་དགོས།།
བུའི་སྲུང་ཚན་མཉམ་དུ་བསྒྲུབ་དགོས།།
ནོར་སོང་ན་ཁྲིམ་བདག་སྐྱོན་ཡིན།།
ཙུང་ཙམ་ནས་དྲིལ་ཞིག་གྲགས་ཡོང་།།
བུ་སློབ་གྲྭར་འགྲོ་བའི་དུས་ཡིན།།
བུའི་ལག་མགོའི་ཁྲིད་དེ་འགྲོ་ཞོར།།
ནང་པ་བུའི་སེམས་གཏམ་བཤད་ཞོར།།
གན་སློབ་གྲྭའི་སྒོ་ཁར་བསྐྱལ་དགོས།།
ཕྱིར་ཡོང་ནས་སློབ་ཚན་འཁྲིད་དགོས།།
དགོང་ཕྱི་དྲོའི་ཚོགས་ཐུན་གཉིས་ཡིན།།
གྲོལ་སོང་ན་སྲུང་ཚན་བལྟ་དགོས།།
དུས་མཉམ་དུ་འཚར་ཟིན་འབྲི་དགོས།།
ངལ་ཧོག་ཙམ་མ་གསོས་གོང་ལ།།
དྲིལ་སིལ་སིལ་ཙམ་ཞིག་གྲགས་ཡོང་།།

བུ་བསྐྱོང་བའི་དུས་ལ་སླེབས་ཡོད།།
དགོང་ཟས་རིགས་གཡས་སྐྱོར་བྱས་ཏེ།།
ཁ་བགད་དེ་བུ་དང་མཉམ་དུ།།
ཟས་མཉམ་ཟ་བྱས་པའི་སྐབས་ང་བས།།
ཁྱིམ་དྲོད་མོར་སྐྱིད་ཀྱིས་ཁེངས་ཡོང་།།
བུས་སྐྱུང་ཚན་འཕྲི་བར་རེམ་དགོས།།
ང་དགོང་སྐྱུང་འཚོགས་པར་འགྲོ་དགོས།།
ནམ་གུང་གི་ཆུ་ཚོད་དང་པོ།།
བུ་ངེད་གཉིས་ཉལ་བའི་དུས་ཡིན།།
ཉིན་གཅིག་གི་ལས་ཀ་དེ་རེད།།
སང་ཕྱི་ཉིན་ལོན་ན་དེ་ཡིན།།
དེའི་མི་ཚད་ལས་བགོས་ལོས་ཡོད།།
ལས་ཤུང་བཤད་བྱས་ན་དེ་ཡིན།།
ཉིན་འདི་འདྲ་ག་ཚོད་བསྐྱལ་དགོས།།
སླུ་འདི་འདྲ་ག་ཚོད་ལེན་དགོས།།

ལམ་ཐག་རིང་མོའི་སེམས་ཚོར།

ངལ་གསོའི་འགྲོ་ལུགས་ཏག་ཏག་བསླུབས་ཚར།།
ཅ་ལག་བསྡུ་གསོག་ཏག་ཏག་བརྒྱབ་ཚར།།

སྐྱ་རེངས་དང་འགྲོགས་ཏག་ཏག་ཐོན་ཚོག།
མཚན་མོ་འདི་ཡང་ཧ་ཅང་རིང་འདུག།

ལམ་གྱི་ཚོད་འཛིན་སྨུན་མིག་དྲིན་ལ།།
ལྷ་ལྷན་གྲོང་ལ་ཉེན་ཕྱེད་འགོར་སོང་།།
རླངས་འཁོར་ཞམས་གསོ་ཁང་ལ་བསྐྱལ་ཡོད།།
ལེགས་སྐྱེས་ཅག་ཅིག་ཟླ་མོས་བསྐུགས་ཡོད།།

ལམ་ཐག་རིང་མོའི་ངལ་བ་གཏད་ནས།།
སྦ་མོ་སྦ་མོ་ངལ་གསོ་བརྒྱབས་ཏེ།།
མཚན་གུང་ཡོལ་ཡང་གཉིད་ནི་མ་ཁུག།
ཐོག་ཁར་འཛོགས་ནས་བསང་ཞིག་ཕུད་ཡོད།།

སྐྱ་རེངས་མ་བཀུགས་སྲང་ལམ་བཏེད་ནས།།
ཕོ་ཏྲ་ལ་ལ་གཡས་སྐོར་བརྒྱབས་ཏེ།།
དཀྱིག་འཁོར་མཚོ་བོད་ལམ་ལ་བསྐྱུར་ཡོད།།
ནམ་མཁའ་གསལ་དུས་ཡངས་པ་ཅན་སླེབས།།

གོས་དཀར་ཁ་བས་ས་གཞི་གཡོགས་སོང་།།
ད་དུང་ཁ་བས་བསུ་བ་བྱེད་ཡོང་།།
ཐེངས་འདིར་ཁ་བ་མི་འབབ་བསམས་ཡོད།།

མགྲོན་པོ་ལམ་དཀར་ཅན་དེ་ཡོས་ཡིན།།

ཤ་མེད་གངས་དཀར་འདབ་རོལ་བརྒྱུད་དུས།།
པར་ལེན་དབྱུ་གུར་ཁ་པར་བཏགས་ཏེ།།
དྲན་རྟེན་མཉམ་པར་རི་གཉིས་བླངས་པས།།
ཁ་བའི་འདབ་མས་ལུས་ཡོངས་བསྒྲུབས་སོང་།།

གྲེན་ཏུ་འཛེག་པའི་ལམ་སྐྱེད་ཅིག་ནས།།
ལྷུགས་ལམ་ཉེན་རྟོག་ལས་མི་ཞིག་གིས།།
འཁྲིད་རོགས་ཞེས་ཏེ་རླངས་འཁོར་བཀག་པས།།
ལམ་སྐྱེད་མི་འདུག་ག་མེད་བྱུང་སོང་།།

ག་ལེར་འཛེག་ཀྱང་གཡས་སུ་ཤུད་པས།།
ཆུང་མ་སྐྲག་སྟེ་སྐད་ཡང་ཤོར་སོང་།།
ལམ་གྱི་འགོག་སྟངས་བསམ་མེད་ཅན་ཚོ།།
ཉམས་འཛོག་བྱ་དགོས་ལས་བདའ་ཤོར་སོང་།།

ཁ་བ་བསྟུད་མར་ལྷེབ་ལྷེབ་བབས་པས།།
འཁོར་རིགས་འཁྱིགས་འགྲོ་སེམས་བྲེལ་ཆེ་སོང་།།
སིལ་སིལ་ལྷུགས་ཀྱི་འཁོར་སྒྲ་ཐོས་པས།།
ཁངས་བསྐྱོལ་ལྷུགས་འཐག་སྐྱོན་པ་མང་འདུག།

ལྷུགས་ལམ་གཡས་གཡོན་ཉིས་ཐོག་ཁང་པ།།
གྲལ་དག་ཐོག་ཁར་དར་གྱིས་བརྒྱན་འདུག།
ལྷབ་ལྷུབ་གཡོ་བའི་དར་གྱི་འདབ་མས།།
འཕྲོག་པའི་སེམས་ལ་བྱིལ་བྱིལ་བྱེད་འདྲ།།

ནག་ཆུའི་རི་ལུང་སྨུག་གིས་བཟུང་འདུག།
ཧོར་ཁྲུ་ལུག་ཁྲུ་ལྷས་ནས་གཤར་སོང་།།
ཐེ་བོའི་ཤུགས་སྨྲའི་དབྱངས་ཧ་སྙན་སོང་།།
སྐྱིད་པའི་ཕ་ཡུལ་སྣང་ངོར་ཤར་སོང་།།

འཕོར་རིགས་རེ་གཉིས་དོན་རྐྱེན་བྱུང་འདུག།
འདི་རིགས་མཐོང་བས་སེམས་པ་སྐྱོ་སོང་།།
ཤ་གསེང་རུས་གསེང་སྒྲིད་པར་བྱས་སོང་།།
སྐྱིད་པའི་སྣང་ངོར་མུན་པས་བསྒྲིབས་ཡོང་།།

སྨུམ་ལམ་གངས་ལམ་ཅན་དུ་གྱུར་འདུག།
ག་ལེར་ག་ལེར་གངས་ལམ་བརྒྱུད་དུས།།
གངས་ལས་ཐར་བའི་བྲིལ་ཤ་ལངས་སོང་།།
ཁ་བ་ཆད་པའི་རེ་བ་མི་འདུག།

མར་ཆུར་ཤ་དང་སྨན་རྫ་ལུང་རྫོ།།

ད་དུང་ལག་སྐྱེས་ཅག་ཅིག་སྣ་ཚོགས།།
ཀླིད་ཀྱིས་གཞུག་འཁོར་ཤུགས་ཀྱིས་མནན་པས།།
གངས་ལམ་བགྲོད་ལ་མཐུན་རྐྱེན་བསྐྲུན་འདུག།

འཛེབ་འཁོར་བར་ཐག་རྒྱང་ལ་བགྱིད་ནས།།
ཉམས་འཛོག་སློག་བཛ་ཚུབ་ཚུབ་བཀར་ཏེ།།
ཕ་ཡུལ་གདུང་བ་སེམས་ལ་བབས་ན།།
བྱང་ཐང་སྐྱ་མོ་ཛོགས་རྒྱུ་མི་འདུག།

མགྲོགས་ཚད་ཤོག་བྱང་ལེན་པ་བརྗེད་པས།།
ཕ་རོ་བཟའ་རྒྱུ་མ་འགྲོ་ཞེས་བཀགས།།
བཟའ་ཡི་ལོ་ན་ཕ་ཤ་ཁྱིས་ཟོ།།
ཞེ་སྡང་ཚིག་དེ་རང་འགར་ཤོར་སོང་།།

ཁ་བ་ཇི་ལྟར་བབས་ན་བབས་ཆོག།
སྨུག་པ་ཇི་ལྟར་འཐིབ་ན་འཐིབ་ཆོག།
བརྩེ་བའི་ལག་རྗང་མདུད་པ་དམ་པོ།།
འདི་ལྟར་ལྡོད་ན་སེམས་པ་སྐྱོ་ཨང་།།

གདང་ལ་རི་བོའི་རྩེ་ལ་འཁྱོར་སོང་།།
བུ་ཡུག་ལྷགས་པས་ཁ་སྣ་བྲེག་ཡོང་།།

དྲན་རྗེན་མཉམ་པར་ལན་འགའ་བླངས་ཏེ།།
ཀི་བསྭོ་ཞེས་ཏེ་ལམ་ལ་ཆས་ཡོད།།

སྐྱེལ་འདྲེན་རླངས་འཁོར་རི་རྗེའུ་ཙམ་ཞིག།
གདང་ལའི་སྐེད་དུ་འཕྲེད་ལ་ཡོག་འདུག།
འཛེབ་འཁོར་ལམ་གྱི་ཟུར་ནས་ཐར་སོང་།།
སྐྱེལ་འདྲེན་རླངས་འཁོར་ཕྲེང་ལྟར་བསྒྲིགས་འདུག།

སྐྱེལ་འཁོར་འཁེགས་པ་མིག་གིས་མཐོང་ན།།
སྙིང་རྗེའི་མིག་ཆུ་སེམས་ལ་ཟེགས་ཡོང་།།
རང་ཉིད་ཐར་བའི་དགའ་སྤྲོར་བསམས་ན།།
ཡ་ཆུང་སེམས་ལ་འཛའ་ཞིག་ཤར་ཡོང་།།

ཨུན་ཙུབ་བུ་ཡུག་ཡུན་གྱིས་བཞག་སོང་།།
ཐག་སྨུག་གྲོང་ནས་ཞག་བཞུགས་བྱས་ཡོད།།
གར་སློབས་སྐད་འཕྲིན་རྒྱབ་ལ་སྤྲིལ་ནས།།
ཨ་མ་ཡུལ་མིར་འཚམས་བདེ་སྐུར་ཡོད།།

ཐོ་རངས་སྐར་ཆེན་མ་ཤར་གོང་ལ།།
གཅེས་ཕྲུག་བུ་དང་བུ་མོ་བསླངས་བས།།
མིག་ཕུར་གཉིད་དུབ་ངང་ནས་ལངས་པར།།
མིག་གིས་མཐོང་ན་སེམས་ལ་ཟུག་ཡོང་།།

འཁྲོང་གཙོད་ཕ་ས་ཨ་ཆེན་གངས་རྒྱབ།།
ཨུ་མེད་རྩྭ་ཐང་ཡངས་པའི་སྙིང་གི།།
འཁྲོང་གཙོད་རི་དྭགས་གང་སར་རྒྱུ་བ།།
མིག་ཡིད་དབང་པོའི་རྣམ་རིག་འཁྲོག་སོང་།།

དབུས་གཞུང་རྩྭ་མཚོ་བརྒྱུད་པའི་དུས་ལ།།
ཕ་ཡུལ་ཁྱིམ་གཞིས་མིག་ལ་མངོན་ཡོང་།།
ཆུང་དུས་འཚོ་བ་སེམས་ལ་ཤར་ཡོང་།།
ཆུང་ཆུང་རྩེད་ར་ཡོད་ཡོད་འདྲ་བྱུང་།།

ཨ་མདོའི་གོ་རེ་ཡག་མོ་ཡག་མོ།།
ཤ་དང་ཤ་སོག་ཞིམ་པོ་ཞིམ་པོ།།
འཛུམ་དང་བསུ་བ་སྤྲོ་པོ་སྤྲོ་པོ།།
དུས་དང་ཉི་མ་མགྱོགས་པོ་མགྱོགས་པོ།།

གྲོང་ན་མི་ཚོགས་མང་པོ་མང་པོ།།
འབྲེལ་འདྲིས་རྣམ་འགྱུར་སྤུག་པོ་སྤུག་པོ།།
ཚོང་འདུས་ཙ་ལག་ཆ་མ་ཚ་རིགས།།
སྤུས་ཀ་བཙོག་པོ་འཐོར་ལེ་འཐོར་ལེ།།

རྩྭ་ཐང་ཡངས་མོ་ཁོད་རྒྱ་ཅན་པོ།།
གཞུང་ལམ་རིང་མོས་ཤར་གཏུབ་ནུབ་གཏུབ།།

གློག་འདོན་རླུང་གཡབ་བྱ་ཁྲུ་འཕུར་འཕུར། །
གཏེར་འདོན་འཕྲུལ་ཆས་གྲོག་ཚང་ཕྱེ་ཕྱེ། །

ཨ་ནེར་འཕྲད་པས་སེམས་པ་སྐྱུར་མོ་སྐྱུར་མོ། །
ཤ་བཙོས་མར་བྱིན་སེམས་པ་བསོལ་མོ་བསོལ་མོ། །
ཨ་མར་འཕྲད་པས་ཡིད་སེམས་སྐྱིད་པོ་སྐྱིད་པོ། །
ལེགས་སྐྱེས་བྱིན་པས་སེམས་ཁུངས་དགའ་མོ་དགའ་མོ། །

མིང་སྲིང་འཕྲད་པས་སེམས་ཁམས་ལྷོད་པོ་ལྷོད་པོ། །
ཚ་གཞུག་འཕྲད་པས་འདང་རྒྱུག་ལྷིད་པོ་ལྷིད་པོ། །
སྤེ་མིར་འཕྲད་པས་དུངས་བ་ཡ་མཚན་ཡ་མཚན། །
སྤེ་བ་མཐོང་བས་ཕྱིར་དྲན་གསལ་མོ་གསལ་མོ། །

སློབ་གྲོགས་འཕྲད་པས་ཁ་བརྡ་རིང་མོ་རིང་མོ། །
ཚང་རིགས་ཟས་ཀྱི་མགྲོན་ཁ་ཞིམ་པོ་ཞིམ་པོ། །
བཟི་ན་བཟི་བའི་ལུས་ཁམས་དྭངས་མོ་དྭངས་མོ། །
བྲལ་ན་འབྲལ་ཁའི་སེམས་པ་གཉོམ་པོ་གཉོམ་པོ། །

ལོ་གསར་གྲ་སྒྲིག་ལས་ཀ་བྲེལ་མོ་བྲེལ་མོ། །
རི་བྱུར་ལབ་ཙེ་ལྷགས་པ་ཚ་མོ་ཚ་མོ། །
ཟེགས་སྐར་ནང་མིས་ལྷ་བསང་ཆེན་པོ་ཆེན་པོ། །
ཕ་མེས་བང་སོར་ཚ་གཟུར་མངར་མོ་མངར་མོ། །

ལོ་གསར་ཤོག་སྨུག་སྐད་སྒྲ་གཅིག་རྗེས་གཉིས་མཐུད།།
ཕྱི་ཡོང་མགྲོན་པོ་འཚང་ཁ་ཤུགས་སེ་ཤུགས་སེ།།
ཁ་མཚར་སྒྲུ་ངག་མཁའ་ལ་ལྡང་ངེ་ལྡང་ངེ།།
ཁ་གཡང་ལོ་བརྒྱ་ཁྲིམ་ལ་འཁྱིལ་ལེ་འཁྱིལ་ལེ།།

ཕྱོགས་བཞིའི་ཉེ་འབྲེལ་ལམ་ཕྱོགས་ཤོག་སྐྱ་ལྷེབ་ལྷེབ།།
ལོ་ལོན་ཉེ་འབྲེལ་ལོ་སར་གཅིག་ཕྱིན་གཉིས་ཕྱིན།།
ཤ་མར་ཚལ་རིགས་མགྲོན་ཁ་གཅིག་བླངས་གཉིས་བླངས།།
ཉིན་མཚན་འཁོར་མོའི་དུས་དྲུག་སྐད་ཅིག་སྐད་ཅིག།

ནང་མི་ཀུན་པོས་སྐྱིལ་མ་ཆེན་པོ་ཆེན་པོ།།
ཕྱིར་ཡོང་ལམ་ཁའི་སེམས་པ་སྐྱོ་བོ་སྐྱོ་བོ།།
དབུས་ལམ་རིང་མོ་མཇལ་བ་མོད་པོ་མོད་པོ།།
ལམ་རྒྱུགས་ཟས་རིགས་སྤྲིན་པ་སྟེར་བཞིན་སྟེར་བཞིན།།

རྫམ་སློབ་ཆུང་གི་སྙིང་བྲིས།

གནའ་བོའི་དྭགས་ཡུལ་དེང་གི་རྒྱ་རྩྭ་ཡི།།
ཤར་ལྷོའི་པོ་བཀྲམ་ལ་ཡི་བང་རིམ་ན།།
སྐས་རིམ་བཞིན་ཏུ་ཆགས་པའི་རྫམ་སློབ་ཆུང་།།
རི་མོ་མཁན་པོས་རྒྱལ་ལས་ཐོན་འདྲ་བའི།།

མིག་ཡིད་རྣ་བའི་དབང་པོ་ཅིག་ཅར་འཕྲོག།
ནང་འཁོར་ཤིང་འབྲས་སྣ་ཚོགས་ཁུར་དུ་ལྡི།།
དྲི་ཞིམ་རོ་བཅུས་ཡིད་ཀྱི་གདུང་བ་སེལ།།
བསིལ་གྲིབ་ལྗོན་པས་ལུས་ཀྱི་ཚ་བ་སེལ།།
སློབ་རའི་རིག་གནས་བརྒྱུད་བསྒྲགས་ཤིན་ཏུ་འཚམ།།
བོད་རྒྱའི་སྲོལ་རྒྱུན་དེང་རབས་ཚད་དང་ལྡན།།
རྒྱུགས་རྩལ་ལུས་སྦྱོང་ར་བ་ནེམ་ཞིང་མཛེས།།
སློབ་མའི་ཉལ་ཁང་ཉལ་ཁྲི་ཐོག་བརྩེགས་མེད།།
སྲོལ་རྒྱུན་ཉལ་ཁྲིའི་ཉལ་སྟངས་བདེ་འཇགས་བཟང་།།
སློབ་ཕྲི་བར་ཁྲམས་དག་ན་དཔེ་སྒྲོམ་མང་།།
སྐབས་བདེ་སྒྲོག་ཅེ་རྐུབ་བཀུག་དེ་བས་མང་།།
དཔེ་ཀློག་མཐུན་རྐྱེན་གྲོགས་སུ་ཤར་བ་མཛེས།།
ཕྱི་ནང་རྩིག་ངོས་བོད་རྒྱ་ཡིག་གཟུགས་མཛེས།།
སློབ་མར་གུས་བཀུར་ཆེ་ཞིང་ཞེ་སའི་ཕྱག།
གང་ནས་འཕྲད་ཀྱང་དེ་ནས་ཤིན་ཏུ་འབུལ།།
དགེ་བཟོའི་ཟ་ཁང་སྐྱིད་ཅིང་ཁོད་ཡངས་ཆེ།།
རྒྱབ་མདུན་ནགས་རི་མཁའ་དབུགས་བརྣན་ཞིང་བསིལ།།
གཡས་ལ་ཕུགས་ཀྱི་གཙང་ཆུ་བསིལ་ལྷང་ལྷང་།།
གཡོན་ལ་མདའ་ཡི་གཙང་པོ་ཇམ་གློག་ཁང་།།
ཚོགས་པའི་སྨུག་སྤྲིན་རང་བྱུང་ལྷ་དར་འདྲ།།
སྤྲང་ཆར་བསིལ་མ་དངོས་གྲུབ་བདུད་རྩི་བཞིན།།

བསིལ་ལྡུང་འཛམ་པོ་གོས་དཀར་ཉེ་གདུགས་ཏེ།།
སློབ་མའི་འདོན་དབྱངས་ཁུ་བྱུག་གདངས་ལའོ།།
དགེ་རྒན་ཁྲིད་དབྱངས་སློབ་རའི་མཁའ་རུ་ལྡིང་།།
ལུས་ངག་ཡིད་གསུམ་གནས་འདིའི་དབང་གིས་ཁྱེར།།

༢༠༡༨ལོའི་ཟླ་༧ཚེས་༢༠ཉིན་དྭགས་ཡུལ་ནས།

ཟབ་དཀར་སྤྲེལ་རྫོང་གི་མཐོང་ཐོས།

ང་ཡོ་བདག་གི་ལས་སྐལ་བསོད་ནམས་བཟང་།།
ཙ་རི་བསྐོར་རྗེས་པ་ཡུལ་ཨ་མདོར་སོང་།།
མདོ་སྨད་རྫོང་ཆེན་བཞི་ཡི་ཕྱི་མ་སྟེ།།
ཟབ་གི་སྤྲེལ་རྫོང་འདི་ལ་ཕྱི་སྐོར་བླངས།།
ཡུལ་སྐོར་སྤྱི་གསེང་ཞོར་ལ་འགྲུབ་པར་བྱས།།

དཀོན་མཆོག་བསྟན་རྒྱས་མདོ་སྨད་ཆོས་འབྱུང་དུ།།
སྤྲེལ་ལོར་སྤྲེལ་རྫོང་བསྐོར་བའི་ཕྱིན་རླབས་འདི།།
ཙ་རི་རོང་སྐོར་བྱས་དང་ཁྱད་མེད་གསུངས།།
ཞེས་པའི་གདམས་པ་འདི་ནི་མི་རྫུན་ཏེ།།
རྒྱ་བོད་སོག་གསུམ་འདི་ན་ལང་ཡོང་འདུ།།

ཀྱེ་ཀོར་ཐང་ནས་ལྷོ་ནུབ་ཕྱོགས་ལ་བལྟས། །
དགུ་ཚིགས་སྐར་ཚོགས་མ་རེད་རས་གུར་རེད། །
བྲག་དཀར་སྤྲེལ་རྫོང་གནས་རིའི་འདབས་རོལ་གྱི། །
སྤང་སྤོངས་གཡུ་ཡི་གཞོང་པའི་གདན་སྟེང་ན། །
སྐར་ཚོགས་ས་ལ་བབས་ཏེ་ཚོགས་བཞིན་འདུ། །

ཏང་གཞོང་ལུང་རིང་ཁ་ཞེང་ཆུང་ཆུང་ཅན། །
ཏང་ཆུ་དྭངས་མོ་རྒྱུགས་ཤུགས་ལྷོད་ལྷོད་ཅན། །
གྲོག་རོང་ཟྲིགས་ལམ་ཀྱག་ཀྱོག་མང་པོ་ཅན། །
འཁོར་རིགས་ཏྲུང་བརྗ་ཡང་ཡང་མནན་ནས་རྒྱུགས། །
ས་རྟུལ་མིག་དང་ཁ་ཡིས་འགམས་ནས་སོང་། །

ཏང་གཞོང་བརྒལ་ན་གཡུ་མདོག་སྔོན་མོ་སྤང་། །
མེ་ཏོག་སྣ་ཚོགས་བྱུང་བས་ཚོགས་རྣམས་འདུ། །
དེ་ནས་ཉུང་ཙམ་སོང་ན་གུར་གྱི་ཚོགས། །
གཅིག་གི་ས་མདོག་གཅིག་གིས་མནན་ནས་ཡོད། །
གཅིག་གི་སྐྲུ་ལ་གཅིག་གིས་འཐབས་ནས་ཡོད། །

ཐྲངས་འཁོར་འདིར་བཏང་ཤོག་སྐོར་བཅུ་ཡིན་ཟེར། །
ཟ་མ་འདི་ཟོ་གཙང་རབས་ཡག་རབས་བཤད། །
མགྲོན་ཁང་འདི་བཟང་གོང་ནི་བདེ་རབས་བཤད། །

དར་ལྕོག་འདི་ཉོས་རབ་གནས་ཡོད་རབས་བཤད། །
ཚོང་འདུས་ཁྲོམ་ལ་སླེབས་པའི་སྣང་བ་བྱུང་། །

གནས་སྒོ་ནས་བཟུང་ཕྱི་སྒོར་མཇུག་གི་བར། །
ལམ་ནི་ཕལ་ཆེར་ཤིང་གི་སྐས་ལམ་རེད། །
གཡས་གཡོན་ཚོང་ཁང་ཟ་ཁང་མགྲོན་ཁང་སྟེ། །
ཚོང་པ་ཕལ་ཆེར་ཡུལ་འདིའི་ངོ་ཤེས་ཡིན།
བག་ཕེབས་ལྷོད་གཡེང་བྲེལ་འཚུབ་ཅི་དགར་གནས། །

གནས་ཅན་རེ་ན་གནས་བཤད་སྒོ་བྱང་རེ། །
དེ་ཡི་འགྲམ་ན་བསང་རྫས་མཆོད་ཆང་དང་། །
མཆོད་མེ་རླུང་རྟ་དར་ལྕོག་མ་ཎི་རྡོ། །
འཚོང་བའི་ཚོང་ཁང་རེ་དང་ཚོང་པ་རེ། །
རྣམ་འགྱུར་ལེགས་ཤིང་གནས་བཤད་ཐོགས་པ་མེད། །

རང་བྱོན་གནས་དང་གནས་སྒོ་ལྷ་ཤིང་ལ། །
དར་ལྕོག་ཁ་བཏགས་སྣ་ལྔས་ཡོངས་སུ་གཡོགས། །
རེ་འགའ་རླུང་གིས་ཁུར་ཅིང་དགུང་ན་བསྐྱོད། །
རེ་འགའ་རྗོག་པས་བརྫིས་ཤིང་འདམ་དུ་དབྱངས། །
དད་ལྡན་མང་པོས་ཕྱག་དང་ཐོད་པས་གཏུགས། །

སྐོར་ལམ་ཉག་དོང་རེ་ན་ཐལ་སྤུང་རེ།།
དེ་ཡི་ནང་ན་ལྕུགས་དམ་ཤེལ་དམ་སོགས།།
བསྒྲིག་ཟའི་འགམ་པར་བརྩམས་ཀྱང་མ་ཚོད་ནས།།
ནག་དྲིག་དང་བཅས་ཐལ་བའི་ཕྱི་ལ་བྲོས།།
མ་འཚོག་གད་སྙིགས་དང་བཅས་མཉམ་དུ་གནས།།

སྐོར་ལམ་གད་སྙིགས་སྐམ་ནི་འགད་ལེ་ཁད།།
རེ་འགའ་ཕྱི་ལ་དཔྱང་ཞིང་རེ་འགའ་ལྷུང་།།
རེ་འགའ་གང་སར་འཕྱོར་ཞིང་ད་དུང་ནི།།
འཁྲིག་སྙིགས་ཟས་ལྷག་ཆུ་ཀུབ་པགས་པ་སོགས།།
ཕྱོགས་མེད་གང་སར་ཁྱིངས་ཤིང་དྲི་ངན་འཐུལ།།

དད་ལྡན་མང་ཚོགས་ཕྲེང་ལྟར་སྐོར་ལམ་ཁྱིངས།།
རེ་འགས་ཕྱག་ཕྲེང་ཁ་ཧོན་བྱེད་ཀྱིན་སྐོར།།
རེ་འགས་ཕྱག་ཕྲེང་བརྒྱངས་ཕྱག་འདོམ་གྱིས་སྐོར།།
རེ་འགར་རྩམ་དྲི་འཐུལ་ཞིང་རྒྱ་སྐད་སྒྲ།།
རེ་འགའ་ཛ་དུག་ཕོག་ནས་ཧད་དེ་སྡོད།།

ལག་ཏུ་ཕྲེང་བ་ཐོགས་པ་ཕལ་ཆེར་ཡིན།།
ལུས་ལ་བོད་ལྰ་གྱོན་པ་རྐན་རྐོན་ཙམ།།
དབུས་པས་ཁ་ཆེ་འབོད་པ་ཁག་ཅི་ཡོད།།

འཛུམ་གྱིས་བསུས་ན་ཡ་མཚན་མིག་ལོག་བལྟ།།
ལུས་ཚུགས་ངོ་ཚུགས་མི་མཐུན་གཞན་གྱི་ལུགས།།

ལོ་ངོ་བཅུ་གཉིས་ཡན་གྱི་དེ་རིང་ལ།།
གནས་བསྐོར་ལན་གཅིག་སོང་བའི་མྱོང་བ་ཡོད།།
གནས་སྒོ་རང་བྱོན་སྤུར་ལས་མང་བར་ཕྱིན།།
ཐུག་སྙིང་ཇོ་ཧུང་གཡང་འབོད་བྱེད་སྐབས་དེ།།
དབུས་གཙང་ཡུལ་ནས་འདི་ཏུ་དར་བ་མཚར།།

མཐོ་རིས་ལ་ཉག་ལྷ་མཆོད་བསང་ཁྲིས་བཙད།།
ཏུ་བ་སྔོན་མོ་བསང་རྫས་ལྷིད་ཀྱིས་མནན།།
མ་ཉོན་གཡུ་འབྲུག་བཞིན་ཏུ་དགུང་ལ་བསྙེག།
ཨ་སྔོན་དབྱིངས་ནས་སྐྱི་བསེར་རླུང་གིས་གཏོར།།
ཀྱེ་ཏུ་རྒྱུ་ཞིང་ཕྱིར་མིག་ཡང་ཡང་ལྟ།།

དར་ལྕོག་རླུང་རྟས་རི་རྩེ་ཕལ་ཆེར་གཡོགས།།
རླུང་རྟ་འདམ་རྫབ་དང་འཐབ་ཁྲི་གང་གནས།།
རྫོག་པས་བརྫིས་ཤིང་ཀི་ཀི་བསྭོ་བསྭོ་འབོད།།
དར་ལྕོག་རླུང་ལྷས་བསྐྱོད་པ་མ་ཐུས་ནས།།
སྤྲུངས་ཤིང་མི་རྣམས་དེའི་སྙིང་ལྷ་གསོལ་གཏོང་།།

ཞོར་ཟས་ཞོ་ཤོག་ཅན་གྱི་ཚོགས་རྫས་དང་།།

མཐོ་དོ་ཅན་གྱི་གུ་རུའི་ཤོག་ཐང་སོགས། །
དགོན་པས་དད་ལྡན་ཡོངས་ལ་སྦྱིན་ཞིང་སྐྱེར། །
ད་དུང་ཇ་སྦྱིན་ཟས་སྦྱིན་ངལ་གསོའི་གནས། །
དགོན་པའི་འདབས་ན་རྒྱ་གུར་ཆེ་ཞིག་གདའ། །

༢༠༡༨ལོའི་ཟླ་༤ཚེས་༡༣ཉིན།

འཚོ་བའི་ཟུར་ཞིག

ཞིབ་འཇུག་སློབ་མ་འགྲིམ་དུས། །
སློབ་ཆེན་སློབ་མ་མཐོང་སོང་། །
གྲུང་དང་སློན་པའི་རྩ་ནས། །
འཐམ་འཁྱིད་གཟུགས་རིས་མཐོང་སོང་། །
མཐོང་དང་དྲན་པའི་བར་ནས། །
མ་ཡུམ་སློབ་ཆེན་དྲན་བྱུང་། །
དངོས་གཞིའི་སློབ་ཆེན་ནང་གི། །
མཛའ་མོའི་སྐད་ཆ་ཐོས་སོང་། །
ཁྱོད་ལ་དུངས་དུངས་ཞིག་ལ། །
ཁྱོད་ལས་སུ་ལ་དུངས་མེད། །
ཁྱོད་ལ་མཐུན་མཐུན་ཞིག་ལ། །
ཁྱོད་ལས་སུ་ལ་མཐུན་མེད། །

སྐད་ཆ་སྙན་མོ་དེ་འདྲ། །
སེམས་ལ་ལྷ་ལེར་དྲན་ན། །
ཚུང་འདྲིས་མཛའ་མོའི་བཞིན་རས། །
སེམས་ལ་ལྷ་ལེ་ལྷ་ལེ། །
རང་གི་བསྒྲུབས་གསུམ་དྲན་ན། །
འཇིག་རྟེན་སྣང་བ་ཡིན་འགྲོ། །
ལན་གསུམ་དྲན་པའི་མདའ་མོ། །
དྲན་པ་གཞུ་ལ་བཀུག་ནས། །
འཚོ་བའི་ཟུར་ཅིག་བརྟོལ་ན། །
དགེ་བའི་བཤེས་གཉེན་དྲུང་ནས། །
རྩོམ་པའི་སྨུག་འབྲི་བྱེད་དུས། །
མཛའ་མོའི་འཕྲིན་པར་གྱུར་སོང་། །
དཔེ་དེབ་ལག་ཏུ་བཟུང་ནས། །
དཔེ་བཟང་ང་ཡིན་སྙམ་ཏེ། །
དཔེ་དེབ་གློག་སྦྱོར་བྱེད་དུས། །
ཤེས་པ་མཛའ་མོས་བཀྲུས་སོང་། །
སློབ་ཁྲིད་སློབ་ཡོལ་བྱས་ཏེ། །
བཤེས་གཉེན་གཡོ་ཡིས་བསླུས་ནས། །
གློག་ཀླད་དྲ་རྒྱའི་ངོས་ནས། །
བརྩེ་དུང་མཛའ་མོར་འདྲིས་སོང་། །
ཤེས་རིག་ལྡན་པས་ལེ་ཡིན། །

ཨ་མར་མགོ་སྐོར་བཏང་སྟེ།།
ཤེས་བྱའི་ནོར་ལ་དགོས་ཞེས།།
ཤ་ཁྲག་དངུལ་སྒོར་བླངས་ཏེ།།
དུང་བའི་ཚིག་ལ་འཐམས་ནས།།
དུང་བའི་མཛའ་མོའི་ཕྱོགས་ལ།།
དུང་སེམས་ཁ་པར་བཏང་སྟེ།།
དུང་བའི་དངུལ་སྒོར་ཚར་སོང་།།
སྐད་ཅིག་སྐབས་བདེ་བཟོ་ཆེད།།
སྐད་ཅིག་འདོད་བརྫ་ཉོས་ཏེ།།
སྐད་ཅིག་སྐྱོ་སེམས་གསོས་པས།།
སྐད་ཅིག་དངུལ་སྒོར་ཚར་སོང་།།
ཡིག་ཕྲེང་འགའ་རེ་བར་ནས།།
གཡོ་སྒྱུའི་ཆོ་འཕྲུལ་བསླབས་ཏེ།།
ཨ་མ་དྲིན་མོའི་ཕྲུག་ལ།།
དཀར་པོའི་ཡིག་ཆུང་བརྫངས་སོང་།།
ཟླ་ཕྱེད་ཟླ་གཅིག་འགོར་ཡང་།།
ཤོག་སྒོར་སྐུར་རྒྱུ་མ་བྱུང་།།
ཁོང་ཁྲོ་མེ་ལྕེ་འབར་ནས།།
ཨ་མར་ལས་བདའ་བྱས་པ།།
སེམས་ན་ཕ་ལེ་ཕ་ལེ།།
ཨ་མས་རྟུལ་ཆུས་རྫུས་པའི།།

དངུལ་སྐོར་ལག་ཏུ་འཁྱེར་ཚེ།།
གོང་ཆེན་གོས་ལྭ་གྱོན་ཏེ།།
མཛའ་མོའི་ཕྱོགས་ལ་ཤོར་འགྲོ།།
དུང་དང་དུང་བའི་བར་ནས།།
མཛའ་མོ་གཞན་རྗེས་སླེབ་སོང་།།
སེམས་པ་སྐྱོ་སྐྱོ་བར་ནས།།
སྐྱོ་བ་གཅིག་བརྩེགས་གཉིས་བརྩེགས།།
ཟླ་དང་ལོ་ཡི་འཁོར་ལས།།
གད་མོ་གཉིད་ནས་ཤོར་སོང་།།
དེ་རིང་སློབ་ཆེན་འདི་ནས།།
ཕྱིར་དྲན་ཐེངས་ཤིག་བྱས་ན།།
བརྩེ་དུང་ངོ་ཚར་བསམ་སོང་།།
ངོ་ཚ་གླིང་རྒྱུ་མི་འདུག།
འབྲི་མཚམས་འདི་ནས་འཇོག་རྒྱུ།།

༢༠༡༡ལོའི་《གངས་ལྗོངས་རིག་གནས》དེབ་དང་པོའི་སྟེང་བཀོད།

འབྲིང་རྒྱུགས་ཡིག་ཚད་ལ་བལྟས་པའི་སྐྱོང་ཚོར།

བོད་ལྗོངས་གཅིག་གྱུར་འབྲིང་རྒྱུགས་ཡིག་ཚད་ལ།།
བསྟུད་མར་བལྟས་པའི་སྐྱོང་བ་དངོས་བརྗོད་ན།།

སྐད་ཡིག་རིགས་འདི་གློག་ཀླད་ལས་བལྟ་བར། །
ཙུང་ཙམ་དཀའ་ཁག་འདུག་སྟེ་མ་འོངས་པར། །
ཡིག་རྒྱུགས་ཁ་ཕྱོགས་གློག་ནི་གཙོ་བོར་འཛོག །
གཅིག་གྱུར་ལན་ཞིག་དེ་བས་ཡོང་དཀའ་བས། །
གློག་ཀླད་རྒྱབ་བརྟེན་བྱེད་པ་མི་འཚམ་མོ། །
དེ་ཡང་ཡིག་རྒྱུགས་ལྟ་དུས་སྒོ་གསུམ་གྱིས། །
བག་དང་ལྡན་པའི་ལྟ་བ་ཤིན་ཏུ་གལ། །
སྤྱིར་ན་ཡིག་རྒྱུགས་ཙམ་གྱིས་སློབ་གསོ་ལ། །
མཚན་ཉིད་འགོད་པ་དེ་ནི་ཤིན་ཏུ་ནོངས། །
ད་ནི་དེ་ལས་ལྷག་པའི་ནོངས་གཅིག་ཡོད། །
གློག་ཀླད་ནང་ནས་ཡིག་ཚད་ལྟ་དུས་སུ། །
སྐར་མ་གཅིག་གྱུར་ལན་ནི་གཅིག་གྱུར་དགོས། །
གལ་ཏེ་གཅིག་མཚུངས་གཅིག་གྱུར་མ་ཡིན་ན། །
གློག་ཀླད་ཀྱིས་ནི་ཁྱོད་ནི་རྫུན་ནོ་ཞེས། །
ཡང་དང་བསྐྱར་དུ་བལྟ་བར་བྱེད་དུ་འཇུག །
འགན་ཁུར་པ་ཡི་དབང་གིས་སྣང་མེད་འཇོག །
དེ་བས་གཅིག་གྱུར་ལན་ཞིག་བཟོས་ནའང་། །
བོད་ཡིག་རིག་གནས་སློང་ཡངས་གཏིང་ཟབ་པས། །
མི་འདྲ་ལན་ནི་མང་པོ་བརྟོན་ཡོང་སྟེ། །
གཅིག་གྱུར་ལན་གྱི་ནང་དུ་མེད་པས་ན། །

འགྲིག་ཀྱང་ནོར་རྟགས་མི་བརྒྱུག་ཀ་མེད་རེད།།
ད་ནི་འཕྲུལ་ཆས་ཀྱིས་ནི་མི་ལ་ནི།།
དབང་བསྒྱུར་བྱེད་ཅིང་རྗེས་སུ་རྒྱུགས་བྱེད་པ།།
བསམས་ཤིང་སེམས་ན་མི་ཡི་ངོ་ཚ་སྟེ།།
ད་ནི་མི་ཡི་རྩོལ་བའི་རིན་ཐང་འདི།།
འདི་ལྟར་ཉམས་ཤིང་བདེན་དྲང་མེད་པར་འགྱུར།།
སློབ་ཁྲིད་དུས་ན་བསམ་གཞིག་བསྐྱེད་དགོས་ཟེར།།
སློབ་ཕྲུའི་དཔེ་ཀློག་ཁ་གྲངས་མང་དགོས་ཟེར།།
ཡིག་ཚད་སྐབས་སུ་ཐལ་དུ་བརླག་ནས་ཡོང་།།
བསམ་ཞིང་བསམ་བཞིན་ཨ་ཐང་གཏིང་ནས་ཆད།།

༢༠༡༨ལོའི་ཟླ་༨ཚེས་༢༥ཉིན།

ལམ་བར་གྱི་མཐོང་ཐོས་སྐྱོང་གསུམ།

—མཚོ་སྔོ་ཞོང་ནས་རྒྱ་དྲོད་མོ་ཤང་ལ་ཕྱིན་པའི་མཐོང་ཐོས།

ཅང་སྔྲ་དང་བཅས་སྐྱ་རེངས་ནམ་མཁའི་མཐའ་ནས་གསལ།།
མལ་ལས་ལྡིང་ཞིང་དྭངས་གཙང་མཁའ་དབུགས་རྟབ་དང་ལྷན།།
མངར་ཇ་བོད་ཐུག་བོད་ཟས་གཙང་མས་ཚིམས་ཟས་རོལ།།
མདོ་མཁར་ཤང་གི་ཕྱོགས་སུ་འཛེབ་འཁོར་བྱ་ལྟར་འཕུར།།

ས་སློག་འཕྲུལ་ཆས་ལྷུག་འཁོར་ལམ་བུར་གང་སར་རྒྱུ། །
མཚོ་ལྗུང་ན་མའི་སྤྱང་གཞོང་ཞིང་སར་བསྐྱུར་བའི་སྐད། །
ཉ་པ་མཚོ་དང་གཡག་མཚོ་ན་ར་གཡུ་མཚོ་སོགས། །
ག་ཐོས་ལྷར་ན་ སྔར་ལས་ཧ་ཅང་ཆུང་བར་བཤད། །
ཕྱོགས་བཞིའི་གངས་རི་ཞུས་ཤུལ་རྗེ་གཡམ་ནག་ལྷང་ངེར། །
ཁ་བ་ཏོག་ཙམ་རྩེ་མོར་བརྒྱན་པའི་གངས་ཀྱི་རི། །
ཕྱིང་ཞྭ་ཟུར་གོན་ཅན་གྱི་རྣམ་འགོགས་འཕར་རྟེན་འདྲ། །
དེ་ལས་བབས་པའི་དྭངས་གཙང་ཆུ་ཕྲན་སྤྲུ་ཉག་ཙམ། །
མཚོ་ལྗུང་མཚོ་སྣ་ཐོགས་དོན་མཚོ་ཡི་ལྗུང་པར་བཤད། །
འདི་དག་ཐོས་བས་དགའ་སྐྱོ་གཉིས་ཀྱིས་འཐབ་ལ་འགྲན། །
ཁམས་བུ་རི་བརྒལ་རི་གཤམ་དག་ཏུ་སོ་ནམ་པས། །
རྟོན་འདེབས་ལས་བྲེལ་ལས་གཞས་སྐྱན་མོ་དྲི་ཟའི་དབྱངས། །
ཕྱོགས་བཞིར་ཁྱབ་ཅིང་འགྲེང་དུད་གཉེ་ག་དགའ་བདེར་རོལ། །
ཆུ་དྲོད་སློབ་ཆུང་སློབ་ཁྲིད་ཉན་ཞིང་དཔྱད་བརྗོད་སྤེལ། །
གནད་དོན་མང་ཞིང་བོད་ཡིག་ཆེད་ལས་རེ་ཟུང་ཙམ། །
དེས་ཀྱང་སྐད་ཡིག་བསླབ་གཞིའི་ཚད་གཞི་རྒྱུས་མེད་དེ། །
ཐབས་མེད་ན་ནི་སློབ་ཁྲིད་དམིགས་ཡུལ་གསལ་མི་འགྱུར། །
མཁས་གཙང་གཞན་ཕན་སློབ་གསོའི་ཉིང་དགོས་དོན་སྟོང་འགྱུར། །
ཉིན་གུང་དུས་སུ་སླ་ཤིང་ནགས་ལ་སྤྲོ་འཆམ་ཕྱིན། །
སླིང་ག་འདི་ནི་ག་ཐོས་ལྷར་ན་སྔ་མའི་དུས། །

སྤེ་པ་གཞུང་གི་རྟ་ར་ཡིན་ཏེ་སྟུག་ཅིང་ཡངས།།
ཡ་གླིང་ཕྱོགས་ཀྱི་ཆེས་ཆེའི་གླུ་ཤིང་ནགས་ཀྱི་ཚལ།།
དོན་དང་མཐུན་ནོ་མཐོང་བ་ཙམ་གྱིས་ཡིད་སེམས་འཕྲོག།
ཕྱོགས་བཞི་རི་བོས་བསྐོར་ཞིང་ས་གཞི་བརྟན་གྱིས་བཟུང་།།
ཤར་ཕྱོགས་རི་རྩེ་གངས་ཀྱིས་བརྒྱན་ཞིང་རི་སྐེད་དུ།།
ཆུ་ཚན་འཕྱུར་ཞིང་མདའ་རུ་སྤང་ལྗོངས་མེ་ཏོག་བཞད།།
མདོ་མཁར་རྫོང་ལ་ལྷོ་ཡི་ཕྱོགས་སུ་སྤྱི་ལེ་ནི།།
ཉེ་ཤུ་ལྷག་ཙམ་འགྲོ་དགོས་ཐེངས་འདིར་འགྲོ་སྐབས་བྲལ།།
ཕྱི་དྲོའི་དུས་ལ་འབུམ་རམས་ཡིག་ཚད་མ་ལོན་པའི།།
ཁ་པར་ལས་ཐོས་སེམས་ནི་སྐྱོ་བའི་ཁུར་གྱིས་མནན།།
དགོང་ཁའི་མཚམས་སྤྲིན་སྟུག་གིས་ཁུར་ཏེ་མཚོ་སྔར་ལོག།

ལམ་གྱི་སེམས་ཚོར།

ངལ་གསོའི་གདམ་ཀ་འཛོག་དོན།།
གྲོགས་དང་གྲོགས་མོའི་སེམས་རེད།།
རང་སེམས་དྲོད་མོའི་འདང་རེད།།
ལག་དང་བྱ་བའི་ལས་རེད།།

ཐང་རིང་ཡུལ་ལ་འགྲོ་དོན།།

སེམས་པའི་འཛིན་ཐག་བལ་རེད།།
ལུས་པོ་འདྲུད་མཁན་སེམས་རེད།།
ལུས་སེམས་གཉིས་ཀ་གཅིག་རེད།།

ཆབ་མདོ་བསྐོར་ནས་བསླེབ་ཡོང་།།
སེམས་གཏམ་བརྗོད་ནས་ཐོན་ཡོང་།།
ཕ་ཡུལ་ཁྲིང་ཐག་ཤ་ཡིན།།
ཤ་རུས་མཆེན་པ་གཅིག་ཡིན།།

ཕྱོགས་དང་ཕྱོགས་སུ་འགྲོ་དུས།།
འཁྲིང་ས་བུ་ཕྲུག་གཉིས་ཡིན།།
ཕ་མ་དགེ་རྒན་གཅིག་ཡིན།།
སྙིང་གཏམ་བཤད་སའི་ཤ་ཡིན།།

ཕྱོགས་ཀྱི་བུ་ཕྲུག་མཐོང་ན།།
ཤ་དང་མཆེན་པ་འགུལ་ཡོང་།།
སེམས་དང་བསམ་པས་བརྗོད་ན།།
དོན་དང་དམ་པའི་གཅིག་རེད།།

སེམས་པ་འདི་ལ་ཤོར་ཤོར།།

བུ་ཕྲུག་གཉིས་ལ་ཞོར་མེད།།
སེམས་ལ་ན་ཟུག་ཆེ་བས།།
སྙིང་གི་རུས་པ་གས་སོང་།།

གང་ཡང་འཛོན་གྱི་མི་འདུག།
ལུས་པོ་ཁོམ་གྱི་མི་འདུག།
དྲང་པོའི་ལམ་གྱི་ཕྱོགས་ལ།།
མཆོག་གསུམ་མགོན་སྐྱབས་གནང་རོགས།།

༢༠༡༨ལོའི་ཟླ༡༠ཚེས་༡༣ཉིན།

ནམ་མཁའི་སྨོན་ཟིན།

མགྱོགས་པོར་བསྐྱོད་འདོད་ལྷགས་བྱ་གཙོ།།
གནམ་གཤིས་བཟང་མིན་ལེགས་པར་བརྟག།
མཐའ་མེད་ནམ་མཁའ་ཟད་དཀའ་ཡང་།།
སྤྱི་གྲིའི་རླུང་ལ་ཡིད་རྟོན་ཅི།།

སྐར་ཆ་གཅིག་གིས་ནམ་མཁར་སླེབས།།
རི་རྒྱ་ལུང་གསུམ་མངོན་པར་གསལ།།

གངས་རིས་བསྐོར་བའི་ཡུལ་ལྗོངས་འདི།།
རྒྱང་ནས་བལྟས་ནས་ཤིན་ཏུ་མཛེས།།

མཚོ་དང་མཚོའུ་སྔོ་དྭངས་དྭངས།།
རི་རྩེ་རི་གཞོང་ཕལ་ཆེར་བརྒྱན།།
གཙང་པོ་གཙང་ལག་ཤ་ར་ར།།
གཡུ་འབྲུག་སྔོན་མོ་ལྡིང་བ་བཞིན།།

རྫ་རི་ནགས་སྐྱུང་ཛམ་ཞིང་བརྫིད།།
རྩྭ་ཐང་ཡངས་པོ་སྔོ་ཞིང་མཛེས།།
བྱེ་ཐང་རིང་མོ་སེར་ཞིང་རྒྱ།།
རི་མཐོ་ས་གཙང་ཁ་བའི་ལྗོངས།།

སྤྲིན་གྱི་གོང་རིམ་སྤྲུལ་བའི་དུས།།
རེ་ཞིག་བདེ་ཞིང་ཉེ་འོད་འཚེར།།
ཧ་མཆོག་སྣང་ཆེན་སྤྲིན་པ་དག།
གང་དཀར་རྒྱུ་ཞིང་བག་ཏུ་ཕེབས།།

སྤྲིན་གྱི་བང་རིམ་བརྩོལ་བའི་དུས།།
མདའ་ལྟར་སྤུར་ཞེས་བརྫོད་པ་དེ།།

འདི་འདྲ་ཡོས་ཡིན་སྣང་བ་བྱུང་།།
གཡོ་འགྱུལ་འདར་བས་སྐྲག་སྣང་སྐྱེ།།

འབབ་པའི་སྐད་བརྡ་གཏོང་བའི་དུས།།
ད་དུང་ལེ་དབར་དྲུག་བརྒྱ་ཙམ།།
ས་ལ་བབས་པའི་སྐད་ཅིག་ལ།།
བློ་བདེ་སྤྲོ་བ་གྲངས་མེད་ཅིག།

༢༠༡༨ལོའི་ཟླ་༡༠ཚེས་༡༥ཉིན་ལྷ་སའི་གནམ་ཐང་དུ།

ཕྱིར་དྲན་གློང་གི་དགའ་སྐྱོ།

དབུས་ཀྱི་ལྷོ་ཕྱོགས་རྩ་ཐང་ཆེན་མོ་ཡི།།
ལྷོ་བར་འགྲེང་བའི་ཡར་ལྷ་ཤམ་པོའི་འདབས།།
མདོ་མཁར་མེས་པོའི་རྫོང་གི་ལྷོ་རྒྱུད་དང་།།
ཉྭངས་ར་གཡུ་མཚོའི་སྨད་ཀྱི་གཏམ་ཤུལ་གྲོང་།།
མེས་པོ་མྱང་གི་འབྲུངས་ཡུལ་སྨྲ་མེད་པ།།
མྱང་གིས་མཛད་འཕྲིན་རྒྱས་སའི་སྨྲ་བོ་ལྡོག།
དགའ་ཐང་འབུམ་པ་རིག་པའི་གཏེར་འཛིན་ས།།
གངས་ཅན་བོད་ཀྱི་ལྷོ་མཛལ་དང་པོའི་གནས།།

ཙ་རི་གནས་སྐོར་བྱེད་སའི་ལམ་གྱི་མདོ། །
བྱ་ཆུང་ང་རང་སྐྱེ་སའི་གནས་སུ་བདམས། །
དྲང་སོར་བཤད་ན་བཀྲེས་སྐོམ་སེལ་ཆེད་ཡིན་། །
བསམ་ཞིང་བསམ་ན་མེས་པོས་བཞག་བསྐལ་ཏེ། །
དྲན་ཞིང་དྲན་ན་བྱ་ཆུང་ཚོས་དབྱིངས་དང་། །
བྱ་མོ་སྒྲོལ་མའི་ལྟེ་ཁྲག་འཕོ་ས་རེད། །
གནས་མཆོག་འདི་ནས་བྱ་སྤུག་ང་རང་སྐྱེ། །
སྐྱེ་བའི་གདུང་བ་རི་མགོའི་ཁ་བ་རེད། །
འཛམ་གླིང་ཉི་མའི་དྲོད་ཀྱིས་ག་ལ་ཞུས། །
དུས་བཞིའི་འགྱུར་བ་ཆེ་ཡང་ག་ལ་གནོད། །
སྐྱེ་ཚུལ་འདི་ལྟར་བཤད་ན་ངོ་ཡང་ཚ། །
བྱ་དང་བྱ་མོའི་ན་ཚོད་མཐོང་དང་གཅིག །
རང་གི་ལས་དབང་ཕྱིར་དྲན་བྱས་དང་གཉིས། །
ཕ་ཡུལ་དྲན་པའི་གདུང་སེམས་ཆེ་དང་བཅས། །
ཐ་མལ་བྱ་ང་སྐྱེ་བས་གདུང་རབས་ཤིག །
དེ་རིང་གསང་ཐབས་བྲལ་སོང་སེམས་གཏམ་ཡིན། །
ལོ་གཅིག་ལོ་གཉིས་ཨ་མའི་པང་ན་ཡོད། །
བསམ་མེད་མི་ཚེ་ཨ་མའི་པང་ནས་བསྐྱལ། །
ལུས་སེམས་གཉིས་ཀ་ཚ་ཚ་དྲོ་དྲོ་བྱུང་། །
དེ་ལས་ལྷག་པའི་སྐྱིད་ཅིག་ཡོད་མ་ཡིན། །

ལོ་གཅིག་རྐང་འཛུགས་ཉིན་མོའི་དུས་སྐབས་ལ།།
ནུ་བོས་ཨ་མའི་པང་གི་ནུ་མ་འཁྱོག།
ཧྲོད་ཁོལ་འཛམ་པའི་ཨ་མའི་ཧུམ་ཁ་འཁྱོག།
ལྟོགས་དུས་སྐོམ་དུས་ངུ་བའི་དབང་སྐལ་འཁྱོག།
ད་དུང་གཅེན་མོས་ང་ལ་འདི་ལྟར་བཤད།།
ནུ་བོར་བལྟས་ན་ང་རང་ཆེ་མདོག་གིས།།
ངུས་ན་ང་ལ་ཐལ་ལྕག་གཞུས་མྱོང་ཟེར།།
དེང་སང་བསམས་ན་ཆེ་རྒྱུ་གང་ན་ཡོད།།
གཏམ་དེ་ཐོས་ན་སེམས་པ་འཁྲུག་ཅིང་སྐྱོ།།
བསམ་མེད་བྱིས་པའི་དུས་ཀྱི་ལོ་རྒྱུས་དེ།།
ཐོས་ཤིང་བསམ་ན་མིག་ཆུ་དབང་མེད་ཤོར།།
བསམ་ཤེས་བྱིས་པའི་དུས་ཀྱི་ལོ་རྒྱུས་དེ།།
སེམས་ཀྱི་མེ་ལོང་ངོས་སུ་རི་མོ་བཞིན།།
ཕ་ཡིར་གསལ་ཞིང་སྐྱོ་བའི་སྡུག་ཡོད་མོད།།
ལོ་བདུན་ལོ་བརྒྱད་ལོ་དགུ་ལོ་བཅུ་དང་།།
བཅུ་གསུམ་བར་དུ་བ་རྫི་ལུག་རྫི་ཡིན།།
ར་རྫི་རེའུ་རྫའི་རྫི་བོའི་དཔའ་རྟགས་བླངས།།
སྐྱོ་སྡུག་མདོར་ཙམ་བཤད་ན་འདི་ལྟ་སྟེ།།
ང་ནི་མིང་སྲིད་ནང་གི་བརྒྱད་པ་ཡིན།།
སྐྱེས་པའི་ལོ་ནི་རིག་གསར་མཇུག་རྫོགས་ཀྱི།།

ཕྱི་ལོའི་དགུན་མཇུག་དུས་ཤིག་ཡིན་པར་བཤད།།
ལོ་བརྒྱད་སྟེང་ནས་བ་རྫིར་འགྲོ་དོན་དེ།།
ཕ་ལོ་རྒྱ་སྟག་འདྲ་བོ་ནད་ཀྱིས་བཟུང་།།
མ་འཁྲུང་དུས་ནས་ཕ་ལོར་གཏན་བྲལ་བྱུང་།།
མིང་སྲིང་ཆེ་བ་མི་ལོ་ཉི་ཤུའི་ནང་།།
མིང་སྲིང་ཐ་ཆུང་ལོ་གསུམ་སོན་མ་ཐག།
འདི་འདྲའི་ཁྱིམ་གཞིས་མ་ལོའི་ཕྲག་ལ་བབས།།
ཡིན་ཡང་ཞེས་རྒྱ་ཅན་གྱི་མ་ལོ་ཡིས།།
སློབ་གྲྭར་མ་བཏང་མིང་སྲིང་རེ་གཉིས་ཙམ།།
ཚང་མར་ཤེས་རིག་སྦྱོང་བའི་བསྐལ་བ་སྤྲད།།
ཡིན་ཡང་སློབ་མཐར་ཕྱིན་པ་ང་ཉིད་ཙམ།།
འདི་ཡི་ལོ་རྒྱུས་བཤད་ན་སྡུག་ཅིག་ཡིན།།
ང་ནི་མིང་སྲིང་ནང་གི་གྲིམ་པོ་ཡིན།།
བ་རྫི་ལུག་རྫིར་སོང་ན་དེ་བས་གྲིམ།།
དེ་བས་ཨ་མས་ང་རང་ཕྱུགས་རྫིར་ཁྲིད།།
ལོ་བདུན་སྟེང་ནས་བཀལ་འགེལ་རི་ལུང་སྐྱུལ།།
ཕ་མོ་མཐོང་ནས་བྲོས་པ་ཅུང་ཅུང་མིན།།
ཅུར་ལོག་ཤོར་ནས་ལུ་གུ་བསད་པ་མང་།།
ཨ་མར་སྐྲག་ནས་མིག་ཆུ་ཤོར་བ་མང་།།
ཡིན་ཡང་ཨ་མས་གཅེས་ལོ་ང་རང་ཡིན།།
ཨ་མའི་བློ་རྩེ་གཏོད་ས་ང་རང་ཡིན།།

ངས་ཀྱང་ནུས་པ་ཡོད་ཀུས་རང་འགན་བཟུང་།།
ཨ་ཕས་ལྷ་བསང་གཏོང་སྐངས་རྒྱུན་འཛིན་བྱས།།
ཉིན་རེ་སྔོ་བསང་རེ་ནི་རྒྱུན་མི་ཆད།།
བསང་སྐྱོགས་ཆེན་ཐག་རྒྱུན་བུར་དུས་རྒྱུན་ཐོགས།།
སྨྲ་དང་བསང་དྲི་གཉིས་ལ་ཁ་བྲལ་མེད།།
དགོང་མོའི་གོ་འདོན་ལུགས་དེ་རྒྱུན་མི་ཆད།།
ཨ་མས་ཕྱག་ཕྲེང་ཁ་ཏོན་རྒྱུན་མི་ཆད།།
སྒྲོལ་མ་སྐྱབས་འགྲོ་འདོན་པ་ང་ཡང་བྱང་།།
མཚན་མོའི་གོ་འདོན་དབུ་མཛད་ང་ཡིན་ཏེ།།
ལོ་དགུ་སོན་པའི་དགུན་ཟླ་བཅུ་བའི་ནང་།།
ཕུ་བོ་ཕྱོགས་སུ་མྱུལ་ཏེ་ཟླ་གཅིག་ཕྱིན།།
ང་རང་གཅིག་པུས་ར་ལུག་ལྔ་བརྒྱ་ལྷག།
དེ་ཡི་སྟེང་ལ་བ་ལང་སུམ་ཅུ་ལྷག།
ལོ་དགུ་བྱིས་པ་ཞིག་གིས་འཚོས་ནས་བསྐྱད།།
ཉིན་མོར་ཕ་སྤྱང་གཉིས་ལ་སྐྲག་ནས་འདར།།
མཚན་མོར་སྤྱང་གི་ཡོང་བར་དོགས་ནས་བསྐྱད།།
དབྱར་དགུན་སྟོན་དཔྱིད་རྫ་ལུང་རི་ལུང་ནས།།
འདི་འདྲའི་དཀའ་སྡུག་མྱངས་པ་ཉུང་ཉུང་མིན།།
རེ་རེར་བརྗོད་ན་ཚིག་ཚོགས་ལོ་མས་བསྒྲུབ།།
བཅུ་གསུམ་སྟེང་ནས་སློབ་གྲྭར་འགྲིམ་འགོ་ཚུགས།།
ཕ་མས་བསྐུལ་མིན་སློབ་གྲྭས་ཁྲིད་པ་མིན།།

ཕུ་བོའི་དཔེ་ཁྲུག་བཀུས་ཏེ་སློབ་གྲྭར་བྲོས།།
ཕུ་བོའི་འཛིན་གྲྭའི་ནང་ནས་ཐུན་གཅིག་བསྡད།།
དེ་ནས་ཕུ་བོའི་འཛིན་བདག་དགེ་རྒན་གྱིས།།
ཕུ་བོའི་ཚབ་ཏུ་ཡོང་ཡང་འཛིན་གྲྭ་ནི།།
ལོ་རིམ་དང་པོ་ནས་བཟུང་འདོན་དགོས་ཟེར།།
ང་རང་ཁྲིད་དེ་སློབ་ཁང་གཞན་ཞིག་ཏུ།།
རྐུབ་སྟེགས་མེད་པའི་སྒྲོག་ཙེ་ཞིག་ཏུ་བཞག།
ཕུ་བོའི་དཔེ་དེབ་ལོ་རིམ་ལྔ་བའི་དེབ།།
ངས་ནི་མ་ཤེས་ཡུན་རིང་བཙལ་བ་དྲན།།
དེ་ནས་བཟུང་སྟེ་སློབ་ལ་རྩོམ་འགོ་ཚུགས།།
སློབ་ཆུང་སྐབས་སུ་ང་འདྲའི་སློབ་མ་ནི།།
ཉུང་ཉུང་མིན་ཏེ་ལོ་རིམ་དང་པོའི་ནང་།།
ང་འདྲའི་གཟུགས་སྟོབས་ཅན་གྱི་སློབ་མ་ཉུང་།།
དེ་དུས་སློབ་ཆུང་ལོ་རིམ་ལོ་ལྔ་ཡིན།།
སློབ་ཡོན་སློབ་སྐབས་རེ་ལ་ཤོག་སྒོར་བཅུ།།
སློབ་སྐབས་རེ་གཉིས་སློབ་ཡོན་མ་འཕྲོད་པར།།
སློབ་གྲྭའི་སྒོ་རུ་བཏོན་པ་གསལ་པོར་དྲན།།
ཨ་ནེ་དྲིན་ཆེན་ཀུན་བཟང་སྐྱིད་ཀྱི་དྲུང་།།
སྒོར་བཅུ་བསླངས་ནས་སློབ་ཡོན་བསགས་པ་དྲན།།
ལོ་གསུམ་ནང་ནས་སློབ་ཆུང་སློབ་མཐར་ཕྱིན།།
བོད་རྒྱ་གཉིས་ཀའི་གློག་ལ་ཐུང་ཙམ་འགྲོ།།

སློབ་འབྲིང་མཚོ་སྔོར་བོད་ཡིག་སློབ་འབྲིང་ཡིན། །
སློབ་ཡོན་ཟས་ཡོན་མར་ཆུར་ཤ་སོགས་དགོས། །
ཟླ་གཅིག་རིང་ལ་དབུས་གཙོང་རྩྭ་ཐང་དུ། །
གྲོག་མ་སྐྲ་ཤད་བཏུས་ཏེ་སློབ་ཡོན་བསགས། །
ཤ་ཉེ་སྦྲ་སྔོར་སྐྱུལ་ནས་མར་ཆུར་བསླངས། །
ཤར་རླུང་རྟགས་ཅན་རླངས་འཁོར་དང་པོར་བསྡད། །
རྩྭ་ཐང་བཞག་སྟེ་གྲོང་ཁྱེར་ཐོག་མར་མཐོང་། །
ཚབ་ཆ་གྲོང་གི་ཚོང་རའི་ཟུར་ཞིག་ནས། །
རྒྱ་མོ་ཤན་པའི་ལག་ནས་ཕག་ཤ་ཉོས། །
སློབ་གྲྭར་སྦྲོད་དུས་ཕག་ཤ་རྒྱ་ཁའི་ཆད། །
མགོ་སྐོར་ཐེབས་པ་ང་རང་གཅིག་པུ་མིན། །
འབྲོག་ཕྲུག་མང་པོས་ལས་བདའ་བྱུས་པ་དྲན། །
འབྱོར་ཐོ་བཀོད་པའི་ཉིན་དེའི་མཚན་མོ་དེར། །
ཁྱིམ་བདག་སློབ་མ་མལ་ཁྲི་གཅིག་ཏུ་ཉལ། །
ཐོ་རངས་སྐབས་སུ་རྐུན་མ་ཡ་མེད་ཅིག །
སྤུས་མགོ་རེ་རེར་བསྒོགས་ནས་ང་སར་བསླེབས། །
ང་ནི་གཉིད་མ་སད་དུ་ཡར་ལངས་ནས། །
རྐུན་མ་རྐུན་མ་ཞེས་ནས་སྐད་ཅོར་བརྒྱབ། །
རྐུན་མས་ལག་སྒྲོན་ང་ཡི་མིག་ལ་བཀར། །
རྫིག་སྦྲ་དང་བཅས་ཕྱི་ལ་བྲོས་ཏེ་སོང་། །
ཚང་མས་རང་རང་ས་ནས་བྲང་ཁུག་བསྒོགས། །

ང་ཡི་ཡན་གྱི་ཁྱིམ་བདག་རྣམས་ཀྱིས་ནི།།
ཏ་བོ་ཏ་བོ་སློར་མོ་མི་འདུག་ཟེར།།
ང་ཡི་སློར་མོ་སྐེ་ཡི་ཁུག་མ་རུ།།
བཙེམས་ཏེ་སྲུང་འཁོར་བཞིན་ཏུ་བཏགས་ཡོད་པས།།
ཨ་མས་ཐབས་བཀོད་དེ་ལ་ཡིད་སྨོན་ཤོར།།
དམའ་འབྲིང་སྐབས་སུ་སྐད་གསུམ་སྦྱོང་དགོས་གཅིག།
རྒྱ་བོད་སྐད་ལ་སློབ་སྦྱོང་ཞན་དང་གཉིས།།
འབྲོག་ཕྲུག་རྒྱ་སྐད་མི་གོ་སྐྱོ་དང་གསུམ།།
སློབ་སྦྱོང་ཐད་ལ་དཀའ་ངལ་འཕྲད་པ་མང་།།
མཚན་མོ་དུས་ཚོད་བཅུ་གཉིས་དང་པོའི་བར།།
ལམ་ཁའི་སློག་སྒྲོན་འོག་ནས་བསྐྱར་འཛིན་བྱས།།
ཐོ་རངས་དུས་ཚོད་ལྔ་དང་དྲུག་སྟེང་ནས།།
ལག་སྒྲོན་བཀར་ཏེ་དཔེ་ཀློག་བསྐྱར་སྦྱང་བྱས།།
ལྟོགས་དུས་ཆང་སྣམ་སྒྲ་རགས་ཤུགས་ཀྱིས་བསྣམས།།
སྐོམ་དུས་ཆུ་སྨུག་ཁ་ནས་སྐོམ་པ་སེལ།།
དགུན་དུས་རྒྱ་མིའི་ཉ་རྒྱ་ལེན་དུ་སོང་།།
གསོན་ཉ་ཕྱིར་བཏང་ཤི་ཉ་བཙོས་ཏེ་ཟས།།
དབྱར་དགུན་གུང་གསེང་སྐབས་སུ་ཚོང་ར་ནས།།
ཙག་ཙིག་ཚོང་ཟོག་བླངས་ཏེ་རྒྱབ་ལ་ཁུར།།
འབྲོག་ཁྱིམ་སྤྲ་སྐོར་སྐྱུལ་ཏེ་ཚོང་ལ་སོང་།།
སྐབས་རེར་གྲོག་མ་སྒྲ་ཤད་འཕྲུ་རུ་སོང་།།

ལན་རེ་ཞིང་ཤུལ་སྐྱེ་མ་འཕྲུ་རུ་སོང་།།
མཚམས་རེར་གཞན་ལ་ར་ལུག་འཚོ་རུ་སོང་།།
འདི་ལྟར་སློབ་སྦྱོང་རྗེས་ལ་ལུས་མ་སྦྱོང་།།
སློབ་ཡོན་བཟའ་ཡོན་དེ་ཡང་ཆད་མ་སྦྱོང་།།
དམའ་འབྲིང་ལོ་གསུམ་འཚོ་བ་སྐད་ཅིག་ཏུ།།
རྫོགས་ནས་གུང་ཧོ་མི་རིགས་སློབ་འབྲིང་དུ།།
མཐོ་འབྲིང་ཐོག་མར་བཙུགས་པས་སློབ་ཡོན་ནི།།
མི་དགོས་མིང་ཐོ་ཐོག་མར་བཀོད་དུ་སོང་།།
ལོ་གསུམ་ནང་ལ་རྩེ་གཅིག་སློབ་ལ་འབད།།
དབྱར་དགུན་གུང་གསེང་དུས་ལ་སྔར་བཞིན་དུ།།
ཅག་ཅིག་ཚོང་ལས་མི་བརྒྱག་ཟས་རིན་དགོས།།
པགས་ཚོང་བརྒྱབས་ནས་ཡོང་སྒོ་བྲིན་པས་དགའ།།
ཕྱུག་པོ་ཚང་གི་བུ་རེད་ཅེས་པ་དྲན།།
ལྡོགས་པའི་དུས་སུ་བྱ་སྒོང་བརྐུས་ཏེ་ནི།།
བྲེ་མར་བཙུག་སྐྱེ་བཙོས་ནས་ཟས་པ་དྲན།།
འཛིན་གྲྭའི་སྐྱོར་དཔོན་ང་རང་བསྐྱད་པ་དྲན།།
སློབ་གྲྭའི་བྱེད་སྒོ་ནང་ནས་རྒྱལ་བ་དྲན།།
མཐོ་འབྲིང་ལོ་གསུམ་འགྲིམས་པའི་དགའ་སྐྱིད་དག།
རེ་རེར་བརྗོད་ན་ཚིག་ཚོགས་ཤིན་ཏུ་མང་།།
དགེ་རྒན་དམ་པས་ཁྲིད་ཀྱི་ཐུགས་རྗེ་དང་།།
སྔ་ལངས་འཕྱི་ཉལ་བྱས་པའི་བཀའ་དྲིན་ལ།།

མཚོ་སྔོན་མི་རིགས་སློབ་ཆེན་སློབ་གླིང་དུ།།
སློབ་ཆེན་འགྲེམས་པའི་བསྐལ་བ་ལྡན་པ་ན།།
རྒྱ་བྱུས་འབྲུག་སྒྲ་ཐོས་པའི་དོ་ཟླར་གྱུར།།
སྐོམ་པ་ཆུ་དང་འཕྲད་པ་ཇི་བཞིན་ཡིན།།
གྲོང་སྡེ་ནང་གི་སློབ་ཆེན་དང་པོ་ཡིན།།
ཀུན་གྱིས་མཐེ་བོང་བསྒྲེངས་པ་ཉུང་ཉུང་མིན།།
ལོ་ལྔའི་སློབ་ཆེན་སློབ་སྦྱོང་ཧ་ཅང་སྐྱི།།
སྐྱི་བ་རང་གིས་བཟོས་པའི་ཕུགས་འདུན་ཡིན།།
ཆེད་ལས་ཞོར་ལ་ལོ་རིམ་གཉིས་པའི་སྐབས།།
སློབ་གྲྭའི་གློག་སྐད་ཆ་འཕྲིན་སློབ་གླིང་ནས།།
གློག་སྐད་ཆེད་ལས་མཐར་ཕྱིན་འཛིན་ཡིག་བླངས།།
ལོ་རིམ་གསུམ་པ་དང་ནི་བཞི་བའི་ནང་།།
སློབ་གྲྭའི་ཁྲིམས་ལུགས་སྡེ་ཁག་སློབ་གླིང་ནས།།
དངོས་གཞིའི་ཁྲིམས་ལུགས་མཐར་ཕྱིན་འཛིན་ཡིག་བླངས།།
ལོ་ལྔའི་རྗེས་སུ་བསླབ་གནས་འཛིན་ཡིག་གཉིས།།
མཐར་ཕྱིན་འཛིན་ཡིག་གསུམ་དང་ཁྱོན་བསྡོམས་ནི།།
འཛིན་ཡིག་ལྔ་བླངས་འདི་དག་སློབ་ཡོན་ནི།།
ཁྲི་གསུམ་ཆད་ལ་བཞག་སྟེ་སློབ་མཐར་ཕྱིན།།
སློབ་ཆེན་སྐབས་སུ་ང་ལ་གཟའ་མཇུག་མེད།།
ངལ་གསོའི་དུས་ནི་ཤིན་ཏུ་དཀོན་པ་ཡིན།།
སློབ་ཆེན་འགྲེམས་པའི་འཚོ་བའི་དགའ་སྐྱོ་སོགས།།

བརྗོད་ན་མིག་ཆུ་ཤོར་ཡོང་རེ་ཞིག་གསང་།།
ཉེས་སྟོང་བརྒྱ་མེད་བཅུ་མེད་བཞི་པོ་ལ།།
སློབ་མཐར་ཕྱིན་ཏེ་དགེ་རྒན་སློབ་གསོ་གཉེར།།
སློབ་མའི་དུས་སུ་དཀའ་སྡུག་མྱངས་པ་དག།
རྗེས་ཀྱི་འཚོ་བའི་ཁྲོད་ནས་ཤིན་ཏུ་ཕན།།
ཕྱིར་དྲན་འཚོ་བ་བརྗོད་འདི་དོན་མེད་ཀྱང་།།
དེ་རིང་སློབ་བུར་ས་མཐའི་ཡུལ་འདི་ནས།།
སེམས་པ་ཤིན་ཏུ་སྐྱོ་སྟེ་འདི་ཙམ་བྲིས།།

བརྩེ་བ་སྒྲུང་དཀར་རྩམ་པ།

རྨི་ལམ་འཛུམ་དཀར་འོ་ཞོ་འབྱུང་དཀའ་ཡང་། །
ངན་གདུང་མཚོན་གྱི་རྨ་ཁ་སོས་དཀའ་ཡང་། །
སྔོན་བསགས་ལས་དབང་བཙན་པོའི་ཞེན་ཆགས་འདིས། །
སྙིང་གི་སྐྱོར་ཡ་སེམས་ཀྱི་རུམ་ལ་བཅུག །

རང་རེའི་ཡུལ་ལ་བཀྲོ་བའི་གཏམ།

—༢༠༡༨ལོའི་ཟླ་༤ཚེས་༡༥ལ་ཡུལ་ཡར་ཀླུང་རིག་གནས་དུས་ཆེན་ལ་སེམས་གཡེང་བྱས་པའི་སྐྱོང་ཚོར།

ངའི་ལྟེ་ཁྲག་འཕོས་ས་མདོ་སྨད་ཡིན།།
ངའི་ལུས་ཟུངས་སྦྲང་དཀར་རྩམ་པས་གསོས།།
ངའི་རྟོག་པ་ཡུལ་ཁམས་ཀུན་ལ་བསྐྱུར།།
ངའི་སེམས་པ་བོད་ཡུལ་ཡོངས་ལ་འཁྱམས།།
ངའི་རྣམ་ཤེས་གངས་རིའི་ཡུལ་ན་ཡོད།།

དུས་དེ་རིང་ཡར་ལྷ་ཤམ་པོའི་འགྲམ།།
ས་མདོ་སྨད་ཡུལ་ལ་གྲོས་ཤིག་འདེབས།།
ནང་རིག་པའི་འབྱུང་གནས་ཡིན་ནོ་ཟེར།།
བུ་གཞིས་བྱེས་རང་ཡུལ་གནས་བསྐྱུར་ཏེ།།
ཡུལ་ངེས་མེད་འཁྱམས་པ་ང་འདྲ་ཡོད།།

ལུག་སྟོང་ལུག་སྒྲོ་ཟློག་མང་རབས་བཤད།།
ཟས་ཕྱུར་སྐམ་ཕྱུར་ཞིབ་ཕྱུར་མངར་དང་།།
ཐུག་ཕྱུར་ཏུལ་ཕྱུར་རྡིབ་སྤོ་ཕྱུར་སོགས།།
ཕྱུགས་ཐོན་རྫས་ལག་རྩལ་འཛོམ་ཨེ་ཡོད།།

ཕྱི་ཁྲིམས་རའི་ནང་དུ་བཀྲམ་ཨེ་ཡོད།།

ཐག་སྣམ་བུ་མལ་གཟན་བཙུགས་ཕྲུག་དང་།།
མལ་ཐེམ་པོ་སྙི་མོ་ཀམ་པ་ལི།།
གོས་ཕྱུ་པ་ཤད་མ་སྣམ་སྟོད་སོགས།།
བལ་ཐོན་རྫས་ལག་རྩལ་འཛོན་ཨེ་ཡོད།།
ཕྱི་ཁྲིམས་རའི་ནང་དུ་བཀྲམ་ཨེ་ཡོད།།

འདམ་རྫ་ཁོག་མེ་ཁོག་ཁོག་ལྷིར་དང་།།
མཆོད་བསང་ཁུང་བསང་ཕོར་རྫ་ཀོང་དང་།།
སྣོད་རྫ་རྐོང་རྫ་བུམ་རྫ་ཆས་སོགས།།
རྫའི་ཐོན་རྫས་ལག་རྩལ་འཛོན་ཨེ་ཡོད།།
རྫ་ཁྲིམས་རའི་ནང་ལ་བཀྲམ་ཨེ་ཡོད།།

ཤིང་སློག་ཕོར་ཇ་ཕོར་རྩམ་ཕོར་དང་།།
སྣོད་སློག་ཆེན་མར་སླམ་ཤིང་གཞོང་དང་།།
ཁ་ཟ་ཏུ་ཇ་མདོང་ཕྱེ་འབོ་སོགས།།
ཤིང་སྒྲ་ཆས་ལག་རྩལ་འཛོན་ཨེ་ཡོད།།
མཛེས་ཤིང་ཆས་ཁྲིམས་རར་བཀྲམ་ཨེ་ཡོད།།

རྒྱལ་ཐང་ཁུག་རྩམ་ཁུག་ཕྱི་རྒྱལ་དང་།།

ཀོ་ཏ་སྒྲོ་རྒྱལ་པ་ཀོ་ཁུག་དང་།།
ཐག་འབྲེང་ཐག་འབྲེང་བུ་འབྲེང་ཞགས་སོགས།།
པགས་མཉེད་བཟོ་ལག་རྩལ་འཛོན་ཨེ་ཡོད།།
མཉེད་ཀོ་རིགས་ཚོང་རར་བཀྲམ་ཨེ་ཡོད།།

ལྷམ་ཀོ་བརྩེགས་འཇའ་ཆེན་འཇུར་ཏ་དང་།།
ཞྭ་ཕྱིང་ཞྭ་ཚེ་རིང་ཞྭ་མོ་དང་།།
གོས་ལྷུ་པ་རས་ལྭ་གོས་ལྭ་སོགས།།
འཚེམ་རས་གོས་བཟོ་རྩལ་འཛོན་ཨེ་ཡོད།།
རྒྱན་གྱོན་ཞིང་ཚོང་རར་བཀྲམ་ཨེ་ཡོད།།

སྤྱགས་མར་སྤྱགས་མར་ཟན་སྤྱགས་བཙོས་དང་།།
ཕྱུག་རྩམ་ཕྱུག་ཕྱུར་ཏུལ་ཟྭ་ཕྱུག་དང་།།
སྤོར་འཛིམ་བུ་རི་ཙོང་རི་སྒོག་སོགས།།
ཟས་གཙང་མའི་ལག་རྩལ་འཛོན་ཨེ་ཡོད།།
དུས་རྒྱུན་ཏུ་བཏུང་སྐོལ་བྱས་ཨེ་སྦྱོང་།།

རས་ཐགས་ཁྲི་ཉམས་ནས་ཤུལ་མེད་ཡིན།།
ཐགས་ས་ཐགས་ཉམས་ནས་ཤུལ་ཙམ་ཡོད།།
བཟོ་རྗེ་བཟོ་མགར་ལས་ཤིང་བཟོ་དང་།།

ལག་བཟོ་རྩལ་ཕྱོགས་ཀྱི་རྒྱུན་འཛིན་མཁན།།
ངེད་མདོ་སྨད་ཡུལ་ན་ཅི་ཙམ་ཡོད།།

མལ་ཉལ་ཁྲི་འབོལ་ཁྲི་གཅིག་ལྕོགས་ཅན།།
བོད་སྲོལ་རྒྱུན་ཆ་སྣམ་སྦྲག་ཅེ་སོགས།།
ལྷ་མཆོད་བཤམས་མཆོད་ཁྲི་སྒྲོས་གཞོང་བཅས།།
བཟོ་མ་ཉམས་ལག་རྩལ་ཅི་ཙམ་ཡོད།།
སྲོལ་མ་ཉམས་ཁྱིམ་གཞི་ག་ཚོད་ཡོད།།

ཚང་ནས་ཚང་རྒྱུན་འབྲུམ་ཚང་སེར་དང་།།
འབྲས་སིལ་སྣམ་སྤར་ཁུ་ཉུང་སྣམ་དང་།།
སྦུམ་བོད་སྦུམ་མར་བཙགས་མར་ཁུ་སོགས།།
འདི་བསླལ་ཞིང་བཙགས་མཁན་ག་ཚོད་ཡོད།།
འདིའི་ཁྲིམ་རའི་རིན་ཐང་སུས་རྟོགས་ཡོད།།

མདོར་གྲོས་ན་བོད་མིའི་སྲོལ་རྒྱུན་གཙོས།།
ལག་སྒྱུ་རྩལ་ཕྱོགས་ཀྱི་རིག་གནས་དང་།།
ལས་ལག་རྩལ་ཕྱོགས་ཀྱི་རྒྱུན་འཛིན་པ།།
ཡུལ་མདོ་སྨད་ཕྱོགས་ན་ཅི་ཙམ་ཡོད།།
རང་ཕ་ཡུལ་ཕྱོགས་ལ་སེམས་ཀྱིས་བགྲོས།།

སེམས་པ་བཀུག་རྩལ།

གསུངས་དབྱངས་སྙན་མོ་སྒྲུ་འཕྲུལ་མིན་ན། །
ཡིད་སེམས་བཀུག་པ་སེམས་ན་ཡོད་ལགས། །
ཆགས་སྣང་གསལ་བའི་གདུང་བ་མིན་ན། །
སེམས་གཏམ་བདུད་རྩི་སྙིང་ན་ཡོད་ལགས། །

གཞུང་བཟང་ཕྱི་ཐག་གསེར་སྐུད་རིང་མོས། །
ལྷོད་མེད་བརྩེ་བ་དམ་དུ་བསྡམས་ཡོད། །
སྙིང་སྡུག་ཡིད་འོང་འཇའ་ཚོན་སྣང་བ། །
མ་ཡལ་སེམས་ཀྱི་མཁའ་ལ་ཤར་ཡོད། །

མ་ཐུག་སེམས་ཀྱི་མེ་ལོང་ངོས་སུ། །
ཞལ་རས་སྒོར་མོ་ཕྱ་ལེ་ཕྱ་ལེ། །
ཐུག་གི་ལས་དབང་ཐོད་ན་མེད་ཀྱང་། །
མི་འགྱུར་དམ་བཅའ་རྗེ་ལ་བརྐོས་ཡོད། །

ཡུན་རིང་བྲལ་ཞིང་རྒྱང་ལ་གྲེས་ཡོད། །
ཉམ་ལ་བཟུང་བའི་དགའ་བ་ཡོད་ལགས། །
མ་ཐུག་ཉིན་མོ་ཚེ་གཅིག་ཡིན་ཉང་། །

ཐུག་གི་ཉིན་མོ་ཚེ་ལ་བགོད་ཡོད།།

ཡིད་གཙུགས་གྲོགས་ལ་འབྲལ་བ་མེད་པའི།།
རྟག་པའི་སྣང་བ་སྒོམ་ནས་ཡོད་ལགས།།
ད་ལྟ་གམ་ན་ཡོད་ཡོད་འདྲ་བའི།།
རང་མདངས་བཞིན་རས་སེམས་ལ་ཤར་ཡོད།།

དྭངས་བའི་སེམས་དང་བརྩེ་བའི་སྣང་བ།།
སྨུག་གིས་བཏུམས་ནས་ཡུན་རིང་བུད་སོང་།།
ལོ་དང་ཟླ་ཡི་འཁོར་མོ་བར་ནས།།
མི་ཚེ་ཟད་དེ་ཁྱོད་ལ་སྨུག་ཚོག།

ཡར་སེམས་ཚང་ལ་ཕུལ་བའི་སྙིང་གཏམ།

—ཡར་སེམས་ཚང་ཞེས་པ་ནི་ཁ་དཔེ་བཞིན་སྐྱུད་པ་ཡར་འཁེལ་དང་བསམ་པ་ཡར་བཅངས་ཞེས་པ་བཞིན་ངེད་མིང་སྲིང་བཅུ་གཅིག་གིས་རིམ་པ་བཞིན་ཁྱིམ་ཚང་རེ་རེར་ཕན་རྩུན་རོགས་སྐྱོར་བྱེད་པའི་ཚོགས་པ་ཞིག་གི་མིང་།

ཚོགས་བསགས་དབང་གིས་མ་ལོ་གཅིག་གི་བྱང་ཁོག་བརྒྱུད།།
ཕ་མས་དྲིན་གྱིས་གཟུགས་གཞིའི་གཉོམ་ལག་ལྡོན་པ་རྒྱས།།
སྨོན་ལམ་དབང་གིས་རང་རང་ས་ན་བརྟེན་ཞིང་སྐྱིད།།

ཁྱིམ་རྒྱུད་འདི་འདྲ་གཞན་དུ་བཙལ་ན་ཤིན་ཏུ་དཀོན།།

ཚེ་ཐུང་འཆི་བ་སྡུ་གཞུག་མེད་པ་ཆོས་ཉིད་ཡིན།།
སྐྱེ་ཤ་དབང་གིས་ཕ་མ་གཉིས་ནི་རིམ་བཞིན་བྲལ།།
ལག་རྡང་སྤྲེལ་ལ་ཕ་མའི་དྲིན་གཟོ་ཤིན་ཏུ་སེམས།།
མཐའ་མར་ང་ཚོ་ཕ་མ་ནང་བཞིན་བྲལ་ཏེ་འགྲོ།།

སྐབས་བདེ་དབང་གིས་གྲོགས་དང་གྲོགས་མོ་མང་ན་ཡང་།།
གལ་ལ་ཐུག་དུས་མིང་སྲིང་མ་གཏོགས་གྲོགས་པོ་དཀོན།།
ཁ་ཡག་ངོ་དགའ་དེང་གི་མི་ལ་ཤིན་ཏུ་དར།།
ཚིག་སྙན་ཐོས་ན་རང་ཚུགས་མི་བརྟན་མགོ་བོ་འཁོར།།

མ་རྩ་མཉམ་བསྡུས་ཡར་སེམས་ཚང་འདི་འཛུགས་པའི་དུས།།
ཀུན་ཕན་འཕེལ་རྒྱས་གཅིག་མཐུན་བྱུང་ནས་ཚང་མས་བསྔོད།།
མནའ་བསྐྱལ་ཡིག་ཐྲིས་མཚལ་མནན་མི་འགྱུར་དམ་བཅའ་བཞག།
རང་ཚུགས་མ་ཤོར་མིང་སྲིང་ལག་རྡང་གཅིག་ཏུ་སྤྲེལ།།

རང་གཞན་སེམས་དང་འདི་ནི་རང་གི་མིང་སྲིང་ཡིན།།
རྒྱལ་ཕམ་མ་རྩོད་ཕ་མ་གཅིག་གི་བུ་སྤུག་ཡིན།།
དམ་བཅའ་མ་འགྱུར་འདི་ཕྱི་གཉིས་ཀྱི་ལས་འབྲས་ཡིན།།

མཐུན་སྒྲིལ་མ་ལྷོད་མི་ཚེ་ཟེར་བ་ཤིན་ཏུ་ཐུང་། །

ཁ་ཡག་བཤད་ན་བདེན་དུ་བསམས་ནས་དགའ་དགའ་བྱེད། །
རང་སྐྱོན་བརྗོད་ན་ཁོང་ཁྲོ་མེ་ལྕེ་རབ་ཏུ་འབར། །
སྐྱོན་མཚང་སློབ་གསོ་མི་ཚོས་ཤ་ཚའི་སྙིང་གཏམ་ཡིན། །
ཁྲོད་བཟང་ཁྲོད་ངར་དེང་གི་མི་ཡི་གཡོ་སྒྱུ་ཡིན། །

འཛིག་རྟེན་ཁྲ་ཁྲ་རིན་ཆེན་མི་ཚེ་ཐུང་ཐུང་རེད། །
མིང་སྲིད་ལས་ལྷག་མི་ཞིག་གཞན་ན་ཤིན་ཏུ་དཀོན། །
མཐུན་སྒྲིལ་ཨ་ལོང་ཆད་དུ་མ་འཇུག་མིང་སྲིད་ཚོ། །
འགྱོད་པ་སྐྱེས་དུས་ བླུན་པོ་ཡིན་པ་ཤེས་པར་གྱིས། །

ཡར་སེམས་ཚང་འདི་འཐོར་བར་མ་འཇུག་མིང་སྲིད་རྣམས། །
ཁེ་ཕན་མེད་ན་མིང་སྲིད་མི་དགོས་བླུན་རྟགས་ཡིན། །
ཟ་འཐུང་ཙམ་ཞིག་རྫོག་ཆགས་དུད་འགྲོ་དེ་ལས་མཁས། །
མཐུན་སྒྲིལ་ཁྲོས་དང་མི་ཚེའི་རིན་ཐང་རང་བཞིན་མངོན། །

༢༠༡༨ལོའི་ཟླ་༡༢ཚེས་༩ཉིན་ལ་ཡར་ཀླུང་ཤམ་ཆུའི་འགྲམ་དུ།

བོད་ཀྱི་བུད་མེད་རྩོམ་པ་པོའི་དེབ་ཕྲེང་པར་བསྐྲུན་ལ་ཕུལ་བའི་སེམས་གཏམ།

གོ་ཁ་དྲོན་མོ་གསོ་བའི་ཁྱིམ་བདག་མ།།
རིགས་ཀྱི་བུ་རྒྱུད་སྐྱོང་བའི་བྱམས་ལྡན་མ།།
མི་རིགས་སློབ་གསོར་འབད་པའི་བརྩོན་ལྡན་མ།།
གངས་ལྗོངས་སྐྱེས་མའི་སྒྱུག་རྩལ་ལམ་སྟོན་མ།།

ཉིང་རྩལ་མཁྲེགས་བཟུང་ཟབ་པའི་ནགས་ཀླུང་ནས།།
རང་གི་མགོན་སྐྱབས་རང་གིས་མ་དོར་བར།།
ལམ་བུ་གངས་རིའི་རྩེ་ལ་གསལ་མཛད་པའི།།
གངས་ལྗོངས་ཤེས་རིག་ཁྲིད་ན་ཏོག་ཏུ་མཛེས།།

ཁྱོད་ཚོ་མི་རིགས་འདི་ཡི་ཨ་མ་ཡིན།།
ཁྱོད་ཚོ་མི་རིགས་འདི་ཡི་བདག་མོ་ཡིན།།
ཁྱོད་ཚོ་མི་རིགས་འདི་ཡི་མཛངས་མ་ཡིན།།
མི་རིགས་སྐྱེད་མའི་འདུ་ཤེས་གཙང་མ་ཡིན།།

གཡང་ཁྲིམ་ཚང་ལ་ཕྱུལ་བའི་གཡང་གི་འབོད་པ།

གཡང་ཁྲིམ་གཡང་གི་ར་བ།།
གཡང་སྤྱི་གཡང་གི་བདག་པོ།།
གཡང་ཁྲིམ་གྲུ་བཞིའི་ནང་ལ།།
གཡང་གི་ཁ་བརྡ་ཤོད་དང་།།
གཡང་གི་བསོད་ནམས་འཁོར་ཡོང་།།
གཡང་ཚེ་གཉོམ་ལག་རྒྱས་ཡོང་།།
གཡང་ཟོག་སྒོ་ཁར་འཁོར་ཡོང་།།
གཡང་ལུག་བལ་ཁ་འཛམ་ཡོང་།།
གཡང་སྒོར་སྒམ་ལ་ཁེངས་ཡོང་།།
གཡང་ཁྲིམ་རྫོད་ཀྱིས་ཁེངས་ཡོང་།།
གཡང་ས་ལྷ་ལྷན་ཡུལ་གྱི།།
གཡང་མི་འཆམ་མཐུན་འབོད་པས།།
གཡང་ཁྲིམ་ནང་མི་རྣམས་ལ།།
གཡང་གི་ཕྱུ་གཡང་འཕེལ་ཆེད།།
གཡང་གི་ཁ་གཡང་བོས་པ།།
གཡང་ལུག་བལ་ལས་མང་ཡོད།།
གཡང་གི་བསོད་ནམས་ཟེར་བ།།

གཡང་མདའ་གཡང་འགུགས་ཙམ་མིན། །
གཡང་ཁང་སེམས་ཀྱི་སྒོ་མོར། །
གཡང་ཁྲུག་སེམས་བཟང་ཕེབས་ན། །
གཡང་གི་རྩ་བ་ཚུགས་ངེས། །
གཡང་ངན་སེམས་ངན་ཅན་ལ། །
གཡང་གི་རྩ་བ་མི་ཚུགས། །
གཡང་འབོད་རྟོམ་ཕྱུང་འདི་ལ། །
གཡང་མིས་ཞིབ་ཏུ་སོམས་དང་། །
གཡང་གསོལ་དེ་འདྲ་ཨེ་རེད། །

རྒྱ་ཊ་ཚང་ལ་ཕུལ་བའི་གཏམ།

—སྐད་འཕྲིན་ཚོམས་ཚུང་འདིའི་ཚོགས་གཙོ་རྒྱ་ཊ་ཚོ་པའི་ཡིན་པས་རྒྱ་ཊ་ཚང་ཞེས་བཏགས།

ལོ་བགྲང་བྱ་གསུམ་གྱི་ཡར་སྟོན་ལ། །
མ་བུད་མེད་གསུམ་གྱིས་བཀལ་འཐག་བྱས། །
ཕྱི་ཚོན་ཕུར་བཙུ་གསུམ་སྐྱེས་པས་བྱས། །
ནང་སྐྱེས་ལྷ་བྱ་བཏང་གསུམ་གྱིས་མཆོད། །
རྟགས་རྟེན་འབྲེལ་ཕྱི་ནང་ཀ་ཡིས་བརྟེགས། །
སྤྲ་མཐིང་སྨུག་རྒྱ་ཊ་ཚང་འདི་འབྲུངས། །

སྤྲ་མཐིང་སྨུག་འདི་ལ་འཛོམས་གསུམ་ཡོད།།
ནང་བྱ་བཏང་གསུམ་ནི་སྐུ་གསུང་ཐུགས།།
སྐུ་ཏུར་སྒྲིག་སྤྲ་ཁྲིམ་ཕུག་ཐོད་ཡིན།།
གསུང་བདུད་རྩི་ཟས་ཀྱི་ཉིང་བཅུད་ཡིན།།
ཐུགས་ཡངས་པ་ཚོན་ཐག་བཞི་བརྒྱངས་རེད།།
སྐྱིད་ཞི་དུལ་ཨ་འཇམ་ཚ་ཏུ་ཡིན།།

སྤྲ་མཐིང་སྨུག་འདི་ལ་སྐྱིད་གསུམ་ཡོད།།
མཛངས་བུད་མེད་སྐྱིད་པུ་སྤུན་གསུམ་སྟེ།།
ནང་ཕོ་ཁྲིམ་སྒྱོགས་ལ་དྲོད་ཅིག་སྟེར།།
གཡོན་མོ་ཁྲིམ་སྒྱོགས་ལ་འཛུམ་གྱིས་ཁེངས།།
ཛ་འོ་ཛ་འཐུང་ན་ལྷོད་ཅིག་སྟེར།།
ཐབ་སྐྱིད་པུའི་འགྲམ་ན་སྐྱིད་ཅིག་ཡོད།།

སྤྲ་མཐིང་སྨུག་གཏམ་གྱི་མཛོད་དགུ་ཡོད།།
ནང་རིག་པའི་མདོ་སྔགས་ཆོས་ཀྱི་གཏམ།།
མི་སྐྱུ་སེར་མི་ཆོས་ཕོན་པོའི་གཏམ།།
གྲལ་ཁྲིམ་པ་ཉམས་སྒྲོང་རྒན་པོའི་གཏམ།།
ནང་ན་བླ་མཐུན་པའི་ལ་གཞས་གཏམ།།
གཏམ་སྐྱ་ཚོགས་ཁྲིད་ན་སྐྱིད་ཅིག་ཡོད།།

ཕྲ་མཐིང་སྨུག་འདི་ལ་གཞིས་ཀྲུ་ཡོད།།
སྐད་དག་མ་ཧླ་སྲོག་རྐང་གི་གཞིས།།
ཕྱུགས་བརྟན་པ་རྡོ་རྗེ་གདན་གྱི་གཞིས།།
དུངས་རིགས་ཞེན་འདུ་ཤེས་ཀ་བའི་གཞིས།།
ཆུང་མི་ཆོས་སློབ་གསོའི་ཐབས་ཀྱི་གཞིས།།
གཞིས་མཐུན་པའི་ཚོགས་ན་སྐྱིད་ཅིག་ཡོད།།

ཞིང་སྤྲེལ་ལོའི་དབྱར་ཟླ་ཐ་ཆུང་ལ།།
ཕྲ་མཐིང་སྨུག་སྟོན་མོའི་དུས་བཅད་དེ།།
སྨད་ཙོང་ལ་རིང་མོའི་བྱང་ཕྱོགས་ཀྱི།།
རྗེ་རྒྱལ་བ་གཉིས་པ་འཁྲུངས་སའི་འགྲམ།།
བོད་མཁས་པ་མི་གསུམ་བཞུགས་ཡུལ་གྱི།།
མཁར་ཟེ་ལེང་པདྨའི་གདན་ལ་འཛོམས།།

སྟོན་མགོ་སྤུ་ཅན་ཞིག་སྟོན་འཛིན་བྱས།།
སྟོན་འཛིན་པ་ཀྱི་ཕུར་མཆོག་གསུམ་གཙོས།།
བུ་ལྷག་ག་དང་བཅས་ཐུགས་རྗེ་ཆེ།།
དེའི་ཞོར་ལ་ཚོགས་གཙོ་བ་རྗེས་ཀྱང་།།
སྒོར་ལྷག་མས་མཐུན་རྐྱེན་བསྐྲུན་པ་དང་།།
གཏམ་ཤ་ཚ་མ་ལ་ཐུགས་རྗེ་ཆེ།།

ཡུལ་གཞན་དུ་གྱུར་བའི་སྐྱེས་བུ་གཙོས།།
འཛོམ་མ་ཐུབ་རྒྱ་རྡུའི་ནང་མི་རྣམས།།
ཐུག་མ་ཐུབ་ན་ཟུག་ཁྱེད་དང་གཅིག།
སང་ནངས་མོ་ཡོད་ན་སྐད་ཅིག་སྐུར།།
ཨ་ཆེ་འབར་ལྷ་བུ་ཁག་ཅི་ཡོད།།
གཞན་མ་འཛོམ་སེམས་ཀྱི་ན་ཟུག་ལྟི།།

མ་གངས་རི་སྲུས་མོ་བཀའ་དྲིན་ཆེ།།
སེམས་དྭངས་མ་ལམ་གྱིས་འཕྲོག་པ་དེ།།
མ་མཛངས་མའི་གཤིས་ཀྱི་བྱམས་སེམས་ཡིན།།
ཁྱེད་ཅི་ཁག་ང་ཡང་མི་བདེ་བྱུང་།།
ཁྱེད་མ་ཐོན་སེམས་ན་སླེབས་ནས་ཡོད།།
སེམས་སྙིང་གཏམ་དང་ག་གློད་ནས་ཡོད།།

ཆང་དང་པོ་འཐུང་བ་དགའ་དྲགས་སོང་།།
གཏམ་མ་གློད་གོང་ལ་གཉིད་ཤོར་སོང་།།
གཉིད་སད་དུས་སྤོབས་པ་མེད་དྲགས་སོང་།།
ཨ་ཞི་རེ་སྙིང་གཏམ་མང་དྲགས་སོང་།།
གཏམ་བཤད་པའི་སྐབས་ཀ་འཁྲིག་མ་སོང་།།
བུ་ཀུན་བཟང་དེ་ཡང་འགྲོ་སྤྱ་སོང་།།

ཚང་གཉིས་པ་བ་རྗོ་གཅིག་ཕུས་འཐུང་།།
ངའི་འཐུང་འདོད་ཆང་གི་སྐྱོ་བ་མིན།།
གཏམ་ཀུ་རེ་གཉིས་ཀྱི་སྒོ་འབྱེད་ལ།།
བདག་གཞི་མགྲོན་གཉིས་ཀྱི་བདུད་རྩི་ལ།།
མི་མགོ་ནག་ཅན་གྱི་འཐུང་སྐལ་ལ།།
སྙན་བཤད་ནི་མིན་ཏེ་བཟང་ཞིག་ཡོད།།

གཏམ་སྲིད་པ་ཀྲད་པོས་བཤད་སྲོལ་ལ།།
འདི་མཁས་པ་རྣམས་ཀྱི་གཏམ་ཚང་ཡིན།།
འདི་གཉེན་པོ་རྣམས་ཀྱི་སྟོན་ཚང་ཡིན།།
འདི་གཞོན་པ་རྣམས་ཀྱི་རྩེད་ཚང་ཡིན།།
འདི་བློ་མཐུན་སྒྲིག་པའི་སྒྲིག་ཚང་ཡིན།།
འཐུང་ཤེས་ན་ནུས་པ་རྫོགས་མེད་ཡིན།།

མི་རེ་རེས་རང་རྒྱུས་བཤད་མོད་ཀྱང་།།
སེམས་གཟབ་སྐྱེ་ཉན་ཞིང་བཤད་པ་དེ།།
ཡོབས་མ་ཡོབ་བར་གྱི་གཏམ་ཞིག་རེད།།
ངོ་ཚ་ཞིང་མ་ཡོབ་གཏམ་འདི་ཚོ།།
ནང་ཕ་མ་མིང་སྲིང་བཤད་སྒྱུར་མེད།།
བཤད་ཉེས་པ་མེད་པའི་སྨོན་ལམ་འདེབས།།

སྤྱིར་མི་ལུས་ཐོབ་རྒྱུ་དཀའ་མོ་རེད།།
སློས་གཉིས་མཐུན་འཛོམས་རྒྱུ་དཀའ་མོ་རེད།།
དེང་སེམས་གནམ་བཤད་རྒྱུ་དཀའ་མོ་རེད།།
རང་དོན་ཆེན་འགྲུབ་རྒྱུ་དཀའ་མོ་རེད།།
འཛོམས་མཐའ་མ་བྲལ་བའི་སྐབས་དེ་ལ།།
སེམས་དྭངས་མོས་རེ་བ་ཧོག་ཙམ་ཞུས།།

ས་མདོ་སྨད་རྡོ་ཆུའི་བཀའ་དྲིན་ལ།།
ས་ཡུལ་ཁྲུམས་སྨྱུལ་མཁན་སློ་སེང་གིས།།
ཡུལ་ཡར་ཀླུང་ཤམ་ཆུའི་འགྲམ་རྒྱུད་ཀྱི།།
གཞིས་ཁམས་བཟང་ནོར་བུ་དགའ་འཁྱིལ་གྱི།།
ཕྱོགས་རང་ཁྱིམ་དྲོད་མོའི་དཔེ་ཁང་ནས།།
སེམས་བསམ་པས་ཀྲུ་ཏུ་ཚང་ལ་བྲིས།།

༢༠༡༨ལོའི་ཟླ་༤ཚེས་༡༦ཉིན།

མིང་སྲིང་ཚོར་ཕྲུལ་བའི་གཏམ།

དལ་བའི་རྟེན་ཐོབ་མིང་སྲིང་གཅིག་ཏུ་གྱུར།།
མཚན་ལྡན་ཕ་མས་དགའ་བས་ལས་ཀྱིས་བསྐྱངས།།
བརྒྱད་ཅུའི་བར་དུ་ཕ་ཡོ་མ་གཏོགས་པའི།།
མཐུན་རྐྱེན་མཉམ་འཛོམས་རྟེན་འབྲེལ་འདི་འདྲ་བ།།
ཡང་ཡང་རྙེད་པར་དཀའ་ལ་དོན་ཆེ་བས།།
ཕྲག་དོག་སྤོངས་ལ་མཐུན་སྒྲིལ་གྱིས་ཤིག་ཨང་།།

རྒྱུ་ནོར་ཁེ་ཕན་རང་དོན་ཆེ་ན་ཡང་།།
ནང་དམེ་ནང་རུ་བྱེད་པ་སྨྱོན་པ་ཡིན།།
རྒྱུ་འབྲས་འདི་ཕྱི་གཉིས་ནས་འཁོར་ཡོང་བས།།
རྒྱུ་ནོར་དགའ་བས་བརྩོན་ལ་འབད་བྱས་ཏེ།།
མི་ཚེ་དོན་དང་ལྡན་པར་བྱེད་ཤེས་ན།།
ཕ་མའི་དྲིན་དང་རང་དོན་འགྲུབ་པ་ཡིན།།

རང་ཉིད་ལོ་ཆོད་གཞན་ལས་ཆེ་ན་ཡང་།།
མདོ་མེད་གཏམ་གྱིས་སླུལ་ན་དོན་མེད་ཡིན།།

སྤྱི་ཚོགས་ཤེས་རིག་དར་བའི་དུས་ཡིན་པས།།
དྲང་བདེན་གནས་ལུགས་སྐད་ཆ་སུས་བཤད་ན།།
བློ་རིག་ཅན་པོ་དེ་ཡང་བཀུར་དང་ཆོག།
ལྷ་ཆོས་མི་ཆོས་ལུགས་དང་མཐུན་པ་ཡིན།།

རང་ཉིད་གཞན་ལས་ཉམས་ཆུང་ཡིན་ན་ཡང་།།
ཆེ་ལ་ང་རྒྱལ་བྱེད་པ་གླེན་པ་ཡིན།།
ཆུང་ནས་བརྩོན་པའི་རྒྱུན་ཐག་མ་ཆད་པར།།
ཕུགས་འདུན་འགྲུབ་ལ་བློ་རྩེ་བརྟན་གྱུར་ན།།
ནམ་ཞིག་ཆེན་པོའི་ས་ལ་བསླེབ་ཡོང་བས།།
རྒྱུ་འབྲས་འགྲོ་བ་ཀུན་ལ་ཁྱད་མེད་ཡིན།།

ཤ་ཚའི་སྙིང་གཏམ་རྣ་ལ་གཟན་ན་ཡང་།།
ཕན་པའི་སྨན་དུ་མི་བསམ་ལྷུན་པོ་ཡིན།།
ཉེ་ཚེ་རྫི་མ་མིག་གིས་མི་མཐོང་བས།།
མིག་ལ་རྫི་མ་མེད་ན་འདྲེ་དང་འདྲ།།
འདྲེ་ནི་འགྲོ་བ་མི་ཡི་དགྲ་ཡིན་པས།།
གྲོགས་དང་དགྲ་ཡི་དབྱེ་བ་བགར་ན་ལེགས།།

དུས་རྒྱུན་ཨ་མར་ཞབས་ཞུ་བསྒྲུབས་ན་ཡང་།།

སེམས་པ་དྲང་མོ་ཡིན་དགོས་ཨ་མའི་བུ།།
གམ་ན་མེད་པའི་བུ་དང་ཚ་བོ་རྣམས།།
ཕྱི་དོན་བདེན་པས་སྐྱབས་དང་དྲིན་ལན་ཡིན།།
ཨ་མའི་གམ་ནས་སྟོད་ཐུབ་ཚོགས་བསགས་ཡིན།།
ནང་དཀྲུགས་ནང་དམེ་འཁོན་འཛིང་བྱེད་བཞིན་དུ།།
ཚོགས་བསགས་དྲིན་ལན་མི་ཡོང་ཆོས་ཉིད་ཡིན།།

མཛུབ་མོ་བཀུག་ནས་གངས་རིའི་མཛའ་མོར་སྤྲུག

མཛུབ་མོ་རྩེ་ནས་སྟོན་བླ་སླར་ཡང་སླེབས།།
ལས་ཀྱི་བཀོད་སྒྲིག་ཡང་བསྐྱར་ལན་གཅིག་འཁོར།།
ནམ་བླ་དུས་བཞིའི་ཕོ་ཉས་བཀའ་དྲིན་ལ།།
རིན་ཆེན་མཛའ་མོའི་རང་མདངས་མ་ཡལ་ཡོད།།

ཁྱེད་ཀྱི་གདོང་ན་ལྷད་མེད་འཛུམ་མདངས་ཤིག།
ང་ཡི་གཤིས་ན་དྲི་མེད་སེམས་པ་ཞིག།
གཉི་གའི་བར་ན་རྗོ་རྗེ་དམ་ཚིག་ཅིག།
འཛིག་རྟེན་འདི་ན་ཞེ་འདང་གསོན་པོ་ཞིག།

ཚེ་ལམ་འཛུམ་དཀར་འོ་ཞོ་འཐུང་དགའ་ཡང་།།

དྲན་གདུང་མཆོད་ཀྱི་རྨ་ཁ་སོས་དཀའ་ཡང་།།
སྨོན་བསགས་ལས་དབང་བཙན་པོའི་ཞེན་ཆགས་འདིས།།
སྙིང་གི་སྐྱོར་ཡ་སེམས་ཀྱི་ཏུམ་ལ་བཙུག།

དྲན་པའི་ན་ཟུག་སྙིང་རུས་ཁུངས་ནས་ལངས།།
སྐྱོ་བའི་མཆི་མ་བཙོས་མའི་འཛུམ་དང་བསྲེས།།
བཀྲ་ཤིས་ཁ་གཡང་བཟློ་བས་མགྲིན་པ་རལ།།
གངས་རིའི་མཛའ་མོ་འཛམ་པོ་དབང་གིས་ཁྲིད།།

ལྷན་འཛོམས་ཉིན་མོ་ཕྱི་མ་ཡིན་ཡང་ཆོག།
བརྩེ་བའི་ཕྱི་ཐག་བསླུ་བྲིད་ཡིན་ཡང་ཆོག།
མཛུབ་མོ་བཀུག་ནས་སོར་བཙུ་ཆད་ཀྱང་ཆོག།
མཛའ་མོར་འཕྲད་པའི་འདུན་པ་ག་ལ་འཇགས།།

ཁྱེད་ལ་སེམས་གཏམ་སོར་རྒྱུ།

རང་རང་ས་ནས་དྲན་པའི་སྤུག་བསྔལ་འདི།།
ཡིད་ཆེས་མེད་ན་སེམས་ཀྱིས་ཤེས་དཀའ་བས།།
བརྩེ་བ་འོ་མ་འདྲ་ཞིག་ཁྱོད་ཀྱིས་དགོགས།།
ཡིད་ཆེས་མར་ལོ་འདྲ་ཞིག་ང་ཡིས་སྟེར།།

འཚོ་བ་སྡུང་དཀར་འདྲ་ཞིག་ཁ་གཉིས་བྱེད།།

རང་རང་ས་ནས་བྲེལ་བའི་ལས་ཀ་འདི།།
འབད་པས་མ་བསྒྲུབ་དུས་ཚོད་འགྲོ་སླ་བས།།
ལས་ཀ་འཚུབ་མ་འདྲ་ཞིག་ཁྱོད་ཀྱིས་བྱས།།
དཔེ་ཆ་ཤོག་སྒྲུ་ལྟེབ་འདྲ་ང་ཡིས་བྱེད།།
འཇིག་རྟེན་པ་བཟང་མ་བཟང་ཁ་གཉིས་བྱེད།།

རང་རང་ས་ཡི་ཁྲི་ཁ་བཙན་པོ་འདི།།
སྤུང་རྩྭ་མེ་ཤོར་བཞིན་དུ་མི་ཐོག་པས།།
རང་སྐྱོན་སྒྲོ་བ་ཁ་མདུད་ཁྱོད་ཀྱིས་བྱས།།
སྐྱོན་མེད་མི་ཚོས་ཅན་ཞིག་ང་རང་བྱེད།།
འཇིག་རྟེན་སྣང་བའི་སྙིང་ལ་ཁ་གཉིས་རོལ།།

རང་རང་ས་ཡི་བྱ་ལུགས་བྱེད་ལུགས་འདི།།
མེ་ལོང་ཇི་བཞིན་སུས་ཀྱང་མི་མཐོང་བས།།
མནའ་ཚིག་དམ་བཅའ་བརྟན་པོ་ཁྱོད་ཀྱིས་སྨྲངས།།
ཐོད་ཀྱི་མིག་འབྲས་ཇི་བཞིན་ངས་ཁྱོད་གཅེས།།
ཕྱི་མ་ཡིན་ཡང་སྔོན་ལམ་ཁ་གཉིས་འདེབས།།

རང་རང་ས་ཡི་ད་ལྟའི་སྤྱོད་ལུགས་འདི།།

སེམས་ཀྱིས་ཇི་བཞིན་ལྷན་ཅིག་འཇོམས་དཀའ་བས།།
ལན་རེ་ཨ་ལན་མ་ཡོང་ཁྱོད་ཅི་ཁག།
ལས་བདས་སྐྱོ་ངལ་ཤོར་བ་ང་ཅི་ཁག།
རྒྱུས་ཡོན་དང་རྒྱུད་རིང་མོ་ཨུ་གཉིས་བྱེད།།

ཨུ་གཉིས་བརྩེ་བའི་མིག་ཆུ་འཁྱིལ་ལུགས་འདི།།
གང་གིས་མི་གོ་སུས་ཀྱང་མི་རྟོགས་པས།།
རང་རང་ས་ནས་རང་ཚུགས་མི་ཤོར་བར།།
ཁྱིམ་གཞིས་རྡོད་མོ་འདི་ལ་འབད་པས་འཇུག།
བརྩེ་བ་སྲུངས་ལ་ཚེ་བསོད་དར་བར་ཤོག།

ཡལ་བས་ཨ་ཐང་སླེང་བ།

ཉིན་མོའི་ཟས་དང་མཚན་མོའི་གཉིད་མ་གཏོགས།།
དུས་ཀྱི་འཁོར་ལོ་ལས་ཀྱིས་ཟིན་ཡོད་དོ།།
ལུས་སེམས་གཉིས་ག་ཨ་ཐང་ཆད་མ་གཏོགས།།
སྙིང་གི་རྩུས་པ་རྒྱུན་དུ་སྐྱེས་ཡོད་དོ།།

ལམ་གྱི་དུས་དང་འགྲོ་བའི་དུས་མ་གཏོགས།།
གཟའ་མཇུག་ངལ་གསོའི་དུས་ཀྱང་སྡུད་ཡོད་དོ།།
མཐོ་བའི་རི་དང་དམའ་བའི་མཚོ་མ་གཏོགས།།

ས་ཁམས་སྐྱུལ་ནས་སློབ་གསོ་གླིང་ཡོད་དོ། །

སྟོང་བསམ་འཇའ་ཚོན་དབྱིངས་སུ་འཐིམས་མ་གཏོགས། །
དྭངས་ཞེན་ཟུངས་ཁྲག་གངས་ལ་འཁོར་ཡོད་དོ། །
མིག་གོང་ཚྭ་ཚུ་ཁུངས་སུ་ལུས་མ་གཏོགས། །
ལུས་ཀྱི་ཕྱི་ནང་རྟུལ་ཚུལ་བརྟོལ་ཡོད་དོ། །

ཟང་ཟིང་ལེ་ལོས་བརྩོན་སེམས་བཀྲུས་མ་གཏོགས། །
འབྱུངས་སེམས་རྟ་ཕོ་ལྕུག་གིས་བྲབས་ཡོད་དོ། །
བརྗེད་ངེས་རྐུན་པོས་རིང་དུ་ཁྲིར་མ་གཏོགས། །
ལོ་ངོ་སུམ་ཅུར་དཔེ་ཆར་བྲལ་མེད་དོ། །

གྲོགས་དང་དཔོན་ལ་འཕྲད་པ་མང་མ་གཏོགས། །
བློས་ཐུབ་རེ་གཉིས་སེམས་ལ་ཉར་ཡོད་དོ། །
རྒྱ་ཟས་སྣ་འཛོམས་སྤྱན་དུ་བསྒྲིགས་མ་གཏོགས། །
མར་ཕྱུར་རྩམ་པ་ཟུངས་ལ་ཟུག་ཡོད་དོ། །

རིག་ཚན་གཞན་ལ་དུས་ཚོད་ཟད་མ་གཏོགས། །
རང་གི་རིག་ཚན་བཀོད་སྒྲིག་འདང་ཡོད་དོ། །
སློབ་གསོའི་ཁ་ཕྱོགས་དམིགས་པ་མེད་མ་གཏོགས། །
མི་ཡི་གསོ་སྐྱོང་འདུ་ཤེས་བརྗེད་ཡོད་དོ། །

སྒྲག་འདར་སྙིང་མེད་སྤར་མ་ཡིན་མ་གཏོགས།།
མཐོང་སྣེ་གསར་པ་ལུགས་ལ་གསལ་ཡོད་དོ།།
སོ་སོའི་ཟུངས་ཀྱི་ནུས་པ་ཤོར་མ་གཏོགས།།
བུད་མེད་མཛངས་མ་རང་ལ་འཁྲུངས་སྲིད་དོ།།

རྒྱ་སྐད་སོག་སྐད་དབྱིན་སྐད་འདྲེས་མ་གཏོགས།།
ཕ་སྐད་གཙང་མ་ཤོག་ངོར་གསལ་ཡོད་དོ།།
འཛུམ་མདངས་ཞེད་མདངས་གདོང་ལ་མངོན་མ་གཏོགས།།
དགའ་དང་མ་དགའི་མེ་ལོང་བརྙབས་ཡོད་དོ།།

ཁང་མཐིལ་ཡན་ཆད་སྤྱི་བོ་མིན་མ་གཏོགས།།
ཐོད་གཙུག་ཞབས་ལ་གཏུགས་ནས་བསྐྱད་ཡོད་དོ།།
ཚོར་མེད་བ་སྤུ་རིོ་ལྟར་ལུས་མ་གཏོགས།།
འབྱུང་བཞི་གཅིག་ཏུ་བསྒོམས་ནས་དད་ཡོད་དོ།།

ཕྱོགས་ཀྱི་ཟས་དང་ཚ་མེད་གཏམ་མ་གཏོགས།།
སྨ་མའི་གཏམ་དང་ཤུལ་ནོར་བྲིར་ཡོད་དོ།།
ཉིན་དཀར་ཕྱོགས་གཡེང་སེམས་གཡེང་ཤོར་མ་གཏོགས།།
མཚམས་སྦྱིན་མུན་ནག་བྲིར་ནས་ཡོང་ཡོད་དོ།།

༢༠༡༨ལོའི་ཟླ༨ཚེས་༡༥ཉིན།

ཆེ་གྲོགས་སྐྱ་ཡར་ཕྱུལ་བའི་སྐྱེས་སྐར་རྟེན་འབྲེལ།

ཡང་ཚོ་མི་རྟག་ཐུར་དུ་འབབ་པའི་ཆུ་བོ་འགོག་པའི་སྟོབས་མེད་ཀྱང་། །
མཛེས་པ་མི་རྟག་མཁའ་ལ་འཁྱུག་པའི་གློག་དམར་འཛིན་པའི་འཕྲུལ་མེད་ཀྱང་། །
ཟང་ཟིང་སྡུག་བསྔལ་ནགས་ཀྱི་ཚེར་མ་དགུས་གཅིག་ལེན་པའི་ཐབས་མེད་ཀྱང་། །
སེམས་བདེ་མེ་ཏོག་སུམ་རྩེན་ཡུལ་ནས་བཞད་འདྲའི་སྣང་བ་ཐབས་བརྒྱུས་སྟེར། །

སྐྱེས་སྐར་ཉིན་བྱེད་དབྱིག་འཛིན་སྐེག་མོའི་ལྟོ་བར་དལ་གྱིས་འཕགས་དང་ལྷན། །
པདྨའི་འདབ་བརྒྱ་རྣམ་པར་གྲོལ་ཏེ་བཀྲ་ཤིས་སྒྲུ་དབྱངས་ཕྱེད་ལ་ལེན། །
སྐྱེས་སྐར་སྣང་བྱེད་ལྷ་ལམ་ཡངས་པོར་ཆུ་འཛིན་བདུད་རྩིས་རྟེན་འབྲེལ་གཏོར། །
སྐྱེས་སྐར་ཀུནྡའི་འབྱུང་བཞི་བདེ་ཞིང་རྩ་འདབ་ཕྱོགས་ཀུན་རྒྱས་པར་ཤོག །

༢༠༡༨ལོའི་ཟླ་༢ཚེས་༡ཉིན་ལ་ཡར་ཀླུང་ཤམ་ཆུའི་འགྲམ་དུ།

མིང་སྲིང་རེ་རེར་ཕྱུལ་བའི་བོད་ཀྱི་ལོ་གསར་ཤིས་ཚིག

ཟེགས་སྐར་ཚོ་པའི་མིང་སྲིང་རྣམས་ལ་ནི། །
མི་རབས་ཀུན་ཏུ་སྤྱ་གཡང་འཁོར་བར་ཤོག །

སེམས་ཅན་ཀུན་དང་མཐུན་འགྲིག་ཡོང་བར་ཤོག།
ཚེ་བསོད་ནད་མེད་ཚེ་རིང་ཡོང་བར་ཤོག།

ལྷ་ཆོས་དོན་གཉེར་གྱི་ཚེ་རིང་བར་ཤོག།
སྐྱིད་པའི་སེམས་ཁམས་དུས་རྒྱུན་འཕེལ་བར་ཤོག།
འཚོ་བཞུགས་སྐྱིད་པོ་ན་ཚ་མེད་པར་ཤོག།
དྲིན་ཆེན་མ་ཡོར་ཚེ་གཡང་འཁོར་བར་ཤོག།

གཡང་མོ་ལུག་གི་འཕེལ་ཁ་རྒྱས་པར་ཤོག།
འབྲུག་རིས་གཡང་སྣམ་ནོར་གྱིས་ཁེངས་པར་ཤོག།
ལུས་སེམས་ནད་མེད་གཟུགས་གཞི་བདེ་བར་ཤོག།
འཚོ་ཚོས་གནས་མལ་བདེ་ཞིང་སྐྱིད་པར་ཤོག།

གསུང་སྟགས་ཚོ་གའི་རྒྱུན་འཛིན་ཡོང་བར་ཤོག།
བདག་གཞན་གཉིས་ཀྱི་སྐྱབས་མགོན་ཡོང་བར་ཤོག།
ཞོར་དུ་ཚོང་གི་ཁེ་ལས་འཕེལ་བར་ཤོག།
ཆོས་དང་འཇིག་རྟེན་གཉིས་ཀ་དར་བར་ཤོག།

རིག་པའི་རྩལ་དྲུག་སྟར་ལས་རྒྱས་པར་ཤོག།
འཛིན་སྐྱོང་རྟ་ཡི་གོམ་ཁ་མྱུར་བར་ཤོག།

རྫོ་རིང་ལྷ་བུའི་གཟིངས་རྟགས་མང་བར་ཤོག།
རྗེ་བོ་བཞིན་དུ་ཁྲིམ་གཞིས་འཕེལ་བར་ཤོག།

ཞིང་ལ་ལོ་ལེགས་ཕྱུགས་གཡང་འཕེལ་བར་ཤོག།
འབྲུག་རིས་གོས་ཆེན་འོད་མདངས་འཕྲོ་བར་ཤོག།
འཚོ་བཞུགས་རྒྱུ་དངོས་དུས་ལྟར་རྒྱས་པར་ཤོག།
ཡར་ངོའི་ཟླ་ལྟར་ལོངས་སྤྱོད་དར་བར་ཤོག།

བློ་ཁས་ཆོས་ཀྱི་སྙིང་པོ་རྟོགས་པར་ཤོག།
ཛ་མར་ཟས་ཀྱི་གཡང་རྟེན་འཁོར་བར་ཤོག།
མ་ལོར་མཉམ་དུ་ཚོགས་བསགས་འཕེལ་བར་ཤོག།
བུ་དང་བུ་མོའི་འཚོ་བ་བདེ་སྐྱིད་ཤོག།

ཕུར་པ་ཡི་དམ་མཁའ་འགྲོས་མགོན་སྐྱབས་ཤོག།
ཞིང་ཕྱུགས་འཕེལ་ཅིང་ལག་ཡོང་མང་བུར་ཤོག།
སྐྱིད་ཀྱི་གཡང་ཁྲིམ་ནོར་གྱིས་ཁེངས་པར་ཤོག།
ཅི་བསམ་ཅི་བྱས་ལྷུན་གྱིས་འགྲུབ་པར་ཤོག།

རྟ་མགྲིན་དམར་པོས་མགོན་སྐྱབས་མཛད་པར་ཤོག།
དགེ་སྦྱོར་འཛུགས་སྐྲུན་དར་ཐང་རྒྱས་པར་ཤོག།

ཐར་ཕྱིར་ལག་རྩལ་ལག་ཁ་འཛམ་པར་ཤོག།
ཆོས་ཀྱི་འདོན་དབྱངས་བཟང་དྲུག་འཛོམས་པོ་ཤོག།

གསང་བདག་ལྷ་ཡིས་ཐུགས་ལ་འཛིན་པར་ཤོག།
མ་འོངས་བསམ་དོན་ལྷུན་གྱིས་འགྲུབ་པར་ཤོག།
ཡུལ་མིའི་བརྩེ་བ་ནམ་ཡང་མི་ལྷོད་ཤོག།
མི་ཚེ་དོན་སྙིང་ཅན་ཞིག་འགྲུབ་པར་ཤོག།

གདུགས་ཀྱི་བསིལ་གྲིབ་ན་ཚ་སེལ་བར་ཤོག།
དཀར་པོ་སྨན་གྱི་བྱ་ལས་རྒྱས་པར་ཤོག།
ཕྱུགས་འདུན་ཉི་ཟླ་བཞིན་དུ་གསལ་བར་ཤོག།
འབུམ་ཕྲག་གཡང་གི་གཏེར་ཁ་སྙེད་པར་ཤོག།

ཚེ་གཅིག་སྐྱུ་ཡ་ནད་ལས་གྲོལ་བར་ཤོག།
དབང་ཐང་བསོད་ནམས་མྱུར་དུ་གོང་འཕེལ་ཤོག།
རིག་པའི་བསམ་བློ་སྤར་ལས་འཕེལ་བར་ཤོག།
འཛིན་མའི་ཁྲོན་ལ་ཚོང་ཁ་འཕེལ་བར་ཤོག།

ཚེ་རབས་ཀུན་ཏུ་ཆོས་ཀྱིས་སྐྱབས་འཇུག་ཤོག།
སྒྲུབ་སྦྱོང་དབང་འཁོར་བྱང་ཆུབ་ལམ་ཐོབ་ཤོག།

མི་ཚེ་མཐའ་ལ་ཆོས་སྣ་འཁྱོངས་པར་ཤོག །
འཚོ་བཞུགས་ཆོས་ལ་འཐིམ་པའི་བཀྲ་ཤིས་ཤོག །

བོད་ཀྱི་མི་བུའི་ལོ་གསར་ཉིན་མོ་ལ། །
ས་མཐའི་དབུས་ལྷོའི་ཡུལ་གྱི་བུ་ཆུང་ངས། །
མ་གཅིག་བྱང་ཐོག་བརྒྱུད་པའི་མིང་སྲིང་ཚོར། །
ལོ་སར་ཤིས་ཚིག་སྙིང་ནས་འདུད་དེ་ཕུལ། །

ཟླ་༡༢ཚེས་༢༤ཉིན་གཏམ་ཤུལ་ཡུལ་ནས་ལོ་གསར་ཤིས་ཚིག་ཏུ་ཕུལ།

གོ་སླའི་སྙིང་གཏམ།

གོ་སླའི་སེམས་ཀྱི་སྙིང་གཏམ་ཡིན་གྱི། །
སོ་དཀར་གཡེན་པའི་ངན་ཚིག་མིན་ནོ། །
གང་སར་སྨྱུལ་བའི་ཉམས་མྱོང་ཡིན་གྱི། །
གསུང་རབ་རྟོགས་པའི་མདུད་གྲོལ་མིན་ནོ། །

སྐྱེ་ལ་འཆར་བའི་མི་ལོང་ཡིན་གྱི། །
དགག་གཞག་སྨྲུབ་པའི་མཚོན་ཆ་མིན་ནོ། །
བློ་གསལ་ཅན་ལ་དྲན་གསོ་ཡིན་གྱི། །
མངའ་ཐང་ཅན་ལ་ངོ་འཛིན་མིན་ནོ། །

ལྷག་བསམ་དགེ་བའི་མཆོན་བྱེད་ཡིན་གྱི། །
མཁས་གྲགས་འདོད་པའི་རྩོམ་པ་མིན་ནོ། །
དྲང་བདེན་འཚོལ་བའི་ང་རྒྱལ་ཡིན་གྱི། །
ཁེངས་སྐྱུང་འཛིན་པའི་མཁས་ཚིག་མིན་ནོ། །

སློབ་གསོར་བཟུང་བའི་དགའ་བ་ཡིན་གྱི། །
འཛིན་ཐང་ནུས་པའི་འཆད་རྩོད་མིན་ནོ། །
འགྲན་མེད་གོ་ཕྱིར་སྨྲ་བའི་དབང་པོ། །
ཚིག་རྩལ་ཅན་གྱི་དོན་སྟོང་མིན་ནོ། །

གནས་ལུགས་བརྗོད་པའི་རྩོམ་གཤིས་ཡིན་གྱི། །
ཚིག་རྒྱན་མཛེས་པའི་རྩོམ་གཤིས་མིན་ནོ། །
དྲང་པོར་མཚོན་པའི་མི་གཤིས་ཡིན་གྱི། །
ཁ་ཡག་ཅན་གྱི་མཛེས་བྱེད་མིན་ནོ། །

ཆོས་ཉིད་བཙལ་བ་སློབ་གསོ་ཡིན་གྱི། །
ཆོས་ལོག་བཤད་པའི་ཉོག་གཏམ་མིན་ནོ། །
མི་ཆོས་མཚོན་པའི་དྲང་གཏམ་ཡིན་གྱི། །
བག་མེད་ཆང་ཁའི་ལབ་རྫོལ་མིན་ནོ། །

ང་རང་ཚད་མར་འཛིན་པ་མིན་གྱི། །
བཤད་པ་དྲང་བདེན་ཡིན་མིན་རྟོགས་ཤིག །

ང་རང་བྲེད་ལྷར་མཁས་པ་མིན་གྱི།།
ནུས་པས་བྱས་པ་སེམས་ན་གསལ་ཡོད།།

རྒྱ་འབྲས་ཁྲོད་ཀྱིས་ཐག་གཅོད་མིན་གྱི།།
ཆོས་ཉིད་ལུགས་ཀྱིས་གྲུབ་པས་བསྟན་ནོ།།
ཕྲག་དོག་མི་ཡིས་སྤྱང་བྱ་ཡིན་གྱི།།
སུ་དང་གང་གིས་དུག་མཚོན་མིན་ནོ།།

དགའ་ན་ཡུག་གཅིག་དགའ་བའི་ཕོ་ཁྲིམ་ཞིག།
སྡུག་ན་ཡུག་གཅིག་སྡུག་པའི་མོ་ཁྲིམ་ཞིག།
བཟང་བརྗོད་སྐྱོན་གསང་ཐུབ་པའི་གོ་ར་ཞིག།
ཚད་སེར་བུ་ཡུག་འགོག་པའི་སྦྲ་ནག་ཅིག།
སྐྱིག་རྒྱུའི་གྲོང་ནས་རེ་བ་ང་རྒྱལ་ལོ།།

ཚུགས་དེར་དཔྱད་ན་ངོ་རེ་ཚ།

དབང་མེད་བརྩེ་བ་དམ་བཅའ་ཞིག།
དབང་ཡོད་བརྩེ་བ་འདམ་དུ་བྱིང་།།
ལུས་སེམས་འདི་ཡང་ཕྱུད་ཀྱིས་བཟུང་།།
དཔྱད་ན་བརྩེ་ཚུགས་མི་ཐུབ་པའི།།
ཚུགས་དེར་དཔྱད་ན་ངོ་རེ་ཚ།།

ལན་མེད་སྙིང་གཏམ་དམ་བཅའ་ཞིག།
ལན་ཡོད་སྙིང་གཏམ་ཐོག་མས་ཞིག།
སྐྱོ་མཆིན་འདི་ཡང་དུག་མཚོར་ལྷུང་།།
དཔྱད་ན་སེམས་ཚུགས་མི་ཐུབ་པའི།།
ཚུགས་དེར་དཔྱད་ན་ངོ་རེ་ཚ།།

མི་ཁོམ་དུས་ཚོད་བཅྭེ་བས་ཞིག།
ཁོམ་པའི་དུས་ཚོད་ལེ་ལོས་ཞིག།
ཁ་མིག་འདི་ཡང་གདོན་གྱིས་བཟུང་།།
དཔྱད་ན་ཁ་ཚུགས་མི་ཐུབ་པའི།།
ཚུགས་དེར་དཔྱད་ན་ངོ་རེ་ཚ།།

རང་ཉིད་དཔྱད་ན་རང་ཚུགས་ཞིག།
གཞན་ལ་དཔྱད་ན་གཞན་ཚུགས་ཞིག།
སྟོབས་མེད་ལུས་ཚུགས་མལ་དུ་ཞིག།
དཔྱད་ན་རང་ཚུགས་མི་ཐུབ་པའི།།
ཚུགས་དེར་དཔྱད་ན་ངོ་རེ་ཚ།།

གནས་ལུགས་བཤད་ན་ཡུན་གྱིས་ཞིག།
མ་བཤད་གནས་ལུགས་སྒྲོ་བུར་ཞིག།

རྒྱབ་རྟེན་འདི་ཡང་དབང་གིས་ཞིག །
སེམས་ཤུགས་བརྟན་པོ་ནད་ཀྱིས་ཞིག །
ཚུགས་དེར་དཔྱད་ན་ཇོ་རེ་ཚ། །

རྩ་བ་དཔྱད་ན་ཡལ་ག་ཞིག །
ཡལ་ག་དཔྱད་ན་རྩ་བ་ཞིག །
ཚུགས་མེད་རང་ལ་འཕྱོ་འདྲ་བ། །
ཚུགས་དེ་དཔྱད་པའི་གོ་མི་ཆོད། །
ཚོགས་དེར་དཔྱད་ན་ཇོ་རེ་ཚ། །

༢༠༡༨ལོའི་ཟླ་༡༢ཚེས་༡༡ཉིན།

ཁྲེལ་མེད་རང་གི་སེམས་རེད།

ཡ་ཆུང་ཁོག་གི་སེམས་ལ། །
ཁྲེལ་འཛོག་མེད་པ་མ་ཤེས། །
སྙིང་གཏམ་ལྷུག་ལྷུག་བརྗོད་པས། །
གསང་བ་ཕྱི་ལ་ཤོར་འདུག །

མི་ཡི་གཙོ་བོ་སེམས་ཡིན། །
གཟུགས་གཞིའི་གཙོ་བོ་གཉིས་ཡིན། །

རང་སེམས་ཁྲིལ་མེད་ཡིན་པ།།
དེ་རིང་བར་དུ་མ་ཤེས།།

ཁྲིལ་མེད་རང་གི་སེམས་རེད།།
སེམས་ཀྱི་གཙོ་བོ་གདམས་རེད།།
སྙིང་གདམས་ཁྲ་ཁྲ་ཡིན་པ།།
དེ་རིང་བར་དུ་མ་ཤེས།།

སུག་བཞི་ན་ཟུག་ཆེ་བ།།
ཕྱུད་ཕུར་ཡིན་གྱི་བསམས་ཡོད།།
ཡ་ཆུང་དྲོན་མོའི་སེམས་ཀྱིས།།
ཁྲག་ལམ་བཅད་པ་མ་ཤེས།།

ཁྲ་རིལ་མིག་གིས་མཐོང་ཚུལ།

ཚོས་དང་ཚོས་མིན་མི་འཛོམ་ཞིང་།།
ཐམས་ཅད་ཟ་བ་བདེ་བར་འདོད།།
སྲོག་ལྡན་སྲོག་མེད་མི་བསམ་ཞིང་།།
གསོན་བསྲེགས་ཟ་བ་བཅུད་དུ་འདོད།།
ཁྲིམས་དང་ཁྲིམས་མིན་མི་འཛོམ་ཞིང་།།
ཐམས་ཅད་གཡོལ་ཐབ་མཆོག་ཏུ་རྩི།།

འགྲིག་དང་མི་འགྲིག་མི་དཔྱད་པར།།
ངོ་བསྟོད་བྱས་ན་བཟང་པོར་འདོད།།
ཤེས་ཡོན་ཤེས་མེད་མི་བལྟ་ཞིང་།།
ཤ་ཉེ་རྒྱབ་རྩ་ཡོད་ན་འགྲིག།
མི་ཚོས་ལྷ་ཚོས་མི་བལྟ་ཞིང་།།
རང་ལ་ཕན་ན་མཆོག་ཏུ་འཛིན།།

གཡང་སྡེ་ཕྱུག་མོར་ཕུལ་བའི་སྙིང་གཏམ།

རང་ཡུལ་བྲལ་ནས་གཞན་ཡུལ་བསྡོད་པ་འདི།།
རང་སྡེ་བོར་བ་མིན་ཏེ་བརྗེད་པ་མིན།།
གཞན་སྡེར་འདྲིས་པ་མིན་ཏེ་བརྩེ་མེད་མིན།།
འཇིག་རྟེན་འཚོ་བའི་འགྲོ་ལུགས་ཆོས་ཉིད་འདི།།
ཀུན་ལ་ཡིན་ཏེ་ཀུན་གྱིས་ཤེས་པར་གྱིས།།

ང་ཡི་བྲུངས་ཁྲག་རྒྱུས་ས་གཡང་སྡེ་འདི།།
ཡུལ་འདིའི་རི་ཆུ་ལུང་གསུམ་དྲིན་ཆེན་ཡིན།།
སྡེ་འདིའི་ལོ་ལོན་རྒན་པ་བསླབ་བྱ་ཡིན།།
ཡུལ་འདིའི་ཁ་ཡ་ན་ཟླ་རྩེད་གྲོགས་ཡིན།།
ཕྱུགས་རིགས་ཧ་ནོར་ལུག་གསུམ་འཚོ་རྟེན་ཡིན།།

དེང་སང་རང་དོན་ཁོ་ནའི་ཆེད་དུ་ནི། །
དཔལ་འབྱོར་སྒྲུ་ལྷུར་འབད་པ་ཁག་ཅི་ཡོད། །
ཕྱུགས་ཟོག་བསྒྱུར་ནས་ཀྲུང་ལ་འགྲོ་བ་དང་། །
ཞིང་ས་གཡུགས་ནས་ཞོར་ལས་བཙལ་བ་སོགས། །
ཕྱུག་པོའི་ལམ་དུ་ཨེ་ཡིན་བསམ་བློ་ཐོངས། །

ཁྱིམ་མཚེས་འཕེལ་རྒྱས་བྱུང་ན་ཕྲག་དོག་བྱེད། །
རང་མི་ཕྱུག་པོར་གྱུར་ན་མི་དགའ་འགྱུར། །
གཉོམ་ཆུང་དབུལ་པོ་རྣམས་ལ་མཐོང་ཆུང་བྱེད། །
ཕྱུག་པོ་དཔོན་ཆུང་ང་རྒྱལ་དེ་ལས་ཆེ། །
དེ་འདྲ་འཕེལ་རྒྱས་ཨེ་ཡོང་བསམ་བློ་ཐོངས། །

ལས་ཤེས་བཙལ་ཤེས་བགོད་ཤེས་ཕྱུག་པོ་ཡིན། །
དབུལ་ཕྱུག་བཙན་གཉོམ་མི་བཀར་སྟོབས་ཤུགས་ཡིན། །
དྲང་བདེན་གཞན་ཕན་ཆེ་ན་མཐུན་སྒྲིལ་ཡིན། །
ང་དགོས་ང་མཁོ་ང་ཡིན་གཏོར་བཤིག་ཡིན། །
དེ་འདྲ་ཨེ་རེད་བསམ་བློ་ཞིབ་ཏུ་ཐོངས། །

གོང་ནས་རོགས་སྐྱོར་རྣམ་གྲངས་མང་ནའང་། །
དེ་འདྲ་ཙམ་གྱིས་ཕྱུག་པོ་མི་ཡོང་བས། །
དབུལ་པོར་སྦྱིན་མཁས་ཕྱུག་པོར་བསྐྱེན་མཁས་བྱོས། །

དྲང་བདེན་འདྲ་མཉམ་ཀུན་ལ་མ་སློམས་ན། །
འཆམ་མཐུན་འཕེལ་རྒྱས་ཨེ་ཡོང་བསམ་བློ་ཐོངས། །

གླད་ཤུགས་ངལ་རྩོལ་བསྟེན་པའི་ལས་བྱེད་རྣམས། །
རང་སྟེ་མ་བརྫེད་རང་གི་གཞིས་ཁྱིམ་ཡིན། །
རི་ཆུ་མ་བརྗེད་རང་ལུས་གསོ་མཁན་ཡིན། །
སྟེ་ལ་ཁེ་ཕན་ཅུང་ཟད་མི་འབྱོངས་ཀྱང་། །
མིག་དཔེ་ངན་པ་མ་འཛོག་བསམ་བློ་ཐོངས། །

ཤེས་ཡོན་ཅན་ལ་མཐོང་ཆེན་བརྩི་བཀུར་བྱོས། །
ལག་དང་ལས་ཀའི་རོགས་རམ་མི་ཡོང་ཡང་། །
མ་འོངས་ལམ་སྟོན་སྣེ་ཁྲིད་བྱེད་པ་ཡིན། །
མུན་ནག་ལག་སློབས་བྱེད་པའི་ལས་སྟངས་འདི། །
ཞ་ར་གཡང་མཚོངས་ཨེ་ཡིན་བསམ་བློ་ཐོངས། །

མི་ཚེ་ཡུན་ཐུང་མི་རབས་ཤིན་ཏུ་རིང་། །
ཚེ་འདིར་སྙིང་པོ་ཅུང་ཟད་ལྡན་དགོས་ན། །
ཕྱི་རབས་མི་ལ་མིག་དཔེ་ཅུང་ཙམ་ཞོགས། །
ཁ་རྒྱབ་དོན་ལ་དུད་འགྲོ་དེ་བས་མཁས། །
དེ་འདྲ་ཨེ་རེད་བསམ་བློ་ཡུན་གྱིས་ཐོངས། །

ཁ་ནས་འགྲོ་བ་རིགས་དྲུག་སྙིང་རྗེ་ཟེར། །

དོན་ལ་མི་ཡི་བར་ལའང་སྙིང་རྗེ་ཆུང་། །
ཆོས་དང་དགེ་བ་སེམས་ལ་རག་ལས་པས། །
ཁྱི་ཡི་རྣམ་པས་ཅི་ཡང་མི་ཡོང་བས། །
བསམ་སྤྱོད་གཅིག་ན་ཨེ་བཟང་བསམ་བློ་ཐོངས། །

སྤྱིར་ན་རང་སྡེ་རང་ཁྲིམ་གཅིག་ཏུ་སོམས། །
ཕོ་ཕོན་རྒན་རབས་ཕ་མ་གཅིག་ཏུ་སོམས། །
སྡེ་མི་གཞོན་དར་མིང་སྲིང་གཅིག་ཏུ་སོམས། །
ཀུན་གྱིས་འཕེལ་རྒྱས་དོན་དག་གཅིག་ཏུ་སོམས། །
འདི་འདྲས་ཨེ་ཕན་ཀུན་གྱིས་བསམ་བློ་ཐོངས། །

མདོར་ན་ང་ནི་སྡེ་མིར་མི་དོ་ཞེས། །
བློ་ཆུང་ཅན་དེས་བཤད་པ་བདེན་མིན་ཡང་། །
བརྩེ་བའི་སྙིང་གཏམ་འདི་འདྲ་ཤོར་ཏེ་སོང་། །
མི་འགྲིག་མི་བདེན་ཡོད་ན་མཐོལ་ལོ་བཤགས། །
བདེན་པ་ཏིལ་ཙམ་ཨེ་ཡོད་བསམ་བློ་ཐོངས། །

༢༠༡༨ལོའི་ཟླ་༡༠ཚེས་༡༠ཉིན་ཡར་ཀླུང་ཤམ་ཆུའི་འགྲམ་དུ་བྲིས།

ཡོད་ལགས།

གདངས་དབྱངས་སྙན་མོའི་ཁ་ཚིག་མཛེས་པོས།།
ཡིད་སེམས་བཀུག་པ་སེམས་ན་ཡོད་ལགས།།
ཆགས་སྣང་གསལ་བའི་ཐུགས་སེམས་དྲང་མོས།།
སེམས་གཏམ་བདུད་རྩི་སྙིང་ན་ཡོད་ལགས།།
གཞུང་བཟང་ཕྱི་ཐག་རིང་བས་རྩལ་གྱིས།།
འགྲོགས་པའི་བརྩེ་བ་སེམས་ན་ཡོད་ལགས།།
ཡིད་འོང་སྣང་བ་མཐུན་པའི་ཞལ་རས།།
མ་བརྗེད་སྙིང་ལ་བརྐོས་ནས་ཡོད་ལགས།།
བལྟས་ན་ཡུན་རིང་འབྲལ་འབྲལ་འདྲ་ཡང་།།
ཏུམ་ལ་བཟུང་བའི་དགའ་བ་ཡོད་ལགས།།
མ་ཐུག་ཉིན་མོ་ཡུན་རིང་མ་སོང་།།
ལོ་ངོ་བསྐྱལ་བའི་སྐྱོ་བ་ཡོད་ལགས།།
ཡིད་གཙུགས་རོགས་ལ་འབྲལ་བ་མེད་པའི།།
སྣང་བ་སྐྱུ་མས་གཏོས་ནས་ཡོད་ལགས།།
ད་ལྟ་དྲུང་ན་ཡོད་ཡོད་འདྲ་བའི།།

སྙིང་རྗེའི་གཟུགས་གཞི་མིག་ན་ཡོད་ལགས།།
སྙི་མོའི་སེམས་དང་དྲན་པའི་མིག་ཆུ།།
ནམ་ཡང་སྡུག་ལ་སྨྱུར་ནས་ཡོད་ལགས།།
ཁ་ལྷེ་ངོམ་པའི་དུས་ཚོད་མེད་དེ།།
དྲན་པས་མ་བཟོད་སྙིང་ནས་ཐོན་ལགས།།
ང་ལ་མི་དགའི་རྣམ་འགྱུར་ཡོད་ན།།
སེམས་ལ་མ་གནོད་མཐོལ་ལོ་བཤགས་ལགས།།

བསྟོད་པ་དུང་དཀར་གཡས་འཁྱིལ།

བཅོ་ལྔའི་འོད་དཀར་ཅན་བཞིན་རབ་ལྷེད་སྐྱ། །
ཡོན་ཏན་བདུད་རྩི་ཟེགས་པས་གཟི་བྱིན་འབར། །
དབྱར་སྐྱེས་ཆུ་འཛིན་གསུང་སྒྲའི་ཆར་རྒྱུན་འབབ། །
རྨོངས་པའི་རྒྱ་ལས་འདྲེན་མཁས་དམ་པ་ཉིད། །

དགའ་བདེའི་རྨི་ལམ།

ངས་མདང་དགོང་རྨི་ལམ་ཐུན་གསུམ་རྨིས། །
གྲགས་ཆེ་བའི་མེས་པོའི་རྒྱལ་ཁབ་ནི། །
མཐོ་ཨ་སྔོན་དབྱིངས་ཀྱི་ཉི་མར་རྨིས། །
འོད་ནམ་མཁའི་དབྱིངས་ནས་འཕྲོས་པ་རྨིས། །
ས་དྲོད་ཁོལ་འཛོམས་པས་གནས་མལ་དྲོ། །
མི་སོ་སོའི་ལས་རིགས་མེ་ཏོག་རྒྱས། །
ང་རང་དྲུག་ཟེའུ་འབྲུའི་བཅུད་ལ་རོལ། །
བཅུད་མེ་ཏོག་ཁྲོད་ནས་གཉིད་དུ་ཡུར། །
ལུས་སྐྱོང་བ་དགའ་བདེའི་དྲོད་ཀྱིས་ཁྱབ། །
ངག་འཇམ་པ་དགའ་བདེའི་དཔལ་གྱིས་ཁྱབ། །
ཡིད་སྣང་བ་དགའ་བདེའི་འབུམ་གྱིས་ཁྱབ། །
དེ་དགའ་བདེའི་རྨི་ལམ་ཐུན་གསུམ་རེད། །
ཐུན་དང་པོའི་རྨི་ལམ་རྗེག་རྗེག་དེ། །
གོ་བདེ་བར་བཤད་ན་འདི་ལྟ་སྟེ། །
ལུས་སྐྱོང་བ་དགའ་བདེས་ཁྱབ་པ་ནི། །
མི་ཕན་ཚུན་འགྲིག་ཅིང་མཐུན་པ་དང་། །
མི་རྒན་པར་གོང་དུ་བཀུར་ཏེ་སྐྱོང་། །

ས་གང་དུ་བསྡད་ཀྱང་དེ་རུ་བཀུར།།

རྒན་ཡོན་ཏན་ཅན་ལ་ཞེ་མཐོང་དང་།།

རྒན་བཤེས་གཉེན་རྣམས་ལ་གོ་ཐོབ་ཆེ།།

ནང་གཙུག་ལག་རིག་གནས་དར་ཞིང་རྒྱས།།

མཐོ་དཔོན་པོས་དྲང་བདེན་ཚངས་པའི་ཐིག།

ལས་རྒྱུ་འབྲས་མེ་ཏོག་དྲི་བསུང་འཕྲུལ།།

སྤྱི་རྒྱལ་ཁམས་དོན་དག་གྲོས་ཀྱིས་གཅོད།།

འབངས་ལས་མི་དགའ་བ་འབུམ་གྱིས་ཁྱབ།།

གྲོགས་ཕན་ཚུན་འགྲོགས་བདེ་གཤིབ་བདེ་དང་།།

ལས་གང་ཞིག་བསྒྲིབ་ཀྱང་འགྲོགས་འདྲིས་རིང་།།

དྲིན་གྱུས་པའི་དྲིན་ལན་དུས་སུ་འཇལ།།

ཆུང་བྱིས་པར་བྱམས་ཤིང་བརྩེ་བས་སྐྱོང་།།

སེམས་བསམ་པའི་འོ་མའི་ཆུ་རྒྱུན་གྱིས།།

སྲིང་མེ་ཏོག་འཇའ་ཚོན་བཀྲ་ལྟར་མཛེས།།

ཚོང་བྲེ་སྲང་དྲང་ཞིང་མགོ་སྐོར་མེད།།

སེམས་བསམ་པ་དྲང་ཞིང་ཚོང་ལས་བྲིན།།

ཚོང་ཁེ་བ་མི་དམངས་མཇའ་ཞིང་མཐུན།།

ཡུལ་ཁྱིམ་མཚེས་བར་ལ་ཕན་གདགས་དང་།།

མི་རྒན་པོས་གྲོས་ལ་མཐོང་ཆེན་བྱེད།།

ངག་འཇམ་ཞིང་རང་ཚུགས་གཏན་མི་ཤོར།།

སློ་ཁོག་རྒྱ་ཆེ་ཞིང་མཐོང་རྒྱ་ཆེ།།
ཟས་ནོར་གྱི་དོན་དུ་འཕོན་མཛངས་ཞུང་།།
ནང་ཕུ་ནུ་ཕན་ཚུན་འགྲིག་མཐུན་ཆེ།།
མི་སྤུ་ཡིན་རོགས་རམ་འཛུམ་གྱིས་བསུ།།
ནང་སེམས་ཅན་ཕྲ་རགས་ཐམས་ཅད་ཀྱི།།
སྲོག་གཅིས་ཤིང་སྲོག་གཅོད་སྡུག་བསྔལ་མེད།།
ཡིད་འདོད་ཆགས་རང་སེམས་མ་འཁྲུག་པར།།
ལུས་ཡོག་གཡེམ་མི་གཙང་སྤྱོད་པ་མེད།།
གཞན་ནོམ་པའི་རྒྱུ་ལ་ཏམ་སེམས་ཀྱིས།།
རློག་འཇབ་བྱུས་མ་བྱིན་ལེན་པ་མེད།།
ཚང་སྦྲི་རག་འཐུང་ནས་ཚོ་མ་ཟད།།
ཛ་མངར་མོ་འཐུང་ནས་དུས་མ་ཟད།།
ཐུན་དང་པོའི་རྩི་ལམ་འདི་འདྲ་སྟེ།།
ནང་མི་ཆོས་སློབ་གསོ་དར་བ་དང་།།
ལུས་སྐྱིད་པོའི་འཆམ་མཐུན་དགའ་སྟོན་ཡིན།།
ལུས་དགའ་བདེས་སྤྱོང་བ་དེ་དོན་རེད།།

ཐུན་གཉིས་པའི་རྩི་ལམ་རྗོག་རྗོག་དེ།།
ཁོ་བདེ་བས་བཤད་ན་འདི་ལྟ་སྟེ།།
ངག་འཇམ་པ་དགའ་བདེས་ཁྱབ་པ་ནི།།

རྫུན་གཡོ་སྒྱུས་མགོ་སྐོར་མེད་པའི་ངང་།།

གཏམ་དྲང་པོར་སྨྲ་བའི་བཟང་དང་གཅིག །

ཟས་གཙང་མ་བཟའ་བའི་སྲོལ་དང་གཉིས།།

ལས་དྲང་པོར་བྱ་བའི་ལུགས་དང་གསུམ།།

ཚིག་ཁ་གསག་སྤྲེལ་ལད་མེད་དང་བཞི།།

ཕྱི་ཚུལ་འཆོས་ཡིན་ཁུལ་བཤད་མིན་ལྔ།།

གཏམ་ཕྱོགས་ལྷུང་ཕྱོགས་རིས་འཆད་མིན་དྲུག །

ལག་དབང་ཆས་རང་དོན་བསྒྲུབ་མིན་བདུན།།

དོན་ཆུང་ཆུང་བཤད་ནས་སྟོད་མིན་བརྒྱད།།

ཐུན་གཉིས་པའི་རྩི་ལམ་དང་པོ་ཡིན།།

ཚིག་ཕྲ་མ་དབྱེན་སྦྱོར་མེད་དང་གཅིག །

ཚིག་རྩུབ་མོས་ཕོག་ཐུག་མི་བཟོ་གཉིས།།

ཚིག་ཚེར་མ་ཁ་ནས་མི་ཤོད་གསུམ།།

ཚིག་ངག་འཁྱལ་སྟོང་བཤད་མི་བྱ་བཞི།།

ཚིག་ཅལ་ཅོལ་ཉི་མ་མི་གཏོང་ལྔ།།

ཚིག་མི་བཙན་ལོང་གཏམ་མི་འཆད་དྲུག །

ཚིག་མགོ་ཟ་མི་མཐུན་མི་སྨྲ་བདུན།།

ཚིག་འཆལ་གཏམ་སུ་ཅོར་མི་སྤྲོག་བརྒྱད།།

འདི་ངག་གི་མཛའ་མཐུན་གཉིས་པ་ཡིན།།

ཐུན་གཉིས་པའི་རྩི་ལམ་གཉིས་པ་སྟེ།།

ནང་བསམ་པའི་དཔལ་ཡོན་རྒྱས་པ་དང་།།
ངག་སྐྱིད་པོའི་མཛའ་མཐུན་དགའ་སྟོན་རེད།།
ངག་དགའ་བདེའི་རྨི་ལམ་དེ་འདྲ་རེད།།

ཐུན་གསུམ་པའི་རྨི་ལམ་ལྡོག་ལྡོག་དེ།།
གོ་བདེ་བས་བཤད་ན་འདི་ལྟ་སྟེ།།
གཞན་རྒྱུ་ནོར་མི་བསམ་མི་དགོས་གཅིག།
སེམས་ཕྲག་དོག་བརྩབ་སེམས་སྤྱོད་དང་གཉིས།།
གཞུང་ཉོམ་པ་བདག་གིར་མི་བསམ་གསུམ།།
མི་གཞན་ལ་ངན་སེམས་མི་འཆང་བཞི།།
ནང་སེམས་ཅན་མི་བདེ་མི་སེམས་ལྔ།།
དགྲ་ཡིན་ཡང་བརྩབ་སེམས་མེད་དང་དྲུག།
ཡིད་མ་རངས་གནག་སེམས་མེད་དང་བདུན།།
ཞེ་ནག་པོས་བྱ་ལས་མི་བསྒྲུབ་བརྒྱད།།
ཐུན་གསུམ་པའི་རྨི་ལམ་འདི་འདྲ་སྟེ།།
རིགས་སོ་སོའི་བསམ་བློ་འཕེལ་བ་དང་།།
ཡིད་སྐྱིད་པའི་ཞི་བདེའི་དགའ་སྟོན་ཡིན།།
ཡིད་དགའ་བདེས་ཁྱབ་པ་དེ་དོན་རེད།།
ལུས་ངག་དང་ཡིད་གསུམ་བདེ་བས་ཁྱབ།།
འདི་རྨི་ལམ་རེད་དེ་རྨི་ལམ་མིན།།

རིགས་སོ་སོའི་མི་ཆོས་འཕེལ་བའི་རྟགས། །
ནང་བསམ་པའི་དཔལ་ཡོན་རྒྱས་པའི་རྟགས། །
ཚད་ལྡན་གྱི་མི་གཞི་དར་བའི་རྟགས། །
སྤྱོད་ཡོན་ཏན་གཉིས་ག་རྒྱས་པའི་རྟགས། །
རང་སེམས་རྒྱལ་འཕྲིན་ལས་རྒྱས་པའི་རྟགས། །
སྤྱིར་འཛམ་གླིང་འཆམ་མཐུན་ཡོང་བའི་རྟགས། །

༢༠༡༧ལོའི་<<སློ་ཁའི་རྩོམ་རིག་སྒྱུ་རྩལ>>དེབ་བཞི་པའི་སྟེང་བཀོད།

སེམས་པོའི་གྲོང་གི་སྐྱེས་སྐར་སྐན་ཚིག

ཤར་ན་གདོང་མའི་ཁྱིམ་གཞིས་བཙུགས་སའི་གོང་པོ་རི། །
ལྷོ་ན་སེམས་པོའི་ལྷ་ཆེན་གནས་སའི་ཤམ་པོ་རི། །
ནུབ་ན་ཡབ་སེམས་དམ་ཆོས་སྒྲུབ་ཕུག་ཤེལ་དཀར་བྲག །
བྱང་ན་ཡར་ཀླུང་ཡུག་གཅིག་སྤྲེལ་བའི་གཙང་པོ་ཆུ། །
དཀྱིལ་ན་མི་ཆོས་དལ་འབྱོར་རྒྱས་སའི་རྩེད་ཐང་གྲོང་། །
གནས་འདི་སེམས་པོའི་གདོང་མའི་གྲོང་གི་གཞིས་ཁྱིམ་སྟེ། །
ད་ནི་ལྷ་ཡུལ་གཉིས་པ་ལྷོ་ཁ་གྲོང་ཁྱེར་རོ། །
དེ་རིང་ཁྱེད་ལ་སྐྱེས་སྐར་ལྷ་དར་ཡུག་གཅིག་འབུལ། །
སེམས་པོའི་ཕྲུག་སྤྲོལ་མ་ཉམས་བསྐྱལ་བརྒྱར་བསྟན་པར་ཤོག །

ཡུལ་འདིའི་ཕྱོགས་བཞིའི་རིག་དངོས་འཛམ་གླིང་ཉི་མའི་འོད།།
འོད་ཀྱིས་བསྐྱེད་པའི་སྐྱེ་རྒུ་བག་ཕེབས་དྲི་ཟའི་དབྱངས།།
དབྱངས་ཅན་ངག་གི་རྩལ་ལས་ཐོན་ཞིང་ཀུན་ཡིད་འཕྲོག།
འཕྲོག་ཅིང་ཡིད་སེམས་ཁྱོན་ནས་འགུགས་བྱེད་ཡར་མོ་ཀླུང་།།
ཀླུང་ཆེན་ཡེར་མོའི་རླབས་ཕྲེང་རིགས་ཞེན་བསམ་བློའི་རྒྱུན།།
རྒྱུན་ཆད་མེད་ཅིང་གནའ་གྲོང་འདི་ཡི་བླ་དང་སྲོག།
སྲོག་གི་གཟུངས་འཛུག་འདུ་ཤེས་གཙང་མ་ཤམ་ཆུའི་རྒྱུན།།
རྒྱུན་པར་སྤེལ་རས་ཞིང་དང་ཞལ་ཟས་ཞིང་ས་ལུ།།
ལུ་ཡོག་མེད་པར་རྫོད་གཤེར་ཆུ་རྒྱུན་འབབ་པ་དང་།།
དང་ག་མི་ཤོར་གཟུགས་གཞིའི་བདེ་ཐང་ལུས་ལ་རྒྱས།།
རྒྱས་པའི་འཕྲིན་དྭ་གཞུང་ལམ་དྭ་གཉིས་སྐྱ་འཐབ་ཚོ།།
ཚོ་སྲོག་མ་ཉམས་དེ་ལས་ལྷག་པའི་འབྲས་ལྡན་ཤིང་།།
ཤིང་ཏོག་ཞིམ་པོ་གྲོང་ཁྱེར་འདི་ཡི་རྒྱན་དུ་མཛེས།།
མཛེས་མ་བརྒྱ་ཡི་མཛེས་ཀྱིས་མི་ཡོང་གྲོང་འདི་མཛེས།།
མཛེས་པའི་ཏོག་ནི་ཤིན་ཏུ་མོད་དེ་ཡུམ་བུ་མཁར།།
མཁར་འདི་གྲོང་ཁྱེར་འདི་ཡི་ཏོག་ཏུ་ཤིན་ཏུ་འཚེར།།
འཚེར་འོད་ལས་འཕྲོས་རྟེན་གསུམ་ཐུག་གསུམ་གནས་གསུམ་བཅུས།།
བཅུས་སོ་ཅོག་གི་གཟི་བྱིན་གོས་ལྷུས་གྲོང་འདི་བརྒྱན།།
རྒྱན་ཆ་མང་པོས་བརྒྱན་པའི་ལྗོ་ཁ་གྲོང་ཁྱེར་འདི།།
འདི་ལ་མི་སློན་སེམས་ནི་མི་ཤོར་སྐྱེ་རྒུ་མེད།།

མེད་པའི་མཛེས་ཆ་ད་དུང་ཡོད་དེ་རིག་པའི་གནས།།
གནས་མཆོག་འདི་ནས་འཛམ་གླིང་ཁྱབ་པའི་མཛེས་པ་ཡོད།།
ཡོད་དོ་ཅོག་འདི་གྲོང་ཁྱེར་ལྷོ་ཁའི་མཛེས་པའི་སྲོག།
སྲོག་རྩ་ལས་སྐྱེས་གྲོང་ཁྱེར་ཁྱེད་ལ་སྙིང་ནས་འདུད།།
འདུད་སྟངས་འདི་ཡིས་ཁྱེད་ཀྱི་དུས་བཟང་སྐྱེས་སྐར་དེ།།
དེ་སྔ་ནས་བརྒྱུད་འཕེལ་བའི་གྲོང་གི་རྒྱན་གྱུར་ཞིང་།།
ཞིང་འབྲོག་ཀུན་ཀྱང་ཁྱེད་ལ་བརྟེན་ནས་འཕེལ་བའི་ལུམ།།
ལུམ་སྔོ་ཟིན་ནས་བདེ་སྐྱིད་དཔལ་ལ་རོལ་འགྱུར་བུས།།
བུས་མཐའི་མི་དམངས་སྐྱེས་སྐར་འདི་ལ་ཅི་མི་དུངས།།
དུངས་སེམས་ཅན་གྱི་སྐྱེས་སྐར་སྣན་ཚིག་ཁྱེད་ལ་འབུལ།།

༢༠༡༨ལོའི་༼ཟླ་ཁའི་རྩོམ་རིག་སྒྱུ་རྩལ༽དེབ་གཉིས་པའི་སྟེང་བཀོད།

དགེ་བའི་བཤེས་གཉེན་རྣམས་ལ་ཕུལ་བ་དྲན་པའི་གསོས་སྨན།

སྟོན་བསགས་ལས་ཀྱིས་སྐུལ་བའི་སློབ་དཔོན་དམ་པ་ལགས།།
ཁྱེད་དང་བྲལ་ནས་ལོ་ངོ་མང་པོ་བརྩེགས་པ་ནི།།
ཁྱེད་རང་དྲན་པའི་དྲན་གདུང་གངས་ལྟར་བརྩེགས་དང་མཚུངས།།
དང་པོ་ཁྱེད་མདུན་རིག་གནས་ཡོན་ཏན་སྦྱང་ཡང་སྦྱངས།།
ད་ནི་ས་མཐའ་འདི་རུ་རིག་གནས་སྦྱང་འདོད་ཀྱང་།།

མ་ཤེས་བློ་རྩོངས་གཞན་ལ་དོགས་འདྲི་བྱེད་ས་མེད།།
ཡོད་ཀྱང་ཕྱི་ཕྱོགས་མཛེས་པའི་ཐོལ་བཙོས་པོ་ན་ཉིད།།
འདི་རིགས་མཐོང་ཚེ་ཕ་ཡུལ་དྲན་ལ་བཤེས་གཉེན་དྲན།།
སྲོལ་རྒྱུན་རིག་གནས་མགོ་མེད་སྨྲ་བའི་ས་མཐའ་འདིར།།
སྲོལ་རྒྱུན་རྒྱུད་འཛིན་མི་ཁྱུར་བཤད་ན་རྩིས་ཆུང་སྟེ།།
གཞན་ཡིག་གཙོ་ལ་རིག་གནས་གསར་པ་སྤྱོད་དགོས་ཟེར།།
ཡབ་མེས་བོད་ཡིག་སྲོལ་རྒྱུན་རྩོམ་འབྲི་བྱེད་པའི་མི།།
བསམ་བློ་རྗེས་ལུས་ཕུགས་མེད་ཡིན་ཞེས་ཕྱོགས་ཏུ་སྨྲ།།
འདི་རིགས་ཐོས་ཚེ་ཕ་ཡུལ་དྲན་ལ་བཤེས་གཉེན་དྲན།།
ཕྱོགས་བཞི་རི་བོ་གཡང་ཁའི་འགྲུལ་ལམ་མི་བདེ་འདིར།།
དཔེ་ཆར་ལྟ་འདོད་འཚོང་སའི་དཔེ་ཁང་རྒྱུན་ཏུ་སྐྱལ།།
སློབ་གྲྭའི་ཁོར་མོ་ཡུག་ནི་དེ་བཟེད་ཉམས་ཆེ་ན་ཡང་།།
དཔེ་ཀློག་རིག་པའི་རྒྱལ་ཁམས་འགྲིམས་པའི་གནས་དེ་ཡིན།།
འདི་འདྲའི་དུས་སུ་ཕ་ཡུལ་དྲན་ལ་བཤེས་གཉེན་དྲན།།
གདུང་སེམས་སེལ་བའི་དྲང་གཏམ་བསྐོད་དབྱངས་སྙན་ཚིག་ཅིག།
བཤེས་གཉེན་དག་ལ་ཕུལ་འདོད་རྗེས་སུ་ཡི་རང་ཞུ།།
དྲན་པའི་སེམས་གཞས་སློབ་དཔོན་བསྐོད་པའི་གདུང་དབྱངས་འདི།།
ཁམས་ཕྱོགས་རྟུལ་ཆུའི་འགྲམ་དུ་མཆི་མ་འཐོར་ཞིང་བྲིས།།
ལུང་རིགས་རབ་ལྡིང་ཞི་དུལ་བག་ཡོད་ཅིང་།།
བརྩེ་བའི་སྙིང་མཁས་བཤེས་གཉེན་དམ་པ་ཁྱེད།།

ས་གསུམ་མཁས་པ་ཀུན་གྱི་བློ་གྲོས་དང་།།
གཙུག་ལག་གཅིག་བསྡུས་རིག་པ་ཉིད་དང་འདྲ།།

ཤེས་རིག་ནོར་གྱིས་ཕྱུག་པའི་བཤེས་གཉེན་ཁྱེད།།
གངས་ཅན་མཁས་མང་ཁྲིད་ནས་བྱོན་པ་བཞིན།།
ལུང་རིག་གསུང་གི་ཆུ་རྒྱུན་འབབ་པ་ནི།།
བཅུ་ཕྲག་མཁས་ཆེན་ངག་ལས་གསུངས་བཞིན་ནོ།།

བཅོ་ལྔའི་ཟླའི་འོད་དཀར་ཅན་བཞིན་རབ་ལྡིད་སྐྱུ།།
བདུད་རྩི་ཟེགས་པས་འཕྲོས་བཞིན་གཟི་བྱིན་འབར།།
དབྱར་སྐྱེས་ཆུ་འཛིན་གསུང་སྒྲའི་ཆར་རྒྱུན་འབབ།།
སྦྱོངས་པའི་རྒྱ་ལས་འདྲེན་མཁས་དམ་པ་ཉིད།།

སྣང་དོར་གནས་ལ་འཇུག་པའི་མཁས་པ་མང་།།
བོད་རྒྱ་དབྱིན་གསུམ་ཁྱེད་ལ་འགྲན་ནུས་སུ།།
འདབ་ཆགས་ཁྱུང་ཆེན་འཕུར་རྩལ་ཆེ་ན་ཡང་།།
ཆུ་དང་འོ་མ་འབྱེད་མཁན་ངང་མོ་ཉིད།།

ཤར་ཕྱོགས་ཙི་ནའི་ཡུལ་གྱི་རྒྱལ་པོ་དང་།།
སློབ་བུའི་ཤེས་སྦྱོངས་སེལ་མཁས་བཤེས་གཉེན་ཁྱེད།།

དེ་ནི་རྒྱལ་དམངས་ཡོངས་ལ་བདེ་སྐྱིད་དང་།།
ཁྱེད་ཀྱིས་མ་རིག་སྨོངས་པ་ཡོངས་སུ་འདུལ།།

བཤེས་གཉེན་བརྗིད་ཆགས་བཙོ་ལྷའི་དུང་ཟླ་དང་།།
ཐུགས་དགོངས་གཟི་བྱིན་ཇ་ལྷང་འོད་ལ་སྦྱོས།།
གསུང་དབྱངས་ཚུ་རྒྱུན་སྒྲ་དབྱངས་ལྷ་མོ་དང་།།
ཀུན་ལ་སློམས་པར་འཛིན་པ་བྱམས་པ་རྗེ།།

རབ་ཡངས་ཐུགས་དགོངས་ལྷ་ཡི་ལམ་ཡངས་པོར།།
ཞལ་གྱི་དཀྱིལ་འཁོར་ཚེས་བཟང་བཙོ་ལྷའི་ཟླ།།
རྣམ་འདྲེན་མན་ངག་ཉི་ཟེར་སྟོང་གི་འོད།།
ལྡེ་བརྒྱ་སྒྲིལ་ཏེ་སྒྲ་བ་དབྱར་གྱི་ཇ།།

མ་རིག་སྨོངས་ལས་འདྲེན་མཁས་བཤེས་གཉེན་ཁྱེད།།
ཐོས་བསམ་བཙུ་ཕྲག་ཚོགས་ལ་སྦྱ་བ་འདི།།
དབྱར་གྱི་ཇ་སྒྲ་མ་ལུས་སྒྲོག་པ་སྟེ།།
དགའ་སྤྲོའི་སྒྱུ་དབྱངས་རིག་པའི་སྙིངས་ཀར་ཁྱབ།།

བསླབ་བྱའི་ཐེམ་སྐས་རིམ་གྱིས་སྟོན་མཁས་དགེ་བའི་ལམ་འདྲེན་བཤེས་གཉེན་ཁྱེད།།

སྤྱོད་ལམ་བཟང་བ་མ་ལུས་གདུལ་བྱ་ཚོས་ཀྱིས་སྒྲོལ་མཁས་སྣ་ཀྱའི་བླ། །
བཙུ་ཕྲག་ཤེས་བྱའི་ལུང་གིས་ཕྱུག་པ་བུམ་ཆེན་ཁ་ཕྱེ་ཆུ་བཟློལ་བ། །
གང་ཟག་ཡུལ་འདི་མ་ལུས་རྨོངས་པ་ཀུན་སྒྲོལ་ཞལ་གདོང་འཛུམ་གྱིས་ཁེངས། །

ཤེས་བྱའི་གནས་ཀུན་མཁྱེན་རབ་རྒྱས་པའི་དགེ་བའི་བཤེས་གཉེན་དམ་པ་ཁྱེད། །
སློབ་ཁྲིད་ངག་གི་གསུང་སྒྲའི་སྒྲོག་དམར་ལྷ་ལམ་ཡངས་པོར་འཁྲིགས་པ་ན། །
འབྲུག་སྒྲའི་མངལ་འཛིན་ཡིད་ཀྱི་འདོད་པ་ཅིག་ཙར་རྒྱས་པའི་སྒྲོ་གུར་ཕྱེ། །
ཐོས་བསམ་སློབ་བུའི་ཚོགས་ནི་ཤེས་སྟོབས་མདོངས་མཐའ་དགའ་བ་འབུམ་གྱིས་
རྒྱས། །

མ་རིག་མུན་པའི་མཁའ་རུ་འདྲེན་པའི་རྟ་ལྗང་དང་། །
ཤེས་རིག་བདུད་རྩིའི་གཏེར་རྒྱ་གནང་པའི་བླ་བའི་མ། །
ཐོས་བསམ་སློབ་བུ་དགའ་བ་འཕེལ་བས་རིན་ཆེན་ནོར། །
ཡིད་ཀྱི་རེ་བ་ཅིག་ཙར་གནང་བས་བཤེས་གཉེན་འདུད། །

དགེ་བའི་བཤེས་གཉེན་གསུང་གི་མཚོ་མོ་རུ། །
གཉིས་སྐྱེས་ཚོགས་རྣམས་ལྡིང་བའི་དཔལ་མོ་དང་། །
རྙོག་བྲལ་དྭངས་གཙང་ཞལ་གྱི་མདངས་འཛིན་པས། །
སྐྱེ་བོ་ཚོགས་རྣམས་ཁྲུས་ལ་འཇུག་པའི་ཡུལ། །

བཙུ་ཕྲག་རིག་པའི་གསུང་རྒྱུན་ཆུ་བོ་འབབ་པ་ཡིས།།
ཆུ་ཐིགས་ཟེགས་མའི་རླབས་རྩེར་མཁའ་ལ་འཕྱོ་བ་བཞིན།།
དྲི་བྲལ་གསུང་གིས་སློབ་བུའི་ཚོགས་རྣམས་དགའ་བ་བསྐྱེད།།
མ་རིག་རྨོངས་ལས་འདྲེན་པའི་མན་ངག་ཀུན་ན་འཕྱོ།།

བཤེས་གཉེན་དམ་པའི་ལེགས་བཤད་བདུད་རྩིས་ཐོས་བསམ་སློབ་བུའི་རྨོངས་པ་སེལ།།
རྒྱལ་པོའི་ཐུགས་རྗེས་མི་དམངས་འཚོ་བའི་དཀའ་ངལ་བརྒྱ་ཕྲག་ཀུན་ནས་སེལ།།
སྤྲིན་ནག་ལང་ལོང་གནམ་འོག་ཁེབས་པས་མགྲིན་སྔོན་ཅན་གྱི་སྐྱོ་ངལ་སེལ།།
དཔྱིད་ཀྱི་ལང་ཚོ་དལ་བར་སླེབས་པས་རྐང་དྲུག་བུང་བའི་སྐོམ་པ་སེལ།།

ཤེས་རིག་རྒྱུད་མངས་སྒྲོལ་བའི་རིག་པའི་གནས།།
སྦྱངས་ཤིང་མཁྱེན་པའི་རིག་མཆོག་བཤེས་གཉེན་ཁྱེད།།
རྨད་དུ་བྱུང་བའི་སྒྲོལ་མཁས་དཔལ་འདི་ལ།།
ཚངས་སྲས་བཞད་མ་དེས་ཀྱང་འགྲན་ནུས་ཅི།།

ཉིན་མཚན་མེད་པར་ཤེས་བྱའི་གནས་ཀུན་ལ།།
བརྩོན་པ་བསྐྱེད་དེ་གཟུགས་གཞིའི་ཟུངས་ཀྱང་ཉམས།།
འབྱུང་འདུས་ལུས་འདི་བཟའ་བཏུང་སྤྱོད་པ་ལ།།
གོ་སྐབས་ཕྲན་ཙམ་ཡོད་མེད་འཕྲུང་མོ་ཉུག།

བཤེས་གཉེན་དམ་པའི་རིག་པའི་ཤེས་བྱའི་གནས།།
མཁྱེན་ཡངས་ཕ་མཐའི་མི་མངོན་ལྷ་ལམ་ལས།།
གཞལ་ནུས་མེད་པར་དཔྱིག་འཛིན་སྐེག་མོའི་ལྡོངས།།
ཤོང་བའི་སྣོད་འདི་ཨེ་མ་ཡ་མཚར་ཆེ།།

རབ་གསལ་དཀྱིལ་འཁོར་མཛེས་པའི་མེ་ལོང་ལ།།
གཟུགས་བརྙན་འགོག་པ་མེད་པར་འཆར་བ་ནི།།
བཅུ་ཕྲག་ཤེས་བྱའི་རིག་པའི་གནས་ཀུན་དེ།།
བཤེས་གཉེན་དམ་པའི་ཐུགས་ལས་གསལ་བོར་སྟོན།།

བཤེས་གཉེན་མཁྱེན་རྒྱ་ཡངས་པའི་ཐུགས་སེམས་དང་།།
ནུ་མཐའ་གཞལ་བར་དཀའ་བའི་ནམ་མཁའི་དབྱིངས།།
གཏིང་མཐའ་དཔོག་པར་དཀའ་བའི་ཞི་བདེ་མཚོ།།
འདི་དག་ལྷན་ཅིག་འགྲོ་ལ་འཕེལ་བར་འགྱུར།།

བཤེས་གཉེན་ཁྱེད་ཀྱིས་བསམ་མེད་སློབ་བུ་ལ།།
སྲུན་པ་མེད་པར་ཤེས་བྱ་ཀུན་བསྐུལ་བ།།
དེ་དག་ཀུན་གྱི་ཡིད་སེམས་དབང་པོ་ནི།།
དགའ་བའི་སྒྲོ་སེམས་ཅིག་ཅར་ཉིད་དུ་དབང་།།

ཁྱོད་སྐུ་རང་མདངས་རྒྱས་ཤིང་ཇམ་བརྗིད་མཛེས། །
བཙུ་ཕྲུག་རིག་པའི་གསུང་གི་འོད་ཟེར་འཕྲོ། །
མཁྱེན་རབ་རྒྱ་མཚོ་འཛིངས་ལྟར་ཟབ་པའི་ཐུགས། །
སློབ་བུ་ཡོངས་ཀྱི་བཤེས་གཉེན་གང་དེ་བརྗོད། །

ངང་རྒྱུད་བག་ཡོད་ཚུལ་ཁྲིམས་རབ་ལྡན་ཞིང་། །
ཡོན་ཏན་མཁྱེན་ཞིང་བརྩོན་པའི་རྟ་ཕོར་བཅིབས། །
སྨྲ་མཁས་གསུང་གིས་སློབ་བུས་བདེ་བར་རྟོགས། །
ཉན་ཐོས་གཞན་རྒྱུད་འདུལ་བ་བཤེས་གཉེན་མཆོག །

བཤེས་གཉེན་མཁྱེན་པའི་ཡེ་ཤེས་ད་དུང་ཡང་། །
བཙུ་ཕྲག་ཤེས་བྱའི་གཞུང་ལ་ཆགས་སྦྱུར་བའི། །
རྣམ་འགྱུར་མཐོང་འདིས་གཉེར་བྱའི་ཆོས་གང་ཞིག །
ད་དུང་ངེས་པར་ཡོད་པ་ཐེ་མི་ཚོམ། །

བཀའ་དྲིན་མཚོ་ལས་ཟབ་པའི་བཙུ་ཕྲག་རིག་པའི་བདག །
སྙིང་གི་བཤེས་གཉེན་གནས་འདིར་གློ་བར་འཕྲད་པ་ཡི། །
དགའ་བ་འབུམ་གྱིས་སྒྱོས་པ་གཞན་གྱིས་སྟེར་ནུས་ཅི། །
ད་དུང་ཡང་ཡང་ཕེབས་པར་སྙིང་ནས་ཐུགས་རྗེ་ཞུ། །

མཛའ་བའི་དུངས་སེམས་སྙིང་ཆུང་རྗེ་ལ་རི་མོ་བཀོས་པ་ཡི།།
རྣམ་ཁྲིད་དྲན་པའི་གདུང་བ་སེམས་ཀྱི་རྟ་ཕོ་གཟིར་བའི་ཚེ།།
བཞིན་ཉམས་བརྗིད་པའི་འདྲ་པར་ལག་ཏུ་བཟུང་དང་མཉམ་གཅིག་ཏུ།།
མཐོང་བའི་དགའ་བ་འཕྲུམ་གྱིས་སྨྲས་པས་ཡིད་དབང་རི་བོ་འགྱུལ།།

བཤེས་གཉེན་དྲན་ཞིང་ཕྱི་མིག་ཁྲོད་ཀྱི་བསྟོད་ཚིག་འགའ།།
རང་དབང་མེད་པར་བཤེས་གཉེན་དག་གི་ཕྱོགས་སུ་བོར།།
རེ་བ་སྟོང་གི་རེ་འབོད་ཁྲོད་ཀྱི་མིག་ཆུ་བཞིན།།
ས་མཐར་ལྷུང་བའི་བུ་ཕྲུག་ཅིག་གིས་རྒྱང་ནས་ཕུལ།།

སྐལ་དོན་སྨུག་ཐྲིས་ཡོ་ཆས་ཀུང་སིར་ཕུལ་བའི་གཏམ།

སྐལ་དོན་མི་ཕོའི་སྨྱུག་ཆས།།
ངེས་དོན་བོད་མིའི་གཅེས་ནོར།།
ཚོང་དང་ཁེ་ཚམ་མ་ཡིན།།
ཀང་དང་ཉུས་པས་ཐྲིན་ཡོད།།

ཐོན་མིའི་ཕྱག་རྒྱུན་གཙང་མ།།
མེས་པོའི་སྲོལ་རྒྱུན་དག་མ།།
སྤྲུང་ཤིང་སྤྲུང་སྨྱུག་སྣག་བུམ།།
སློབ་བུའི་རྒྱན་གྱི་དང་པོ།།

ཁྲིད་ནོར་བོད་མིའི་སྒུག་བྲིས།།
ཕྱུག་རྒྱན་ཡིག་ཆས་མ་ཉམས།།
རྒྱུན་འཛིན་ཡང་དག་བྱས་པ།།
བསྟོད་ཚིག་ཁྱེད་ལ་འབུལ་ལོ།།

གཞོན་སྐྱེས་མི་བུ་དག་གིས།།
ཁ་རྒྱབ་ནོར་ཙམ་མིན་པའི།།
མིག་རྒྱང་ཕྱུགས་འདུན་རིང་པོའི།།
ངོ་སོ་ཡར་ལ་བསྟོད་དོ།།

སྐལ་དོན་ཡིག་ཆས་ཀུང་སེམས།།
དོན་གཉིས་སྒྲུ་ཡར་འཐབས་ཏེ།།
ངེས་དོན་བྱ་བའི་སྙིང་པོ།།
ངོ་སོ་གོང་དུ་འཕེལ་ཤོག།

སྐལ་དོན་ཡིག་ཆས་ནོར་བུ།།
འཛམ་བུ་གླིང་ལ་ཁྱབ་ཤོག།
ཁྱབ་ནས་དོན་གྱི་སྙིང་པོ།།
གོ་ལའི་ཁྱོན་ནས་འབུས་ཤོག།

༢༠༡༤ལོའི་ཟླ་༨ཚེས་༡ཉིན།

ཚོགས་ཆེན་བཅུ་དགུ་བསྩ་བའི་གཏམ་གྱི་རོལ་མོ།

སྟོད་འབྲོག་སྨད་བསྡུས་གྲོང་ཚོ་འབྲུག་ཆ་དོད་པོ།།
ཚོང་གཉེར་ཞིར་ལས་ལག་ཡོང་ཕུན་སུམ་ཚོགས་པོ།།
འཕོར་རིགས་འཕྲུལ་ཆས་ལས་ཀོ་གཅིག་ཚོད་གཉིས་ཚོད།།
ཐེམ་རིས་དར་རེ་བཙུགས་ནས་ཚོགས་ཆེན་བསུའོ།།

རྒྱན་ཁོག་གཅིག་བསྡུས་རྒྱན་གསོ་ཁང་བརྩེགས་རྟོད་མོ།།
ཁ་ཟས་སྦྱོ་ཚོལ་ཞིམ་པོ་ཉིན་རེ་སྣ་རེ།།
ནངས་རེ་དགོང་རེ་ལུས་བདེ་སྙོར་གཞས་ཡག་མོ།།
ལག་རིས་དར་རེ་བཟུང་ནས་ཚོགས་ཆེན་བསུའོ།།

དཔལ་འབྱོར་དབུལ་སྐྱོར་ནམ་ཡང་གཅིག་རྗེས་གཉིས་མཐུད།།
གྲོང་རེར་བཅའ་སྡོད་རོགས་སྐྱོར་རྣམ་གྲངས་མེད་པོ།།
སློབ་ཡོན་ཟ་ཡོན་ལོ་རེར་མ་ཆད་རོགས་སྐྱོར།།
རྒྱལ་གཅེས་རྒྱལ་སྤྲུས་ཚོགས་ཆེན་བཅུ་དགུ་བསུའོ།།

རྣམ་གྲངས་གཞིས་སྒྱུར་ཁ་གསབ་རོགས་དངུལ་མང་པོ།།
ཁང་བརྩེགས་མཐོན་པོ་གཞུང་ལམ་གྲོང་ལམ་ཡངས་མོ།།

གཞིས་ཁུལ་གྲོང་ཁུལ་གཞི་རྒྱ་ཆེ་རུ་ཆེ་རུ། །
འཕྲེད་འགེལ་སྨོན་ཚིག་བཏེགས་ནས་ཚོགས་ཆེན་བསུའོ། །

བོད་སྐྱོར་མཁས་ཅན་མི་གྲངས་ཇེ་མང་ཇེ་མང་། །
རིག་གནས་བསམ་བློ་གོ་རྟོགས་ཇེ་མཐོ་ཇེ་མཐོ། །
ནང་སར་སློབ་གྲྭ་འགྲོ་ཚད་ཇེ་འཕར་ཇེ་འཕར། །
ཤིས་ཚིག་སྙན་ངག་བྲིས་ནས་ཚོགས་ཆེན་བསུའོ། །

ཁྲིམས་དང་ཚོང་རའི་དཔལ་འབྱོར་ཇེ་འཕེལ་ཇེ་འཕེལ། །
ཁྱིམ་དང་གྲོང་མིའི་འཚོ་བ་ཇེ་རྒྱས་ཇེ་རྒྱས། །
གཞས་དང་དགོད་སྒྲའི་སྐད་ངག་ཇེ་མཐོ་ཇེ་མཐོ། །
མི་རེས་གཞས་རེ་བཏང་ནས་ཚོགས་ཆེན་བསུའོ། །

རུལ་སུངས་ལྷག་སྒོ་ངན་དོན་གཅིག་གཏོར་གཉིས་གཏོར། །
ལས་དང་བྱ་བ་བསྒྲུབས་སྟངས་ཇེ་བཟང་ཇེ་བཟང་། །
ངོ་ཡོད་ངོ་མེད་ཁྱད་པར་ཇེ་ཆུང་ཇེ་ཆུང་། །
དགའ་བ་སེམས་ཀྱིས་ཁུར་ནས་ཚོགས་ཆེན་བསུའོ། །

གཞན་ཕན་སྤྱི་བདེ་ས་ཚུགས་མང་པོ་མང་པོ། །
དམངས་དང་འཚོ་བའི་སེམས་ཁམས་སྐྱིད་པོ་སྐྱིད་པོ། །
ཕྱོགས་བཞིར་གར་སོང་འགྲོ་ལམ་བདེ་མོ་བདེ་མོ། །

ཧྲང་གི་ཕྱུག་རྗེས་བརྟེགས་ནས་ཚོགས་ཆེན་བསྡུའོ། །

སྨད་ནས་སྟོད་དུ་ཚོང་ལམ་བདེ་མོ་བདེ་མོ། །
སྟོད་ཀྱི་ཐོན་ཁུངས་ལག་ཡོང་ཡག་མོ་ཡག་མོ། །
དམངས་ཀྱི་འཚོ་བ་འཕེལ་རྒྱས་མགྱོགས་པོ་མགྱོགས་པོ། །
རི་ལུང་ཀུན་ཏུ་ཧྲང་གི་ཚོགས་ཆེན་བསྡུའོ། །

མདོར་ན་ཧྲང་གི་འབྱུངས་སྐར་ཉིན་མོ་དེ་ནས། །
ད་ལྟའི་ཚོགས་ཆེན་བཅུ་དགུ་བསྡུ་བའི་བར་དུ། །
དམངས་ཀྱི་འཚོ་བ་གནམ་ས་ླ་འོག་བརྗེ་ཡོད། །
སྲིད་ཀྱི་ཉི་མས་ཚོགས་ཆེན་བཅུ་དགུ་བསྡུའོ། །

༢༠༡༧ལོའི་ལྷོ་ཁའི་རྩོམ་རིག་སྒྲུ་རྩལ་དེབ་གསུམ་པའི་སྙིང་བཀོད།

འབྲོག་མི་ཁྱེད་བསྟོད་དོ། །

དང་པོ་སློབ་གྲྭར་བསྐྱོད་པའི་ལས་སྐལ་ནི་བཅད་ཅིང་། །
གནག་ཕྱུགས་འཚོ་སྐྱོང་རྫ་ལུང་རི་ལུང་གི་འདབས་སུ། །
ས་བཅད་ལུང་བགོས་དྲོད་བཙུག་འཚོ་ལུགས་འདི་སླ་ཡང་། །
ཕ་མེས་འཚོ་ཚིས་གོམས་སྲོལ་རོལ་བ་འདི་སྐྱིད་པ། །

གཉིས་པ་ཕོ་མཆོག་མོ་དམན་རྩོད་པ་ལ་མ་ཞུགས།།
རྒྱ་གྲོང་མིག་མཛེས་ཅན་གྱི་དར་སྒྲོལ་ལ་མ་ཤོར།།
རི་ཉལ་ཐང་ཉལ་སྤེ་འདབས་བརྩེ་བ་ལ་མ་རོལ།།
ཕྱི་རབས་བུ་ཕྲུག་མིག་དཔེ་རང་ཚུགས་ཀྱིས་བཞག་ཡོད།།

གསུམ་པ་སྐད་འཕྲིན་བརྒྱ་ཚོགས་སྟོང་འདུས་ལ་མ་ཞུགས།།
སྒོ་ཁྱིམ་ལས་ཀ་བཞག་སྤེ་ཁ་པར་ལ་མ་གཡེང་།།
ཁོམ་སྐབས་བར་ནས་རང་སྣང་གསང་བ་རེ་བྱས་ཀྱང་།།
ཐོག་ལྟར་བཙན་པོས་སྣང་བ་ཕྲན་བུ་ཡང་འཕྲོག་འགྲོ།།

བཞི་པ་གངས་ལྗོངས་ཨ་མའི་རང་ཚུགས་ལ་གནོལ་ཀྱང་།།
སྐྱེས་པ་ལས་བཟང་བག་ཆགས་གོ་རྟོགས་ནི་མཐོ་བས།
སྐྱེས་དམན་ལས་ངན་ཟེར་བའི་བག་ཆགས་ནི་ཟབ་པས།།
གངས་ལྗོངས་མ་ཡུམ་ཞེས་ཀྱང་སྒྲོ་བ་ཞིག་མི་འདུག།

ལྔ་པ་མི་ཚེ་ཡུན་ཐུང་བསམ་བློ་རེ་བཏང་ན།།
འཆི་རྐྱེན་ནམ་ཐོན་མི་ཤེས་མི་རྟག་དེ་དྲན་ན།།
འདོད་ཆགས་ཞེ་སྡང་འདི་ལ་སྙིང་པོ་ཞིག་མེད་པ།།
ཕྱི་མའི་ལས་འབྲོ་ཅན་ཁྲིད་ངོ་སོ་ནི་བསྟོད་དོ།།

དྲུག་པ་སེམས་ཀྱི་བརྩེ་བའི་བཞུར་རྒྱུན་ནི་མ་ཆད།།
དུངས་སེམས་དམ་བཅའ་རེ་རེའི་མེ་ཏོག་དེ་མ་སྐམ།།
བྲང་གཞོང་གོར་མོའི་ས་རྒྱ་རྒྱལ་ཁམས་ཀྱིས་མ་རྫོགས།།
ལས་བདས་ཡ་ཡོ་མེད་པ་ཁྱེད་ཉིད་ལ་བསྟོད་དོ།།

བདུན་པ་མི་ཚེའི་ལམ་ཐག་བརྩེ་བ་ལ་བཅོལ་ནས།།
ཅི་བསམ་འགྲུབ་པའི་སྣང་བའི་དཔའ་བོ་ལ་འཁྱིལ་ཏེ།།
ཐོབ་སྐལ་འབྲས་བུ་རིན་ཆེན་ཨ་ལོང་ལ་བརྒྱུས་པ།།
ཕྱི་མིའི་ལས་འགྲོ་མིན་ན་རྣམ་སྨིན་ཞིག་ཨེ་ཡིན།།

བརྒྱད་པ་གནམ་ཁྱེད་ཡིན་ཞེས་བསྟོད་པ་ལ་མ་རེམས།།
ང་ནི་གནམ་ལས་ཆེ་ཞེས་མཆོག་འཛིན་ལ་མ་རེམས།།
སྲོལ་བཟང་རྒྱུན་འཛིན་མགོ་སྐོར་ལག་ཆ་ལ་མ་རེམས།།
གངས་ལྗོངས་མི་ཆོས་བསྟན་པའི་སྲོག་ཤིང་ལ་བསྟོད་དོ།།

རང་མོས་སེམས་ཀྱི་ཆུ་རྒྱུན།

ངའི་ཞལ་ཟླ་བའི་མིག་ཀོང་ན། །
ཁྱེད་ནི་ཟླ་བའི་རི་བོང་བཞིན། །
ཡང་ན་མཛེས་སྡུག་མེ་ཏོག་བཞིན། །
མིན་ན་ཟླ་བའི་གཟུགས་བརྙན་བཞིན། །

ཁྱེད་རང་སྙིང་བ།

ཕ་ཡུལ་ནས་ལམ་ལ་ཆས་ཤིང་། །
ལྷ་ས་ནས་ངལ་ཞིག་གསོ་དུས། །
ཁྱེད་རང་ནི་རྨི་ལམ་ཞིག་ལས། །
དངོས་ཡོད་ཅིག་མ་རེད་བསམས་བྱུང་། །

ཀྱུག་ཀྱོག་གི་ལམ་འཕྲང་བརྒྱུད་ཅིང་། །
རྩྭ་ཐང་གི་བང་རིམ་སྨྱུལ་དུས། །
ཁྱེད་རང་ནི་སྨོན་རྒྱུ་ཞིག་ལས། །
བརྗོད་རྒྱུ་ཞིག་མ་རེད་བསམས་བྱུང་། །

མུ་མེད་ཀྱི་བྱང་ཐང་བལྟབས་ཤིང་། །
ལ་ལུང་གི་སྒྲོག་གུ་གྲོལ་དུས། །
ཁྱེད་རང་ནི་གཟི་བརྗིད་ཅིག་ལས། །
སྟོང་པ་ཞིག་མ་རེད་བསམས་བྱུང་། །

སྤྲིན་དཀར་གྱི་བང་རིམ་བརྩོལ་ཞིང་། །
གངས་དཀར་གྱི་རྩེ་ནས་འཕུར་དུས། །

ཁྱེད་རང་ནི་གླག་རྒོད་ཅིག་ལས།།
བ་སྤུ་ཉག་ཅིག་མ་རེད་བསམས་བྱུང་།།

ནགས་ཀླུང་གི་འདབས་ནས་ཆས་ཤིང་།།
གཙང་པོ་ཡི་འགྲམ་ངོགས་བརྒྱུད་དུས།།
ཁྱེད་རང་ནི་ནོར་མཛོད་ཅིག་ལས།།
དབུལ་པོ་ཞིག་མ་རེད་བསམས་བྱུང་།།

མཐོ་སྒང་གི་འབྲོག་ནས་ཆས་ཤིང་།།
ཚ་བ་ཡི་རོང་ལ་སླེབས་དུས།།
ཁྱེད་རང་ནི་བཙུད་ཅན་ཞིག་ལས།།
སྐམ་པོ་ཞིག་མ་རེད་བསམས་བྱུང་།།

སྤྲོལ་བཟང་ནས་ལམ་ལ་ཆས་ཤིང་།།
ལྷ་རིག་གི་ཐང་ཆེན་བརྒྱུད་དུས།།
ཁྱེད་རང་ནི་ཕྱུག་རྒན་ཞིག་ལས།།
དབུལ་པོ་ཞིག་མ་རེད་བསམས་བྱུང་།།

ཁྱོད་ཀྱི་མིག་ཀོང་ན།

ངའི་ཞལ་ཟླ་བའི་མིག་ཀོང་ན། །
ཁྱེད་ནི་ཟླ་བའི་རི་བོང་བཞིན། །
ཡང་ན་མཛེས་སྡུག་མེ་ཏོག་བཞིན། །
མིན་ན་ཟླ་བའི་གཟུགས་བརྙན་བཞིན། །

ཁྱེད་སེམས་གདངས་དཀར་འོད་ཁྱིམ་ན། །
ང་ནི་ཁ་བའི་ཟེགས་མ་བཞིན། །
ཡང་ན་བཀྲག་མདངས་ཉི་འོད་བཞིན། །
མིན་ན་འོད་ཐིག་རྟུལ་ཕྲན་བཞིན། །

ཁྱེད་ཐུགས་ཆོས་ཀྱི་ཞིང་ཁམས་ན། །
ང་ནི་དད་ཞེན་ཐགས་བཟང་བཞིན། །
ཡང་ན་སྨྱུ་མའི་ཚོ་འཕྲུལ་བཞིན། །
མིན་ན་ཟ་འོག་རི་མོ་བཞིན། །

ཁྱེད་ངག་འཇོལ་མོའི་གུར་ཁང་ན། །
ང་ནི་བུ་རམ་མངར་ཤིང་བཞིན། །

ཡང་ན་སྐྱུ་རུ་ལེབ་མོ་བཞིན།།
མིན་ན་བྲུལ་ཏོག་བ་རྩྭ་བཞིན།།

རང་སྣང་ཁར་མར་བྲིས་པའི་གླུ།

ལྟོ་གོས་འགྲང་ཙམ་འཐོབ་པའི་ཆེད།།
དྲིན་ཆེན་ཨ་མ་རྒྱབ་ནས་བསྐྱུར།།
མིང་སྲིད་སྤུན་ཟླ་གཡས་ནས་བསྐྱུར།།
ཕ་ས་དྲོན་མོ་གཡོན་ནས་བསྐྱུར།།
ལྟོ་འཆག་ཉལ་འདུག་གཙོ་ཡིན་པ།།
འདི་འདྲ་ལོས་ཡིན་སྣང་བ་ཤར།།

ཆབ་མདོར་སློབ་ཁྲིད་བྱེད་པའི་དུས།།
བསྒྲོད་དཀའ་ལམ་འཕྲང་རྫོག་པོས་མནན།།
གངས་རྩེ་ནགས་གླུང་མལ་དུ་བྱས།།
འདུལ་དཀའ་སློབ་ཕྲུག་རིའུ་བཞིན་ཁྲིད།།
ཕྱི་མའི་འཕྲང་རིང་སྤུག་བསྐྱལ་བཞིན།།
འདི་འདྲ་ལོས་ཡིན་སྣང་བ་ཤར།།

མི་རིགས་སྐད་ཡིག་ཁྲིད་པའི་དུས།།
འདུ་ཤེས་མི་གཞི་གླེང་བའི་དུས།།

འཆམ་མཐུན་མི་ཆོས་འཚོལ་བའི་དུས།།
ལས་དབང་ལྷེ་མིག་བརྩེད་པའི་དུས།།
ལང་ཚོའི་མེ་ཏོག་ཟེར་བ་དེ།།
འདི་འདྲ་ཡོས་ཡིན་སྣང་བ་ཤར།།

བདེན་པའི་རྩོད་པ་བྱེད་པའི་དུས།།
རེ་བའི་དཔོན་སློ་སྨྱུལ་བའི་དུས།།
གོ་རའི་མཐའ་ནས་ལྟ་བའི་དུས།།
མིག་ཆུས་འགྲམ་པ་བརླན་པའི་དུས།།
ཚེ་གྲོགས་བཟའ་ཟླ་ཟེར་བ་དེ།།
འདི་འདྲ་ཡོས་ཡིན་སྣང་བ་ཤར།།

པ་ཕ་ཨ་མ་སྨྲ་བའི་དུས།།
པ་ཕའི་ལག་པ་འཇུ་བའི་དུས།།
ཟུམ་ནས་རྩེད་མོ་རྩེ་བའི་དུས།།
པང་ནས་དུ་སྦྲ་འཁྱིན་པའི་དུས།།
འཇིག་རྟེན་ཕ་བུའི་བརྩེ་སེམས་ནི།།
འདི་འདྲ་ཡོས་ཡིན་སྣང་བ་ཤར།།

གྲོགས་པོ་ན་ཚས་མནར་བའི་དུས།།
ས་མཐའ་ལྷུང་ནས་སྡུག་པའི་དུས།།

ལུས་སེམས་དཀའ་ངལ་འཕྲད་པའི་དུས།།
རིང་ནས་གྲེས་པ་མཐོང་བའི་ཚོ།།
ཁྲེལ་མེད་གྲོགས་པོ་ཟེར་བ་དེ།།
འདི་འདྲ་ལོས་ཡིན་སྣང་བ་ཤར།།

ཁ་ལ་བཟའ་རྒྱུ་འཐུང་རྒྱུའི་ཆེད།།
ལས་ཀ་བྱ་རྒྱུ་ཡོང་སྐོའི་ཆེད།།
ཟང་ཟིང་འཚོ་ཆོས་འགྲུབ་པའི་ཆེད།།
གཅིག་ལས་གཅིག་ལ་གཡོ་ཆེ་བ།།
མི་ལ་ཡིད་ཆེས་མེད་ཟེར་བ།།
འདི་འདྲ་ལོས་ཡིན་སྣང་བ་ཤར།།

སྐད་འཕྲིན་འབྲེལ་འདྲིས་བྱེད་པའི་དུས།།
གྲོགས་གཅེས་བཟང་པོ་གསེར་ཡིན་ཟེར།།
མ་ན་བདེ་འཚམས་དངུལ་ཡིན་ཟེར།།
ཅུང་ཟད་འགྲོགས་ན་གཡོལ་འགྲོ་བའི།།
བརྡ་འཕྲིན་དུས་ཀྱི་མི་ཟེར་བ།།
འདི་འདྲ་ལོས་ཡིན་སྣང་བ་ཤར།།

བདེ་དུས་བཀྲ་ཤིས་བདེ་ལེགས་ཞུ།།
མགོ་དུས་ཕུ་བོ་གཅེན་པོར་འབོད།།

འཕྲད་དུས་སློབ་གྲོགས་དགའ་པོ་ཟེར། །
མི་མཐོ་དུས་ན་གཡོལ་འགྲོ་བའི། །
དེང་གི་ཇོ་སོ་འཛིན་སྐངས་དེ། །
འདི་འདྲ་ལོས་ཡིན་སྣང་བ་ཤར། །

བསྟོད་ན་དགའ་ཞིང་སྐྱོན་ཉག་ཙམ། །
བཤད་ན་མི་དགའ་ཁོང་ཁྲོས་སྨྲས། །
ཤེས་རིག་ང་ཡོད་དཔལ་འབྱོར་ཡང་། །
ང་ལ་ཡོད་ཅེས་མགོ་འཕང་མཐོ། །
རང་བསྟོད་སྨྲོ་བསྟོད་ཟེར་བ་དེ། །
འདི་འདྲ་ལོས་ཡིན་སྣང་བ་ཤར། །

རྒྱུན་གྱི་གཞུང་བཟང་བྱེད་པའི་ལུགས། །
མི་ཆོས་རྩ་བ་བསྲུང་བའི་སྲོལ། །
སྤྱི་སྙིང་ཕྱི་ལ་སྟོན་པའི་སེམས། །
སུ་དང་གང་ལ་འཆམ་ཞིང་མཐུན། །
ཡ་རབས་ཀུན་སྤྱོད་ཟེར་བ་ནི། །
འདི་འདྲ་ལོས་ཡིན་སྣང་བ་ཤར། །

ལུས་ཀྱི་ལོག་ཕེབས།

ལམ་སྣ་རིང་ཐུང་བང་གིས་བཅད་པའི།།
རྒ་པོ་ཆུང་ཆུང་དུངས་སྣང་ཅན་མ།།
མདོ་སྨད་པ་ཁྲིམ་རྒྱབ་ནས་བཞག་སྟེ།།
སུག་བཞིའི་གོམ་ཆུང་རྟལ་གྱིས་བཏུམས་ནས།།
ཉེ་མ་ལྷ་སར་སྐྱིད་ཀྱིས་བསླེབས་ཡོད།།
སེམས་ཀྱི་སྤྱོད་སྣང་སྙིང་ལ་བྲིས་ཡོད།།
པོ་ཏ་ལ་ཡི་རྩེ་ལ་ལྟ་བཞིན།།
རང་སྣང་སྐྱུར་མོ་ཧུམ་ལ་བཙུག་ཡོད།།
སྐྱེ་བའི་མཐའ་མ་ཐེར་ཐུག་མ་རེད།།
སྐད་ཅིག་པ་ཡུལ་རྒྱབ་ནས་བསྐྱུར་ཡང་།།
སུག་བཞིའི་གོམ་སྟབས་བརྣགས་སོང་མ་བསམ།།
ཉེ་མ་ལྷ་ས་མི་སྐྱིད་མ་ཟེར།།
ལྷ་ཚོགས་སེམས་པ་རླུང་ལ་མ་སྐུར།།
སྐྱེས་པའི་ཕ་ཡུལ་སེམས་ལ་མ་འཁྲིང་།།
རང་སྣང་ཡོད་ཚད་སྐྱུར་མོ་མ་ཟེར།།
གཡར་བའི་ལུས་པོ་སྡུག་ལ་མ་སྦྱོར།།
དྲང་མོ་ལུགས་ཀྱིས་ས་རྒྱ་ཆོད་ན།།
མི་ཚེ་འཁོར་མོ་རིམ་གྱིས་རྫོགས་འགྲོ།།

ད་ལྟའི་སྣང་བ་སྐྱིད་ལ་ཁོལ་ན། །
མི་ཚེའི་འཚོ་ཚོས་བདེ་སྐྱིད་ཡིན་ནོ། །
ཁ་བ་དཀར་མོ་འདབ་ལྡན་དྲུག་མ། །
རྐེ་ལམ་ཞིང་ནས་འཕུར་ཞིང་རྩེན་དང་། །
ཕ་ཡུལ་ཕྱོགས་ཀྱི་ལྷ་བྱ་ཁྲ་བྱུག །
ཐག་རིང་གནས་འདིར་ཀི་ཀོ་སྒྲོགས་ཤོག །
སེམས་ཀྱི་དྲོད་ཁོལ་པོ་ཟླའི་རིང་ཡིན། །
སྐྱོ་བ་རིང་མོ་སྐད་ཅིག་རྫོགས་འགྲོ། །

རྫོགས།

མི་རྟག་གྲོགས་ཀྱི་དྭངས་མ་ཤོར་གྱིས་རྫོགས། །
རྟག་འདྲའི་དུས་ཚོད་འདི་ཡང་ཤོར་གྱིས་རྫོགས། །
མི་བྲལ་སྐད་འཕྲིན་ཚོ་འཕྲུལ་རྫུན་གྱིས་རྫོགས། །
བཤད་ཚད་ཀུན་ཀྱང་ཁ་ཕན་རྫུན་གྱིས་རྫོགས། །
ས་ཆེན་འབྱུང་བཞི་སྐད་ཅིག་འགྲུག་པར་རྫོགས། །
རྫོགས་སློང་སྙིང་སྟོབས་འདི་ཡང་མི་རྟག་རྫོགས། །
རྫོགས་པ་ཅན་གྱི་མི་ཡི་ཡུལ་ཁམས་འདིར། །
རྫོགས་པ་ཅན་གྱི་སྨྱུ་གུ་འཕེལ་བར་རྫོགས། །

འཁྲུགས་བསིལ་བསིལ་གྱི་སེམས་པ།

བཤད་ཚད་ཚང་མ་སྟོང་གཏམ་རེད།།
ལུས་པོ་ཀུན་ཀྱང་ཟོབ་གཟུགས་རེད།།
སྒྱུ་གུའི་རྩེ་འདི་དམར་པོ་རེད།།
དུངས་སེམས་འོ་མ་སྐམ་ཡག་རེད།།
མདུན་གྱི་སེམས་གཏམ་བརྗེད་ཡག་རེད།།
གཡོ་སྒྱུའི་ཞགས་པས་བསྡམས་ཡག་རེད།།
གཞུག་གི་སེམས་གཏམ་འགྱུར་ཡག་རེད།།
འཇིག་རྟེན་ཞེས་པ་ཇེ་ཆུང་རེད།།
སེམས་པའི་བར་ཐག་ཇེ་རིང་རེད།།
འཁྲུགས་སིལ་སིལ་གྱི་སེམས་པ་འདི།།
འཁྲུགས་སིལ་སིལ་གྱི་དགུན་ལྗོངས་ཤིག།

༢༠༠༡ལོའི་ཟླ༡༠ཉིན་མཚོ་སྔོན་དུ།

རེ་བ།

ཉིན་མོའི་ཉིན་གུང་ཟིན་སོང་།།
ལིང་ཧོག་བཏབ་པས་མིན་ན།།
སྟོང་ལྷན་འོད་སྣང་ཁྲིད་ནས།།
རེ་བའི་འོད་ཟེར་མཆེད་སོང་།།

བདུན་བཅུའི་ཕྱེད་ཀ་ཟིན་སོང་།།
ཧོན་ལོག་ལབ་རྗོལ་མིན་ན།།
སེམས་གཏམ་དྭངས་མའི་གླིང་ནས།།
རེ་བའི་ན་ཟུག་སྨུམ་ཡོད།།

ཚན་རིག་དགུང་ལ་མཉམ་སོང་།།
ལྷ་ལོག་ཀླ་ཀློ་མིན་ན།།
བདེ་སྐྱིད་འཚམ་མཐུན་དཀྱིལ་ནས།།
རེ་བའི་དགའ་འགོད་གྲགས་སོང་།།

དྲང་བདེན་རང་དབང་དར་སོང་།།
གདོན་གྱིས་བསླུས་པ་མིན་ན།།
རྒྱུ་འབྲས་རྒྱ་མའི་འོག་ནས།།
ལས་འབྲས་རྒྱུ་ཤིང་དྲུང་སོང་།།

མི་ཏོག་སྣ་བརྒྱ་བཞད་སོང་།།
སད་ཀྱིས་འཇབ་རྐོལ་མིན་ན།།
དྲི་ཞིམ་འོ་མའི་ནང་ལ།།
ན་ཟུག་མིག་ཆུ་ཟགས་སོང་།།

༢༠༡༧ ལོའི་ཟླ་༣ཚེས་༡༨ཉིན།

བསླབ་བྱ་ཚིག་བཞི་མ།

སྨིན་སར་བསྨིན་དགོས།།
གྲོགས་བཟང་བསྟེན་དགོས།།
སྡོང་སར་སྡོང་དགོས།།
གྲོགས་ངན་སྤོང་དགོས།།

བཤད་སར་བཤད་དགོས།།
དྲང་བདེན་བཤད་དགོས།།
འགོན་སར་འགོན་དགོས།།
གཉིང་ནས་འགོན་དགོས།།

དུངས་སར་དུངས་དགོས།།
སེམས་ནས་དུངས་དགོས།།
བྲལ་སར་འབྲལ་དགོས།།
རིང་ནས་འབྲལ་དགོས།།

འགྲོ་སར་འགྲོ་དགོས།།
དད་པས་འགྲོ་དགོས།།

སྤྱད་སར་སྤྱོད་དགོས། །
རྒྱུན་དུ་སྤྱོད་དགོས། །

སླག་སར་བསླག་དགོས། །
ངོ་ཚས་བསླག་དགོས། །
འབད་སར་འབད་དགོས། །
ཤུགས་ཀྱིས་འབད་དགོས། །

བརྩོན་སར་བརྩོན་དགོས། །
ཞི་ཡང་བརྩོན་དགོས། །
སྐྱུར་སར་བསྐྱུར་དགོས། །
གསེར་ཡང་བསྐྱུར་དགོས། །

གཡོལ་སར་གཡོལ་དགོས། །
ནམ་ཡང་གཡོལ་དགོས། །
འཕྲད་སར་འཕྲད་དགོས། །
དངོས་སུ་འཕྲད་དགོས། །

ཉན་སར་ཉན་དགོས། །
སེམས་ཀྱིས་ཉན་དགོས། །

གཡོལ་སར་གཡོལ་དགོས།།
དུས་ལྷུར་གཡོལ་དགོས།།

༢༠༡༨ལོའི་ཟླ་༡ཚེས་༣༠ཉིན།

ཆུ་ཕྲན་ཞིག

ཟ་ལུང་སྨུག་གིས་བཟུང་བའི་ཁྲོད།།
དབྱངས་ཧ་སྙན་པའི་ཆུ་ཕྲན་ཞིག།
འདབ་ཆགས་རྩེན་པའི་སླུ་གཞས་ཁྲོད།།
ལྗོད་ལྗོད་བབས་ཏེ་རི་ལུང་བསྐོར།།

སེར་རྒོད་སྤྲིན་ནག་འཁྲིགས་པའི་འོག།
བཞུར་རྒྱུན་དྲག་པོའི་ཆུ་ཕྲན་ཞིག།
ཆར་ཤོད་ཆེ་བའི་འདུ་ཡོང་ཁྲོད།།
སྒོ་ལྷུང་སྤང་ལྟོངས་བསྐོར་ནས་འབབ།།

སྤང་རྒྱན་སད་ཀྱིས་བཙོམས་པའི་ཁྲོད།།
བཞུར་སྣ་གཏོན་པའི་ཆུ་ཕྲན་ཞིག།
བ་མོ་རྒོད་པའི་སྤང་གཞོང་ནས།།
ཤག་ཤག་བཞུར་སྒྲས་འཁྲུགས་རོམ་བརྡུང་།།

གཡང་དཀར་ལུག་གི་འབའ་སྒྲའི་ཁྲིད།།
དྭངས་ཤིང་བསིལ་བའི་ཆུ་ཕྲན་ཞིག།
སྐྱིག་སྐྱེ་སྟོང་གི་རྫོག་བརྫིས་ཁྲིད།།
བཟོད་པ་སྟོང་གིས་རྩྭ་ཐང་བསྐོར།།

བར་སྐོར་འགྲིམ་པའི་ཚོར་འདུ།

བར་སྐོར་ནས་གཙུག་གཡུ་ཞིག་ཉོ་འདོད།།
ངོ་མ་ཞིག་ཡིན་མིན་ནི་མི་ཤེས།།
རྫུན་མ་ཞིག་ངོ་མ་རུ་བསྒོམ་ན།།
ཁྱི་སོ་ཡང་ལྷ་ཕྲུག་ཏུ་འགྱུར་སྐད།།

བར་སྐོར་ནས་བསྐྱངས་ཕྱུག་ཅིག་འཚོལ་འདོད།།
ལྷ་ཚོགས་ནི་བཞུགས་མིན་ནི་མི་ཤེས།།
དད་པ་དེ་སེམས་ཁོང་ན་ཡོད་ན།།
བསྐྱངས་ཕྱུག་ཅིག་འཚོལ་དགོས་ནི་མི་འདུག།

བར་སྐོར་ནས་ཕྲེང་བ་ཞིག་ཉོ་འདོད།།
ཕྲེང་བ་དེ་མཐེབ་བར་ནས་བོར་ཡང་།།

ཁྲིང་རྫོག་དེ་སེམས་ཁོང་ན་ཡོད་ན།།
བར་སྐོར་དང་ཅིག་ཅར་ཏུ་འདྲེས་ཚོག།

སྐད་འཕྲིན་སྣང་བ་ཐན་ཐུན།

སེམས་པ་འདི་ལ་འཁྲོ་འཁྲོ།།
དཔེ་གློག་སྒྲུགས་ལ་སོང་ན།།
ལོ་ལྔ་ལོ་བཅུའི་རྗེས་ལ།།
མཁས་པའི་གོ་འཕང་འཐོབ་ཡོང་།།

སེམས་གཏམ་ནང་ལ་མ་བཤད།།
སེམས་གཏམ་འཕྲིན་པར་བཤད་ཡོད།།
སེམས་གཏམ་བཤད་ཡུན་རིང་བས།།
གསང་གཏམ་ཕྱི་ལ་ཐོར་སོང་།།

སྣང་བ་སྐྱིད་ལ་བཀོད་ས།།
སྐད་འཕྲིན་གླིང་ནས་རྙེད་བྱུང་།།
བུ་མོ་དྲུང་སེམས་ཅན་མ།།
རྨི་ལམ་ནང་ནས་ཡལ་སོང་།།

སྲུན་སྐྱོང་ཐབ་ཐུབ།

བཟང་པོའི་ཚུལ་བཟུང་ཚུལ་འཆོས་ཟེར།།
སྙན་པར་སྨྲ་ན་ཁ་ཡག་ཟེར།།
དྲང་པོར་བསྙད་ན་གླེན་པ་ཟེར།།
འཁྱོགས་པོར་བརྗོད་ན་ངན་པ་ཟེར།།
ཀུན་དང་བསྟུན་ན་ཅོལ་ཆུང་ཟེར།།
རང་ཚུགས་བཟུང་ན་གྱོང་པོ་ཟེར།།
གནས་ལུགས་བཤད་ན་ཁ་མཆུ་ཟེར།།
ཁ་རོག་བསྡད་ན་ལྐུགས་པ་ཟེར།།
གཅིག་པུར་བསྡད་ན་གྲོགས་མེད་ཟེར།།
མང་པོར་འགྲོགས་ན་འཁྱམས་པོ་ཟེར།།
རོགས་རམ་བྱས་ན་སྡུག་གྱོང་ཟེར།།
མ་བྱས་བསྡད་ན་བགྲེན་མཁན་ཟེར།།
ཐམས་ཅད་དགའ་བའི་ཡོན་ཏན་ཞིག།
ད་དུང་ཡང་ནི་མ་རྙེད་པས།།
ཡུན་ཅམ་སྨྲུག་དང་ལས་མཐུན་ཆོ།།

༢༠༡༨ལོའི་ཟླ་༢ཚེས་༡༧ཉིན།

སེམས་ཁུར་ལྷག་མ་ཞིག

ཆུང་མ་སྟ་ས་ནས་གཉིད་སོང་།།
བུ་ཆུང་ནོར་བུ་ཡང་གཉིད་སོང་།།
སློབ་མས་དཔེ་གློག་གི་སྒྲོར་དབྱངས།།
རིམ་གྱིས་བར་ཁྱམས་ནས་ཡལ་སོང་།།

སྒྲོང་ཚན་སྟ་ས་ནས་བལྟས་ཚར།།
སྐྱུན་ཆས་འཆར་ཐིན་ཡང་བྲིས་ཚར།།
དཔེ་གློག་ཐིན་བྲིས་ཀྱི་སྐྱུག་ཁ།།
ཐོག་ལྡེབ་བང་རིམ་ལ་འདུར་སོང་།།

ཕྱི་རོལ་ཇམས་མཐུག་གི་མུན་ནག།
རིམ་གྱིས་ཆང་གཞས་ཀྱིས་དཀྲོགས་ཤིང་།།
ནང་མ་ཆང་ཁང་གི་ཀི་སྒྲ།།
ནམ་མཁའི་བང་རིམ་ནས་བསྐྱེགས་སོང་།།

ཁྲིམ་མཚོས་གོང་འོག་གི་རྡིག་སྒྲ།།

རིམ་གྱིས་སྙིང་འཇགས་ཀྱིས་གཞིབས་ཤིང་།།
སེམས་ཁུར་ལྷག་མ་ཡི་བསམ་གཞིག །
འཇགས་ན་འཇགས་རྒྱུ་ཞིག་མི་འདུག །

འབོད་བརྡ་སིང་སིང་།

ཀེད་རགས་ཀྱི་མདུད་པ་མ་གྲོལ་གོང་།།
ལྷམ་སྒྲོག་གི་སྐུད་སྣེ་མ་བཟུང་གོང་།།
གདན་དཀར་སྟེང་སྐྱིལ་ཀྲུང་མ་བཅས་གོང་།།
ཁ་པར་གྱི་འབོད་བརྡ་སིང་སིང་གྲགས།།

བུ་ཕྲུག་ལ་ཨ་ལན་མ་བྱིན་གོང་།།
ཆུང་མ་ཡི་ལག་ཟས་མ་ཟས་གོང་།།
དཀར་ཡོལ་ལ་ལག་པས་མ་འཆང་གོང་།།
ཁ་པར་གྱི་འབོད་བརྡ་སིང་སིང་གྲགས།།

སློབ་ཁང་གི་སློབ་ཁྲིད་མ་ཚར་གོང་།།
སྨྱུན་ཆས་ཀྱི་བརྙན་རིས་མ་རྫོགས་གོང་།།
སློབ་དཔྱོད་ཀྱི་ལས་བྱ་མ་སྒྲུད་གོང་།།
ཁ་པར་གྱི་འབོད་བརྡ་སིང་སིང་གྲགས།།

ཁྲིམ་བདག་གི་དཔོན་ཉམས་མ་ཉམས་གོང་།།
རྒྱ་ཆེན་གྱི་ཁ་ཕོ་མ་ཚར་གོང་།།
རྒྱ་མེད་ཀྱི་ཏུ་ཙོ་མ་ཡལ་གོང་།།
ཁ་པར་གྱི་འཕོད་བརྡ་སིང་སིང་གྲགས།།

ཐུན་གཅིག་གི་ཙོང་སྒྲ་མ་གྲགས་གོང་།།
སྦྱོང་ཚན་གྱི་ཕྱེད་ཀ་མ་བལྟས་གོང་།།
འཆར་ཟིན་གྱི་དབུ་ཕྲུད་མ་བྲིས་གོང་།།
ཁ་པར་གྱི་འཕོད་བརྡ་སིང་སིང་གྲགས།།

ཉིན་མཚན་ལ་ཁ་པར་གཏན་མི་ཆོག།
སྒྲིག་ཁྲིམས་དེ་ཀུན་གྱིས་ཞིག་མི་ཆོག།
སིང་སིང་གི་སྒྲ་དབྱངས་དབང་ཆེན་མ།།
ཞེད་སྣང་གི་སེམས་པ་རྫ་ཅན་མ།།

ང་ཉི།

ང་ནི་སིམ་སིམ་ཏུ་འབབ་པའི་ལྗང་མྱུག་གི།།
སྐྱོ་བ་སེལ་མཁས་ཀྱི་སྦྲང་ཆར་དེ་མིན་ཡང་།།
མ་གཞི་ཁྲོད་ལའང་ཆར་ཆུ་འཁྱིལ་ས་ཡི།།
ས་གཞི་གསེར་གྱི་གཞོང་བ་ཞིག་མེད་ཚོད་རེད།།

ང་ནི་དུས་བབས་དང་འགྲོགས་པའི་ཚར་རྫེས་ཀྱི། །
ཡིད་དབང་འཕྲོག་བྱེད་ཀྱི་འཛའ་ཚོན་དེ་མིན་ཡང་། །
མ་གཞི་ཁྱོད་ལའང་འཛའ་ཚོན་བླུག་ས་ཡི། །
སྔོ་བསངས་མཐིང་བའི་ནམ་མཁའ་ཞིག་མེད་ཚོད་རེད། །

ང་ནི་ལུས་ངག་གི་ཉམས་པ་གསོ་བྱེད་ཀྱི། །
ལྷ་ཡི་བདུད་རྩི་ཡི་ཐིགས་པ་དེ་མིན་ཡང་། །
མ་གཞི་ཁྱོད་ལའང་བདུད་རྩི་འདྲེན་ས་ཡི། །
རྫོལ་མེད་གསེར་གྱི་མིད་པ་ཞིག་མེད་ཚོད་རེད། །

ང་ནི་སྲིད་པ་འདིའི་ཕུན་ཚོགས་བསྐྲུན་མཁན་གྱི། །
དགོས་འདོད་ཀུན་འབྱུང་གི་ནོར་བུ་དེ་མིན་ཡང་། །
མ་གཞི་ཁྱོད་ལའང་ནོར་བུ་ལྷུག་ས་ཡི། །
རྒྱུ་ནོམ་ཕོག་སའི་མཛོད་ཁང་ཞིག་མེད་ཚོད་རེད། །

ང་ནི་ལྷ་བ་ཡི་བང་རིམ་སྒྲུལ་མཁན་གྱི། །
དེང་གི་རྩོམ་པ་པོ་མཁས་ཅན་དེ་མིན་ཡང་། །
མ་གཞི་ཁྱོད་ལའང་མི་རབས་སྐྱོང་བྱེད་ཀྱི། །
མི་ཚོས་གདམས་ངག་ཅིག་གཏན་ནས་མེད་ཚོད་རེད། །

གཡུ་རྗེ་སྒྲོན་མོས་བསད་པའི་སྙན་ངག་པ།

འདོད་པའི་སྐྱེ་བོར་མཛུམ་གྱིས་ཡིབ་པའི་མཛེས་སྡུག་མ།།
འཕྲོག་གིས་དོགས་ནས་དད་པས་ཡིབ་པའི་ཐབས་མཁས་མ།།
བྲང་སྙིང་གློ་གསུམ་རྗོག་པས་གཙོས་ཀྱང་བཟོད་མཁས་མ།།
སྐྱོ་གསུམ་སྡུག་གསུམ་སླུ་ཏུ་ལེན་མཁས་དབྱངས་ཅན་མ།།

བརྒྱ་བསད་སྟོང་བསད་སྙན་ངག་པ་ཡི་གཡུ་ཚུང་མ།།
གཡུ་རྗེས་བསད་པའི་སྙན་ངག་པ་ཡི་གཏམ་རྒྱུད་དེ།།
ཤམ་ཆུའི་འགྲམ་དུ་བཞད་པའི་ང་ཚོའི་མེ་ཏོག་ཡིན།།
ཡར་ཀླུང་གཙང་པོས་ཁྱེར་བའི་ང་ཚོའི་ཁྲག་རྒྱུན་ཡིན།།

སྤྲིན་གྱི་བང་རིམ་གཏོར་བའི་ལང་ཚོའི་གཤོག་པ་ཡིན།།
ཚང་གི་ཡོར་དུ་ལྷུང་བའི་སེམས་ཀྱི་དྭངས་མ་ཡིན།།
གཡུ་རྗེས་བླངས་པའི་སྙན་ངག་པ་ཡི་སླུ་གཞས་དེ།།
ཁས་ཁར་འགྲེང་བའི་དར་ལྕོག་ཟད་པོའི་གཡབ་མོ་ཡིན།།

སྤྱང་ཁར་བཞད་པའི་མེ་ཏོག་ཚོགས་ཀྱི་དྲི་ཞིམ་ཡིན།།
གདོང་ཁར་ལུས་པའི་མཁར་ཤུལ་བརྟན་པོའི་ལོ་བདའ་ཡིན།།
སྣང་བའི་རྒྱ་མཚོར་དགའ་བས་འཇུག་པའི་དེད་དཔོན་ཡིན།།
གཡུ་རྫོས་བསད་པའི་སྐྱན་ངག་པ་དེ་སུ་ཞིག་ཡིན།།

གཡུ་རྫོ་ངོ་སྤྲོད་བྱེད་པའི་ས་དཔྱད་པ་དེ་ཡིན།།
གཡུ་རྫོ་མིད་པར་འདོད་པའི་དེང་རབས་པ་དེ་ཡིན།།
དད་པ་ཙུང་ཙམ་ཡོད་པའི་འཇིག་རྟེན་པ་དེ་ཡིན།།
རྟེན་གསུམ་ངོ་སྤྲོད་བྱེད་པའི་གོ་གཉེར་བ་དེ་ཡིན།།

གཡུ་རྫོའི་སྐྱན་ངག་ལེའུ་ཕྱི་མའི་གཏམ་རྒྱུད་དེ།།
གཙུག་ལ་འདོག་ཚིག་གཙུག་གཡུ་ལུས་ཀྱི་གཙུག་ཏོར་ཡིན།།
མགུལ་ལ་བཏགས་ཚིག་ཟླ་གཡུ་སྤྲོག་གི་སྐྱོར་མ་ཡིན།།
ནམ་ཡང་དྲན་ཚིག་བྲལ་ཁའི་སེམས་གཏམ་སྔོན་པོ་ཡིན།།

༢༠༠༧ལོའི་ཟླ་༧ཚེས་༢༢ཉིན་ཡར་ཀླུང་ཤམ་ཆུའི་འགྲམ་དུ།

རེས་མོས་སྐྱིད་སྡུག་འདི་ལ་ཡིད་རྟོན་ཅི།

འཚོ་ཚོས་སྐྱིད་སྡུག་དབྱར་གྱི་གནམ་གཤིས་བཞིན།།
རེ་ཞིག་སྤྲང་ཆར་བབས་ཤིང་རེ་ཞིག་ལ།།
གུར་གྱི་འཇའ་ཚོན་བཀྲ་ཞིང་རེ་ཞིག་ནི།།
སྤྲིན་ནག་ལང་ལོང་འཁྲུག་ཅིང་དྲག་ཆར་འབབ།།
རེས་མོས་སྐྱིད་སྡུག་འདི་ལ་ཡིད་རྟོན་ཅི།།

སེམས་གཏམ་རྫ་རིའི་དྭངས་གཙང་ཆུ་སྦྲན་བཞིན།།
རེ་ཞིག་རྙོག་པར་གྱུར་ཤིང་རེ་ཞིག་ལ།།
རླུང་གིས་འཕྱུང་ཞིང་སྐོམ་གདུང་སེལ་བར་བྱེད།།
སྐབས་འགར་རྫོག་པས་བཟློས་ཤིང་དྲི་མ་འཁྲུད།།
རེས་མོས་སེམས་གཏམ་འདི་ལ་ཡིད་རྟོན་ཅི།།

བརྩེ་བ་འགྱུར་མེད་གངས་རིའི་ལྷུན་པོ་བཞིན།།
སྐབས་རེར་བཀྲག་མདངས་འཚེར་ཞིང་ལན་རེ་ནི།།
བུ་ཡུག་འཚུབ་ཅིང་སློ་སྣིང་གས་བྱེད་ཅིང་།།

ཕྲག་དོག་རྩེ་མོས་གནམ་ཡང་དབུག་པར་རྩོམ། །
འགྱུར་མེད་བརྩེ་བ་འདི་ལ་ཡིད་རྟོན་ཅི། །

བྱ་ལས་སྔོན་མཇུག་ནས་ཀྱི་སློ་མ་བཞིན། །
ལུད་རྫས་མང་ན་རྫས་ཀྱིས་འཚོག་པར་སྲག །
ཉུང་ན་སྐྱེ་ཤུགས་ཟད་ཀྱང་སྙིད་པར་སྲག །
སད་ཀྱིས་སློ་བུར་བཙོམ་པའི་དུས་ལ་སྲག །
བྱ་བའི་འཇུག་ལྡོག་འདི་ལ་ཡིད་རྟོན་ཅི། །

གྲོགས་ཀྱི་ཞེ་འདང་གསར་སྐྱེས་མེ་ཏོག་བཞིན། །
དང་པོར་བཀྲག་མདངས་ལྡན་ཞིང་རེ་ཞིག་ནི། །
སྡ་བརྒྱའི་མཛེས་སྡུག་ངོམ་ཞིང་ཡིད་དབང་འཕྲོག །
ཡུན་རིང་སོང་ཚེ་མདངས་ཡལ་སྙིད་ཅིང་སྐམ། །
གྲོགས་ཀྱི་བརྩེ་བ་འདི་ལ་ཡིད་སྟོན་ཅི། །

༢༠༡༨ལོའི་ཟླ་༡༠ཚེས་༡༥ཉིན་གོང་དཀར་གནམ་ཐང་དུ།

སེམས་གཏམ་སོག་མའི་ཕོན་ཐག

རྩོམ་པ་པོ།	གསང་བདག་ལྷུན་གྲུབ།
རྩོམ་སྒྲིག་འགན་འཁུར་བ།	ཀ་རིང་མཁའ་འགྲོ།
མདུན་ཤོག་མཛེས་ཆོས་པ།	བདའ་ཚང་སླེམས་གྲོལ།
པར་གཞི་སྒྲིག་བཟོ་པ།	ཀ་རིང་མཁའ་འགྲོ།
དཔེ་སྐྲུན་འགྲེམས་སྤེལ་ཚན་པ།	བོད་ལྗོངས་མི་དམངས་དཔེ་སྐྲུན་ཁང་། (ལྷ་ས་གླིང་སྐོར་བྱང་ལམ་སྒོ་ཨང་20པ།)
པར་འདེབས་ཚན་པ།	བོད་ལྗོངས་ཕན་བདེ་པར་འདེབས་བཟོ་གྲྭ།
དེབ་ཚད།	787×960 1/16
པར་ཤོག	16.25
ཡིག་གྲངས།	ཁྲི་10
པར་གཞི།	2021ལོའི་ཟླ་4པར་པར་གཞི་1བསྒྲིགས།
པར་ཐེངས།	2021ལོའི་ཟླ་4པར་པར་ཐེངས་1བཏབ།
པར་གྲངས།	01-2000
དཔེ་རྟགས།	ISBN978-7-223-06780-5
རིན་གོང་།	སྒོར་42.00